遥かなる未踏峰
上

ジェフリー・アーチャー
戸田裕之 訳

PATHS OF GLORY
BY JEFFREY ARCHER
TRANSLATION BY HIROYUKI TODA

ハーパー
BOOKS

PATHS OF GLORY

BY JEFFREY ARCHER

Published by K.K. HarperCollins Japan, 2024

この作品を書けと励ましてくれた
クリス・ブレイシャーの思い出に捧げる。

謝辞

登山家であり歴史家のオードリー・サルケルドの貴重な助言、専門知識、力添えに、特に感謝する。

サイモン・ベインブリッジ、ジョン・ブライアント、ロージー・デ・コーシー、アントニー・ギーフェン、ベア・グリルス、ジョージ・マロリー二世、アリソン・プリンス、そして、マリー・ロバーツにお礼をいう。

この作品は実話に触発されたものである。

田舎の教会墓地で詠《よ》まれた悲歌《エレジー》

どれほど地位を自慢しようとも、
どれほど力を誇示しようとも、
また、どれほどの美と富を与えられようとも、
死は免れ得ない。
栄光の径《みち》は墓場へつづくのみである。

――トマス・グレイ(一七一六－一七七一)

遥かなる未踏峰 上

おもな登場人物

ジョージ・リー・マロリー――教区司祭の息子
トラフォード――ジョージの弟
ガイ・ブーロック――ジョージの親友
ミスター・アーヴィング――ウィンチェスターの寮監。英国山岳会の会員
ハワード・ソマーヴェル――ケンブリッジ大学山岳クラブのメンバー
ノエル・オデール――ケンブリッジ大学山岳クラブのメンバー
ジェフリー・ヤング――ケンブリッジ大学山岳クラブの名誉会長
ジョージ・フィンチ――ジョージたちの登山仲間。オーストラリア人
コティ・サンダース――ジョージたちの登山仲間
ルース・ターナー――チャーターハウス・スクールの理事の娘
ロバート・スコット――英国海軍大佐
フランシス・ヤングハズバンド――エヴェレスト委員会委員長
アーサー・ヒンクス――エヴェレスト委員会事務局長
チャールズ・ブルース――英国陸軍の軍人。遠征隊の隊長
エドワード・ノートン――英国陸軍の兵士

プロローグ

一九九九年

一九九九年　五月一日　土曜

「この前、スパイクを着けてボルダリングに行ったら滑落してしまってね」と、コンラッドが言った。

ジョーケンは歓声を上げたかった。だが、その暗号メッセージに反応したら、この周波数に合わせているライヴァル・グループに不審に思われるかもしれないし、さらに言うなら、盗聴している新聞記者に遺体発見を教えてやる結果になりかねない。捜索隊が遭遇した遺体の身元がわかるのではないかと期待して無線に耳を澄ませつづけたが、二度と言葉は発せられなかった。だれかがそこにいるのは空電音からわかったが、そのだれかはあまり口を開きたくない様子だった。

ジョーケンは文字通りに指示に従い、六十秒待ってから無線を切った。二人の遺体の捜索に出ているオリジナル・パーティのメンバーに何としても選ばれたかったのだが、結局貧乏籤《くじ》を引くことになった。だれかがベース・キャンプに残って無線を担当しなくてはならないのだ。ジョーケンはテントの外へ目をやり、降りしきる雪を見つめながら、山のもっと高いところで起こっていることを想像しようとした。

コンラッド・アンカーは凍った遺体をじっと見下ろしていた。肌は大理石のように白くなり、着衣——あるいは、かつては着衣だったもの——は、オックスフォード大学やケンブリッジ大学で教育を受けた男のものではなく、まるで浮浪者のそれのようだった。遺体の腰に巻かれた太い麻のロープの両端がほつれていて、おそらく転落しているあいだに千切れたのだろうと思われた。両腕は万歳をするように頭上に伸ばされ、曲がった左脚が右脚の上に重なっていた。右脚の脛骨《けいこつ》と腓骨《ひこつ》は両方とも折れていて、そのせいで、身体《からだ》のほかの部分から分離しているように見えた。

だれもが薄い空気を肺に取り込むのに精一杯で、まったく口をきこうとしなかった。二万七千フィートの高さでは、言葉は必要最小限にならざるを得なかった。アンカーはついに雪にひざまずき、チョモランマ——大地の母神——に祈りを捧《ささ》げた。彼は急がなかった。考えてみれば、歴史家、登山家、ジャーナリスト、そして、単なる知りたがりまで含めて、七十年以上もこのときを待っていたのだ。彼は裏地がフリースの手袋の片方を脱ぐと、それを自分の横の雪の上に置き、前に身を乗り出した。一つ一つの動きを大袈裟《おおげさ》に見えるほどゆっくりと行ないながら、死者の上衣《うわぎ》の凍った襟を、人差し指でそうっと押し戻した。シャツの襟の内側に縫い付けられた〈キャッシュ〉のネーム・テープの上に几帳面《きちょうめん》に記された赤い文字を読んだ瞬間、アンカーは自分の心臓が大きく打つのを感じ、その音が聞こえたような気がした。

「すごいぞ」背後で声がした。「これはアーヴィンじゃない。マロリーだ」

アンカーは肯定も否定もしなかった。まだ確認しなくてはならないことがあった。それを見つけるために、五千マイル以上も旅をしてきたのだ。

彼は手袋をしていないほうの手を死者の上衣の内ポケットに入れ、手縫いのポーチを手際《てぎわ》よく取り出した。それはマロリーの妻が手ずから、夫のために丹精込めて作ったものだった。手のなかでばらばらに砕けてしまうのではないかと恐れながら、アンカーはそろそろと木綿のポーチを開けていった。探しているものがそのなかにあれば、謎はついに解決される。

マッチの箱が一つ、爪切り鋏《ばさみ》が一つ、ちびた鉛筆が一本、まだ何本の酸素ボンベが使いものになるかを最終アタックの前に調べて封筒の上に記したメモが一通、ガメッジ社からのゴーグル代金の請求書（未払い）、針のないロレックスの腕時計、一九二四年四月十四日の日付のマロリーの妻からの手紙。しかし、アンカーが恐れていたものはそこにはなかった。

彼は顔を上げ、じりじりして待っている捜索隊のメンバーを見た。そして、深く息を吸ってから、ゆっくりと言葉を押し出した。「ルースの写真はないな」

やっぱりそうだったかと、メンバーの一人が歓声を上げた。

第一部

普通でない子供

一八九二年

1

一八九二年　七月十九日　火曜
カンバーランド州　セント・ビーズ

なぜあの岩のほうへ歩き出したのかと訊《き》かれても、ジョージには答えられなかっただろう。目的地へたどり着くためには海に入らなくてはならないという事実は、たとえ泳げなかったとしても、彼には問題ではないようだった。

その日の午前中、六歳の少年の動きにわずかでも関心を持った者は、浜で一人しかいなかった。リー・マロリー牧師は読んでいたタイムズを畳むと、足元の砂の上に置いた。妻のアニーには声をかけなかった。彼女は隣りでデッキチェアに横になり、目を閉じて、ときおり射してくる陽差《ひざ》しを楽しんでいた。長男が危ないことをするのではないかと心配するのさえ忘れているようだった。それに、彼女がマザーズ・ユニオン（十九世紀にイギリスでできた、信徒の結婚や家庭生活の支援を行なう聖公会系の婦人団体）の会合に出席している隙《すき》に村役場の屋根によじ登った息子を見たときの反応を思えば、知らせたらパニックになるに決まっていた。

マロリー牧師はほかの三人の子供たちへ素速く目を走らせた。三人とも波打ち際《ぎわ》で一心に遊んでいて、兄が——あるいは弟が——どうなるかなど気にもしていなかった。メアリーとアヴィは今朝打ち寄せられた貝殻を楽しそうに拾い集め、末っ子のトラフォードはといえば、脇目もふらず、小さなブリキのバケツに砂を詰めていた。マロリー牧師は長男であり後継ぎであるジョージへ視線を戻した。その長男は依然として、ためらう様子のない足取りで岩のほうへ向かっていた。父親はまだ心配していなかった。あいつもいずれは引き返さないといけないと気づくだろう。しかし、波が息子の膝丈の半ズボンを洗いはじめると、とたんにデッキチェアから立ち上がった。

ジョージはいまやほとんど背の立たないぐらい深いところまで行っていたが、水面から顔を出しているぎざぎざの岩にたどり着くや器用にそれをよじ登り、岩から岩へ飛び移って、あっという間に一番高いところへ到達した。そして、そこに落ち着いて水平線を見つめた。好きな科目は歴史だったが、海を渡ったカヌート王について習っているはずは絶対になかった。

マロリー牧師はいま、息子のいる岩の周囲が波立ちはじめるのを見て少なからず不安になったが、それでも辛抱強く待ちつづけた。いずれはあいつも危険に気づくだろう。そのときには、間違いなくこっちを見て助けを求めるはずだ。しかし、息子はそうしなかった。泡立つ波が最初にジョージの爪先を洗ったとき、マロリー牧師はゆっくりと波打ち際へ下っていった。「うまいものじゃないか」と、彼は末の息子の脇を通り過ぎながらつぶやいた。トラフォードは砂の城を造るのに余念がなかった。その間《かん》も目は長男から離さなかったが、いまや波が足首まで達しているというのに、彼は依然として浜のほうを見向きもしていなかった。マロリー牧師は水中に飛び込むと、岩へ向かって泳ぎはじめた。だが、軍隊式のゆっくりとした平泳ぎで進むうちに、考えていたよりもはるかに距離があることが次第に明らかになった。

ようやく目的地に泳ぎ着いて岩によじ登ると、今度はおぼつかない足取りで、何カ所も脚に切り傷を作りながらてっぺんを目指した。息子が見せたような、自信に満ちた足の運びなどできようはずもなかった。何とか合流したものの、息が切れてかなり気分が悪いところを悟られないよう、苦労しなくてはならなかった。

そのとき、アニーの絶叫が聞こえた。振り返ると、妻が汀《みぎわ》に立って必死の声を振り絞っていた。「ジョージ！　ジョージ！」

「そろそろ帰ったほうがいいんじゃないかな、息子よ」マロリー牧師は不安がこれっぽっちも声に表われないようにしながら言った。「お母さんを心配させたくないだろ?」
「もうちょっとでいいからここにいさせてよ、お父さん」ジョージが断固として海の向こうを見つめたまま懇願した。しかし、父親はこれ以上待てないと判断し、息子を優しく抱え上げた。

安全な浜へ帰る旅は、往《い》きよりもかなり時間がかかった。息子を抱えているために、仰向けになって、脚だけで泳がなくてはならなかったからである。帰りの旅のほうがはるかに長い場合があると、ジョージはそのとき初めて知ることになった。

父親が何とか浜にたどり着いてへたり込むと、母親が走り寄ってきた。彼女は両膝をつくと、息子を固く抱きしめ、泣きながら神に感謝した。「神様、ありがとうございます。本当にありがとうございます」しかし、疲れ切っている夫にはほとんど関心を示さなかった。ジョージの姉と妹は満ちてくる潮に濡《ぬ》れないところに立ち、声を殺してすすり泣いていた。だが、弟は砂の城を造りつづけていた。幼すぎて、死などという考えが頭をよぎるはずもなかった。

マロリー牧師はようやく坐り直し、長男を見つめた。岩はすでに海中に姿を消しているにもかかわらず、息子はふたたび海を見ていた。この子には恐怖という概念と、危険の感覚がないらしいということを、父はそのとき初めて受け入れた。

一八九六年

2

これまで、次の世代の成功や失敗を理解しようとするとき、医学者、哲学者、さらには歴史学者までもが、遺伝の重要性を議論してきた。もし歴史学者がジョージ・マロリーの両親を研究していたら、ジョージの生まれついて整った容貌と風采はいうまでもなく、類《たぐ》い希《まれ》な才能を説明することを強く迫られたはずである。

ジョージの父親も母親も、それを気取りつづけるだけの財産を持っていなかったにもかかわらず、上位中流階級《アッパー・ミドル・クラス》を自任していた。チェシア州モーバリーの教会区民は、マロリー牧師を高教会派（英国教会で、カトリック教会との歴史的連続性、主教職、聖餐と洗礼の尊重を強く主張する一派）であり、融通のきかない狭量な人物であると見なしていたし、その妻は俗物《スノッブ》だという意見が圧倒的だった。そういう彼らの結論では、ジョージの才能は遠い親戚から受け継いだものに違いないということになっていた。ジョージの父親は長男が普通の子供でないことを十分に承知していたし、たとえどんな犠牲を払ったとしても、イングランド南部で人気のプレパラトリー・スクール（パブリック・スクールへの進学校準備）、グレンゴーズで教育を受けさせるつもりでいた。

ジョージは父親がこう言うのをしばしば耳にした。「私たちは贅沢《ぜいたく》を戒めなくてはならなくなるだろうな。トラフォードがおまえのあとを追うことになったらなおさらだ」その言葉をしばらく考えたあとで、ジョージは母親に、姉や妹が通えるプレパラトリー・スクールがイングランドにあるのかと訊いた。

「あるわけがないでしょう」母親は馬鹿馬鹿しいといわんばかりの口調で答えた。「そんなのはお金の無駄でしかないわ。そもそもどんな意味があるの？」

「まず、メアリーとアヴィが、ぼくやトラフォードと同じ機会を持てるという意味があるんじゃないのかな」ジョージは言った。

母親が鼻で笑った。「どうしてそんな試練を女の子に与えなくちゃならないの？　ふさわしい夫を見つける役になんかこれっぽっちも立たないのに？」

「いい教育を受けた女性を妻にすれば、夫だって得をするんじゃないのかな」ジョージは訊いた。「それはあり得ないことなの？」

「教育を受けた女性なんて、男性が一番欲しがらないものだわ」母は言った。「あなたもすぐにわかるようになるでしょうけど、夫の大半が妻に望むのは、跡継ぎと跡継ぎの予備軍を作ること、そして、使用人をうまく使うことだけよ」

ジョージは納得せず、適切な機会を待って、父親に同じ質問をぶつけてみることにした。

マロリー一家は一八九六年の夏休みを、セント・ビーズで海水浴をするのではなく、モーヴァン・ヒルズでハイキングをして過ごした。ジョージの足についていけないことには家族全員がすぐに気づいたが、少なくとも父親は、ほかのみんなが下の渓谷の散策を楽しむのを尻目に英雄的な企てを試みて急坂を登っていく息子に同行しようとした。

ジョージは自分の数ヤード後ろを息を切らせながらつづく父親に、依然として気になりつづけている姉と妹の教育についての質問をした。「どうして女の子は男の子と同じ機会を与えられないの？」

「それが自然界の秩序ではないからだ」父親が喘《あえ》ぎながら答えた。

「自然界の秩序を決めるのはだれなの？」

「神だ」マロリー牧師は答えた。神に関する議論なら自信があった。「男が働いて家族に衣食住を保証し、その配偶者が家庭にとどまって子供たちの世話をするのが、神が自らの意志によって定められたことなのだ」

「でも、女性のほうが男性よりも賢い場合が珍しくないことは、神だって気づいておられるんじゃないのかな。アヴィがぼくやトラフォードよりはるかに頭がいいことは、神も絶対にわかっておられると思うよ」

息子の言い分を分析するのに少し時間が必要だったし、どう答えるかを判断するにはもっと長くかかったから、マロリー牧師は即答できず、ややあってから言った。「男というのは生まれついて女より優れているんだ」と言ったものの、まるで説得力がないとわかって不得要領に付け加えた。「私たちは自然の理《ことわり》に干渉しようとすべきではない」

「もしそれが本当なら、お父さん、ヴィクトリア女王はどうして六十年以上ものあいだ、国をうまく統治できたの？」

「それは単に男子の王位継承者がいなかったからだ」父親は答えたが、いまや自分が海図のない海に漕《こ》ぎ出しているような気がした。

「エリザベス女王が王位についたときも、イギリスは男子の継承者がいなくて運がよかったね」ジョージは言った。「もしかしたら、女の子が世に出るために男の子と同じ機会が与えられるべきときがきているんじゃないのかな」

「それは絶対にあり得ない」父親は即座に否定した。「そんなことを認めたら、社会における自然の秩序が覆《くつがえ》ってしまう。もしおまえがそういう勝手なことをしたら、ジョージ、お母さんは料理女や皿洗いを見つけられなくなるぞ？」

「男がその仕事をすればいいんだよ」ジョージが無邪気に応じた。

「何を言ってるんだ、ジョージ。まさか自由思想にかぶれはじめているんじゃあるまいな。バーナード・ショウなんてやつの世迷《よま》い言《ごと》を聞いたりはしていないだろうな?」

「話を聞いたことはないけど、小論文なら読んだよ」

わが子が自分より頭がいいのではないかと考える親は珍しくないが、マロリー牧師はそこまで認める気にはなれなかった。この息子はついこのあいだ十回目の誕生日を祝ったばかりなのだ。次の質問を放とうとしたジョージは、父親がますます後ろへ遅れつつあることに気づいただけだった。しかし、何であれ登ることに関しては息子が飛び抜けているという事実は、マロリー牧師もはるか昔に認めていた。

3

両親に見送られてプレパラトリー・スクールへ発《た》つ日、ジョージは泣かなかった。泣きたくなかったわけではないが、もう一人の、同じ赤のブレザーを着てグレイの半ズボンをはいた少年に客車の反対側で身も世もなく泣き叫ばれ、出鼻をくじかれてしまったのだ。

ガイ・ブーロックは別世界からきた人間だった。父親がどんな仕事で生計を立てているかをうまく説明できなかったが、それが何であれ、必ず産業《インダストリー》という言葉がついてまわった。ジョージには自信があったが、それは母親が間違いなくよく思わない類いの何かだった。それにもう一つ、一家が休暇をピレネー山脈で過ごしたとガイが話してくれたあとで、明らかになったことがあった。それは彼が〝贅沢を戒めなくてはならない〟という表現に出くわしたことのない子供だということである。それでも、その日の午後遅くにイーストボーン駅に着くころには、ジョージとガイは親友になっていた。

二人の少年は下級生用の寄宿舎で隣り合ったベッドで眠り、教室でも隣り合って坐った。

グレンゴーズでの最終学年で二人が同じ学科を選んだときも、もうだれも驚かなかった。二人が取り組んだほとんどすべてについてジョージのほうがよくできたが、ガイはまるっきりそれを恨みに思っている様子がなかった。それどころか、親友の成功を心底喜んでいる節があり、ジョージがフットボール・チームの主将に指名されたときも、奨学金を獲得してウィンチェスターへ行くことになったときも、それは変わらなかった。もしジョージと同じ科目を選択していなければ、そして、もっと頑張れと彼に背中を押してもらっていなければ、自分はとうていウィンチェスターに受け入れてもらえなかっただろうと、ガイは父親に告白したほどだった。

学校の掲示板に発表された入学試験の結果をガイが確認しているとき、ジョージはむしろ、その下に張り出してある告知のほうに関心があるように見えた。化学の教師のミスター・ディーコンが、休みを利用してスコットランドでの登山に参加しないかと、これから卒業しようとする学生に呼びかけていたのである。ガイは登山にはほとんど興味がなかったが、すでにジョージが名前を書いて参加を希望していると気づいた瞬間、その下に急いで自分の名前を付け加えた。

ジョージがミスター・ディーコンのお気に入りの学生だったことは一度もなく、それはたぶん化学の成績がよくなかったからだろうと思われた。だが、登山への情熱がブンゼン・バーナーやリトマス試験紙へのそれをはるかに上回っていたために、ジョージはミスター・ディーコンと仲良くするしかないと判断した。だって、とジョージはガイにこっそり打ち明けた。毎年、わざわざ休日を使っての登山のためにメンバーを集めているんだぞ。だとしたら、あのおっさんもそれほど悪い人間でもないんじゃないかな。

荒涼としたスコットランドの高地《ハイランド》に足を踏み入れた瞬間にわかったが、そこはジョージにとって別世界だった。昼は大きなシダとヒースに覆われた丘陵を歩き、夜はテントに坐ってろうそくの明かりで『ジキル博士とハイド氏』を読み、渋々眠りについた。

ミスター・ディーコンが新しい丘陵に近づくとき、ジョージは常にグループの後方にとどまってゆっくり歩きながら、あらかじめ自分が選んでみたルートについて考えた。一度か二度、別のルートを考慮すべきではないかと進言してみたが、ミスター・ディーコンはその提案を無視し、自分は十八年も前から登山パーティをスコットランドに連れてきているのだから、その経験値を尊重することをきみは考えるべきではないかと指摘した。ジョージは隊列の後ろへ戻り、勝手知ったルートを登っていく隊長に従いつづけた。

毎晩の夕食のとき──ジョージはそこで、生まれて初めてジンジャー・ビールとサーモンを口にした──ミスター・ディーコンはかなりの時間を費やして、必ず翌日の計画の概要を説明した。

「明日は」と、彼は宣言した。「最も難しい試練に立ち向かうことになる。しかし、私は自信を持って言うが、十日間のハイランドでの登山経験を積んだ諸君は、その挑戦への準備が十分以上に整っているはずだ」期待に満ちた二十四の若い瞳に見つめられて、彼はつづけた。「スコットランドで最も高い山に登るのだ」

「ベン・ネヴィスですね」ジョージは言った。「標高は四千四百九フィート」そう付け加えたものの、その山を見たことは一度もなかった。

「その通りだ」と答えたものの、ミスター・ディーコンは話の腰を折られて見るからに苛《いら》立《だ》っていた。「てっぺん――われわれ登山家は頂上とか山頂と呼ぶが――に着いたら、イギリス諸島最高の景色を楽しみながら昼食だ。日没までにキャンプへ帰り着かなくてはならないし、下山はいつでも登山の最も難しい部分だから、明朝七時に朝食にする。そうすれば、八時ちょうどに出発できる」

ガイは明日の朝六時に起こしてやるとジョージに約束した。彼がしばしば寝過ごして朝食をとり損ない、しかも、ミスター・ディーコンが軍隊にも似た厳密さで予定を守ることにこだわり、朝食に遅れたからといって待ってくれるはずがないのを知っていたからである。しかし、ジョージはスコットランドで最も高い山に登るのだと思うと興奮し、そのせいで、ガイに起こされるどころか、逆にガイを起こすことになった。ミスター・ディーコンが待つ朝食の席に一番乗りしたのもジョージで、しかも、出発予定時間のはるか前からテントの前に出て、じりじりしながらメンバーが揃《そろ》うのを待っていたのも彼だった。

ミスター・ディーコンが時間をあらため、八時一分前になると、きびきびした足取りで山の麓へつづく道を下りはじめた。

「呼び子を吹け。これは訓練だ」一マイルほど歩いたところで、ミスター・ディーコンが大声で命じた。一人を除く全員が呼び子を取り出し、精一杯それを吹き鳴らした。窮地にあるから応援を頼むと知らせる合図だった。ミスター・ディーコンはどの生徒が自分の命令に従わなかったかを知り、酷薄な薄笑みを浮かべずにはいられなかった。「マロリー、呼び子はどうした？　置いてきたのか？」

「はい」ジョージは答えたが、ミスター・ディーコンの意地の悪さにむっとせざるを得なかった。

「では、すぐに呼び子を取りにキャンプへ戻り、われわれが登りはじめる前に追いつく努力をすることだ」

ジョージは抵抗しなかった。そんなことをしても、所詮時間の無駄でしかない。彼はすぐさま逆方向へ歩き出し、キャンプへ帰り着くやいなや、四《よ》つん這《ば》いになってテントに潜り込んだ。呼び子は寝袋の上にあった。悪態をついてそれをひっつかむと、いまきた道を走り出した。仲間が登りはじめる前に、何とかして合流したかった。しかし、山の麓にたどり着いてみると、パーティはすでに小さな二列縦隊になって登山を開始していた。殿《しんがり》をつとめるガイ・ブーロックがしきりに後ろを振り返ってジョージの姿を探していたが、自分たちのほうへ駆けてくる親友を見つけると、激しく安堵《あんど》の手を振った。ゆっくりと登っていくパーティに、ジョージも手を振り返した。

「道を外れるな」ミスター・ディーコンがそう注意する声が聞こえたのを最後に、パーティは最初の角を曲がって姿を消した。

仲間が見えなくなったとたんにジョージは足を止め、山を見上げた。暖かな陽差しのなかで、そこはうっすらと靄《もや》に包まれていた。岩が明るく照らされ、雨裂が影を作って、頂《いただき》へは無数の道があることを示していたが、ミスター・ディーコンと彼に忠実なパーティはそのすべてを無視し、ガイドブックが推薦する道に断固としてしがみついていた。

ジョージは細くジグザグに山頂へと伸びている、乾いた川床に目をつけた。いまはそうではないけれども、一年のうち九カ月は、物憂《ものう》げにではあれ水が流れ下っているに違いない。彼は矢印や標識を無視して道を外れると、山の麓のほうへ向かった。そして、鉄棒に飛びつく体操選手のように躊躇《ちゅうちょ》なく最初の隆起に飛び移ると、張り出しにかけた足を突き出た岩へと素速く移した。その間、一度もためらうこともなく、下を見ることもしなかった。麓から千フィートのところにある、大きなぎざぎざの岩まできたときだけ動きを止め、しばらく地形を観察したあと、新たなルートを特定して移動を再開した。ときどきはしっかり踏み固められたくぼみに足を落ち着かせることもあったが、それ以外は未踏の道にこだわった。そこから山のほとんど中腹まで登ったところでようやく足を止め、時計を見た――九時七分。ミスター・ディーコンと仲間たちはどの標識までたどり着いただろうか。

前方に、よほどヴェテランの登山家か動物だけが使ったのだろうと思われる、かすかな道を見分けることができた。その道をたどっていくと、巨大な花崗岩《かこうがん》の板石《スラブ》に行く手をさえぎられた。その閉ざされた扉を開ける鍵を持たない者は頂にたどり着けないのだ。ジョージはしばらく思案した――どういう選択肢があるだろうか。いまきた道をたどって引き返すか、時間はかかるがこのスラブを迂回《うかい》するか。どちらにしても、だれもがたどっている安全なルートへ戻れるのは間違いないが、頂上まではかなり余計に時間がかかるだろう。そのとき、頭上の岩棚で一頭の羊が悲しげに鳴いた。人間に邪魔されることに明らかに慣れていないらしい羊はそのまま走り去り、それによって――ジョージがにんまりしたことに――侵入者が取るべきルートを図らずも教えてくれた。

ジョージは片手を置くことのできる、そして、片足を置くことのできるほんのわずかなくぼみを探しながら、下を見ないようにして、ゆっくりと、垂直な岩の表面をふたたび登りはじめた。何とか指を突っ込めるほどのくぼみや、かろうじて握れるほどの突起を見つけては身体を引き上げ、そこを次の足場にしていった。その岩の高さはせいぜい五十フィートだったが、登りきるのに二十分もかかり、そこで初めてベン・ネヴィスの頂上を見ることができた。しかし、より困難なルートを踏破した苦労はすぐに報われた。いまや彼の前には、頂上までなだらかな上りがつづいているだけだった。

ほとんど人の足に踏まれていない道を小走りに上りはじめ、頂上に着いたときには、まるで世界の頂に立っているかのように感じた。ミスター・ディーコン率いるパーティがまだ到着していなくても、驚きはしなかった。ジョージは一人山頂に腰を下ろし、眼下に広がる広大な田園の景色に見入った。一時間たって、ようやくミスター・ディーコンが忠良なるパーティを引き連れて姿を現わした。頂上に一人坐っているジョージの姿を見て生徒たちが歓声を上げ、手を叩《たた》きはじめると、教師は苛立ちを隠せなくなった。

彼は足取りも荒くジョージのところへやってきて難詰《なんきつ》した。「どうやってわれわれを追い越したんだ、マロリー?」

「追い越したんじゃありません」ジョージは答えた。「別のルートを見つけただけです」

そこにいる全員が疑いもなく見て取ったのだが、ミスター・ディーコンの表情はこの生徒を信じたくないと語っていた。「これまで何度も教えてきたとおり、マロリー、いつでも下りるときのほうが登るときよりも難しいんだ。なぜなら、頂上へ登るときにかなりのエネルギーを消費するからであり、それがどれほどのものかを初心者は忘れがちだからだ」そして、芝居がかった間をおいてから付け加えた。「その結果、しばしば自らがその責めを負うことになる」ジョージが黙っているのを見て、教師はさらに念を押した。「だから、下山のときには絶対に単独行動をしないように」

生徒たちが貪るように昼の弁当を食べ終わるや、ミスター・ディーコンは彼らを整列させた。そして隊列と向かい合い、ジョージがちゃんと隊列のなかにいて、同級生のブーロックとおしゃべりをしているのを確認してから、ようやく出発した。「キャンプで会おうな、ガイ」とジョージが言うのを聞いていたら、ミスター・ディーコンは彼を最前列に並ばせたはずだった。

ミスター・ディーコンは正しかった。山は登るときより下るときのほうが難しくて危険であるだけでなく、彼が予測したとおり、はるかに時間がかかった。

ミスター・ディーコンの率いる一行が足を引きずりながら、疲労困憊《こんぱい》してようやくキャンプに帰り着いたときには、あたりは薄暗くなりはじめていた。そのとき、彼らは自分の目を疑った。ジョージ・マロリーが地面に胡坐《あぐら》をかき、ジンジャー・ビールを飲みながら本を読んでいたのだ。

ガイ・ブーロックは思わず噴き出したが、ミスター・ディーコンはおもしろくなかった。彼はジョージに直立不動の姿勢を取らせると、山では危険を冒さないことがいかに重要であるかを厳しく説いて聞かせた。そして、激烈な説教を終えるやいなや、ズボンを降ろして前屈《まえかが》みになるよう命じ、自分のカーキ色の半ズボンを留めていた革のベルトを鞭《むち》の代わりにして、ジョージの尻を六回打った。だが、あの羊と違って、この生徒は悲しげに鳴いたりしなかった。

翌朝、曙光《しょこう》が射すと、ミスター・ディーコンは最寄《もよ》りの鉄道駅へジョージを連れて行き、モーバリー行きの切符を買い与えた。そして、家に着いたらすぐに父親に見せるよう命じて、一通の手紙を渡した。

「どうしてこんなに早く帰ってきたんだ?」父親は訊いた。

ジョージが手紙を差し出すと、父は封を切り、ミスター・ディーコンの記した文面に目を通していった。ジョージが黙って待っていると、父は口を結んで笑みがこぼれるのをこらえ、息子を見て指を振りながら言った。「いいか、息子よ、しっかり肝に銘じておくんだぞ。これからはもっと如才なく、目上の人たちに対しては行儀よくし、恥をかかせないようにすることだ」

一九〇五年

4

一九〇五年　四月三日　月曜

一家は朝食のテーブルを囲んでいた。メイドが朝の郵便物を持ってやってきて、銀のレター・オープナーと一緒に、その小さな束をマロリー牧師の脇に置いた。毎朝の彼女の儀式だった。

ジョージの父親は二枚目のトーストにバターを塗りながら、ささやかなそのセレモニーをしかつめらしく無視した。数日前から息子が学期末の通知表を待っているのはお見通しだった。それでもジョージは何食わぬ顔を装《よそお》い、最近アメリカを賑《にぎ》わしているライト兄弟の活躍を話題に、弟とおしゃべりをしていた。

「ちょっといいかしら」母親が割って入った。「わたしに言わせてもらえば、あれは不自然よ。神は鳥は飛ぶように創られたけど、人間はそうじゃないでしょう。それから、ジョージ、テーブルに肘をつくのはやめなさい」

メアリーとアヴィは黙っていた。異を唱えれば、にべもなくこう反論されるとわかっていたからだ。「あなたたちはどんなふうに見られるかが大事なの。どんな意見を持っているかはどうでもいいの」しかし、このルールは男の子には適用されないらしかった。

父親はその会話に加わらず、封筒をめくっては、どれが重要で、どれが脇へ寄せてもいいものかを決めようとしていた。唯一《ゆいいつ》確かなのは、何であれ地元の商人からの請求書と思われるものは郵便物の一番下に置かれ、数日は封も切られないまま放置されるということだった。

いますぐ封を切らなくてはならないとマロリー牧師が結論したのは二通、一通目にはウインチェスターの消印が、二通目には封筒の裏に盾の紋章が型押しされていた。彼はお茶を一口飲むと、ジョージに向かって微笑した。その長男は依然として、テーブルの向かいで父親が演じる茶番に気づかない振りをしていた。

マロリー牧師はようやくレター・オープナーを手に取ると、薄いほうの封を切り、チェスター主教からの手紙を開いた。それは日時の折り合いさえつけられれば喜んでモーバリーの教会へ赴き、教えを説くつもりであることを確認するものだった。マロリー牧師はその手紙をアニーに差し出した。主教の紋章を見た瞬間、妻の口元を笑みがよぎった。

マロリー牧師はゆっくりと時間をかけ、テーブルの周りの会話が不意にやんだことに気づかない振りをしながら、もう一通の厚いほうの封筒を開けた。そして、そこから成績表を抜き出し、ゆっくりとページをめくって内容をあらためはじめた。ときどき笑みを浮かべたり、意味のよくわからない渋面を作ったりしていたが、みんなが沈黙して彼の言葉を待ち受けているにもかかわらず、まだ何も言おうとしなかった。こんな経験はそうそうできるものではなく、この状態をもう少し引き延ばして楽しみたかったのだ。

父親はようやく顔を上げて長男を見ると、成績表を読み上げた。「〝歴史は八十六点で二番〟」そして、ふたたび成績表に目を落とした。「〝この学期はよく努力した。試験結果も優秀で、ギボンについての論文も見事な出来映えだった。大学へ進んだらこの学科を学ぶことを考慮してもらいたい〟」マロリー牧師は微笑してページをめくった。「〝英語は七十四点で五番。ボズウェルについての論文はとても見込みがあるが、ミルトンやシェイクスピアにもう少し時間を費やす必要があるし、R・L・スティーヴンソンに費やす時間は大いに減らすべきである〟」今度はジョージが苦笑する番だった。「〝ラテン語は六十九点で七番。オイディウスの翻訳は見事で、オックスフォードあるいはケンブリッジへの入学志願者に求められる点数は優に超えている。数学は五十六点で十四番、合格点を一点超えているに過ぎない〟」父親はそこで間を置き、眉をひそめて読みつづけた。「〝化学は二十六点で二十九番〟」そして、顔を上げて息子に訊いた。「生徒の数は何人なんだ？」

「三十人だよ」もう知っているくせにと思いながらも、ジョージは答えた。

「びりにならずにすんだのは、きっとガイ・ブーロックという友だちのおかげなんだろうな」

父親はふたたび成績を読み上げはじめた。「〝どんな実験にもほとんど関心を示さず、やろうとしない。その点を考慮すると、大学へ行ったとしてもこの学科を学ぶことは薦められない〟」ジョージが黙っていると、父親は成績表に添付されていた手紙を開き、今度はだれも宙ぶらりんのままにすることなくつづけた。「寮監のミスター・アーヴィングの意見では、今度の新学期に、おまえはケンブリッジ大学へ推薦されるだろうということだ」そこでちょっと間を置いてから言った。「それにしても、ケンブリッジとは意外な選択に思われるな」彼は付け加えた。「なぜといって、あそこはわが国で最も平坦《へいたん》なところのはずだからな」

「だから、ぜひともこの夏にフランスへ行かせてもらえないかな、お父さん。ぼくの教育の一助になるかもしれないんだ」

「パリか？」マロリー牧師が訝《いぶか》しげに眉を上げた。「おまえ、何を考えているんだ？　ムーラン・ルージュか？」

ミセス・マロリーが夫を睨《にら》みつけた。娘たちの前でそういうきわどい発言は慎めと言っているのだった

「違うよ、お父さん、赤《ルージュ》じゃなくて白《ブラン》だよ」ジョージは応えた。「正確に言えば、モン・ブランだ」

「でも、とても危険なんじゃないの？」母親が心配した。

「ムーラン・ルージュのほうが倍も危険だろうな」父親がそれとなくほのめかした。

「どっちにしても心配はいらないよ、お母さん」ジョージは笑って言った。「寮監のミスター・アーヴィングがいつも一緒だし、彼は英国山岳会《アルパイン・クラブ》の会員だというだけでなく、行儀作法の監督もしてくれるはずだからね。もっとも、運よくぼくがそういう女性を紹介されたとしての話だけど」

マロリー牧師はしばらく沈黙していた。子供たちの前で金がいくらかかるかという話をしたことは一度もなかったが、それでも、ジョージがウィンチェスターへの奨学金を勝ち得たときにはほっとしていた。毎年二百ポンドかかるところが三十ポンドですむからである。金は朝食のテーブルでの話題にはふさわしくなかったが、実を言えば、それが彼の頭から離れたことはほとんどなかった。

「ケンブリッジの面接はいつなんだ？」マロリー牧師はようやく尋ねた。

「来週の木曜だけど」
「では、来週の金曜に私の結論を伝えることにする」

5

一九〇五年　四月十三日　木曜

時間通りにガイが起こしてくれたにもかかわらず、ジョージは時間に遅れ、危うく朝食を食べ損なうところだった。彼はそれを、髭《ひげ》を剃らなくてはならないことのせいにした。実際、いまだに剃刀《かみそり》をうまく使えなかった。

「今日はケンブリッジ大学の面接だろう」寮監のミスター・アーヴィングが、二杯目のお粥《ポリッジ》をよそったジョージを見とがめて訊いた。

「はい、そうです」ジョージは応えた。

「もし私の記憶が正しければ」ミスター・アーヴィングが時計を一瞥《いちべつ》して付け加えた。「きみが乗ることになっているロンドン行きの列車が出発するまで、もう三十分足らずしかないぞ。まったく当たり前のことだが、ほかの志願者たちはすでにプラットフォームにいるのではないかな」

「栄養も十分にとらず、あなたの貴重な助言を聞き逃したのだとしたら、あいつらも馬鹿ですね」ジョージはにやりと笑って見せた。

「私はそうは思わないぞ」ミスター・アーヴィングが言った。「彼らはきちんと時間通りに朝食をとりにきたから、そのときに助言をしてある。面接時間に遅れないことが何より重要だと感じたのでね。私を時間にやかましすぎる男だと思っているのなら、マロリー、果たしてそうかどうかは、ミスター・ベンソンに会えばすぐにわかるだろう」

ジョージは向かいに坐っているガイにポリッジの椀《わん》を押しやると、この世に心配事など何もないといわんばかりにゆっくりと立ち上がり、急ぐ素振りも見せずに食堂をあとにしたが、中庭に出たとたんに、まるでオリンピックの短距離選手のような必死さで脱兎《だっと》のごとくそこを突っ切り、寄宿舎へ飛び込んだ。二段飛ばしで階段を駆け上り、最上階を目指したが、そのとき、まだ荷造りをしていないことを思い出した。しかし、部屋へ飛び込んだ瞬間に安堵と歓喜に捕らわれた。すでに紐《ひも》をかけられた革の小型スーツケースが、ドアのそばに置いてあった。きっと今度も、ガイが何から何まで見通して先回りをしてくれたに違いなかった。

「ガイ、恩に着るぞ」ジョージは感謝の言葉を口にし、たっぷりよそった二杯目のポリッジを親友が堪能してくれることを願った。そしてスーツケースをひっつかむと、今度は一段飛ばしで階段を降り、ふたたび中庭を突っ切った。ようやく門衛詰所にたどり着くと、必死の口調で訊いた。「寄宿舎の馬車はどこだ、シムキンズ？」

「十五分前に出払ってしまいました」

「くそ」ジョージは小声で吐き捨てると通りへ飛び出し、駅へ向かった。まだ間に合う自信はあった。

通りを走りながら、何かを部屋に置き忘れてきたような気がしてならなかったが、それが何であろうと、取りに戻っている余裕などあるはずもなかった。ステーション・ヒルへつづく角を曲がると、灰色の太い煙が一本、立ち昇っているのが見えた。列車が入ってくるところだろうか、それとも、出ていくところか？　ジョージは足を速め、驚いている改札係を尻目にプラットフォームへ走り込んだ。車掌が緑の旗を振り、最後尾の客車のステップを上ってなかに入って、勢いよくドアを閉めるのが見えた。

ジョージは動き出した列車を追って弾かれたように走り出したが、プラットフォームの端で最後尾に並びかけるのが精一杯だった。車掌が気の毒そうな笑みを浮かべてジョージを見、列車はもうもうと吐き出される煙のなかへ姿を消した。

「くそ」ジョージはまたもや吐き捨てた。振り向くと、改札係が追いかけてきていて、息を整えるや詰め寄った。「切符を拝見できますか？」

何を忘れたかを思い出したのはそのときだった。

ジョージはプラットフォームにスーツケースを置くと紐をほどき、そこに収められている衣服のあいだをこれ見よがしに引っ掻き回して切符を探す振りを装ったが、それがベッド脇のテーブルの上にあることはわかっていた。

「次のロンドン行きの列車は何時だろう」彼は軽い調子で訊いた。

「次のこの時刻です。一時間ごとに、この時刻に出発します」すぐさま答えが返ってきた。

「それでも、切符は必要です」

「くそ」ジョージは三度目の呪詛《じゅそ》を吐き捨てた。次の列車には何があっても乗らなくてはならない。「きっと寄宿舎に忘れてきたんだ」と、彼は力なく付け加えた。

「では、買い直してもらわなくてはなりませんね」改札係が言った。

いまやジョージは必死だった。手持ちの金があるだろうか？　スーツのポケットを探してみると、安堵したことに半クラウンがあった。クリスマスに母からもらって、在処《ありか》がわからなくなっていたものだった。おとなしく改札係のあとに従って切符売り場へ戻り、ウィンチェスター－ケンブリッジ間の三等往復切符を買った。料金は一シリング六ペンスだった。どうして列車には二等がないのだろうという、いつもの疑問がまたもや頭をよぎったが、いまはそれを尋ねるにふさわしいときではないように思われた。切符を切ってもらうとすぐにプラットフォームへ引き返し、売店でさらに一ペニーを投入してタイムズを一部手に入れた。そして、背板のついた坐り心地の悪い木のベンチに腰を下ろし、世界で何が起こっているかを知ろうと、買ったばかりの新聞を開いた。

　首相のアーサー・バルフォアは英仏間で最近調印された新たな和親協商を歓迎し、この先フランスとの関係はよくなる一方だとイギリス国民に約束していた。ページをめくると、セオドア・ローズヴェルトの記事が載っていた。彼はアメリカ合衆国大統領として二期目を任されたばかりだった。九時のロンドン行きが蒸気を吐きながら入ってくるころには、ジョージは第一面の項目別広告欄に見入っていた。そこには整髪料から山高帽まで、すべてが揃っていた。

　列車が時間通りであることにほっとし、ウォータールー駅に数分早く到着したときには、もっとほっとした。そして、客車を飛び降りると、プラットフォームを走った。通りに出ると、生まれて初めて一頭立て辻馬車《ハンソムキャブ》を止めた。キングズ・クロスへ行くのに次の鉄道馬車《トラム》を待つ気にはなれなかった。父親なら贅沢が過ぎると賛成しなかっただろうが、遅刻してミスター・ベンソンとの面接を受け損ない、そのせいでケンブリッジ大学に受け入れを拒否されたら、父親の怒りははるかに激越なものになるはずだった。

「キングズ・クロス」辻馬車に乗り込んで行き先を告げると、御者に一鞭《ひとむち》入れられた葦毛《あしげ》の老いぼれ馬が、いかにもくたびれたといわんばかりにのろのろとロンドンの街を歩きはじめた。ジョージは数分おきに時計を見て時間を確かめたが、間に合うだろうという自信はいまも変わっていなかった。モードリン・カレッジの上級担当教官との面接は三時に予定されていた。

キングズ・クロスで馬車を降りると、ケンブリッジ行きの次の列車が十五分後に出ることがわかった。ジョージはその日、初めて気が楽になった。しかし、彼が予想もしなかったことに、その列車はフィンズベリー・パークからスティーヴェネッジまでの各駅に停車し、そのせいで列車が息を切らせてようやくケンブリッジに入ったときには、駅の時計は午後二時三十七分を指していた。

ジョージは真っ先に列車を降り、ふたたび切符を切ってもらうと、すぐさま次の辻馬車を探しに外へ飛び出した。しかし一台も見つからないまま、ついには標識を頼りに町の中心へと走り出したものの、どの方向へ向かえばいいのかさっぱり見当がつかなかった。モードリン・カレッジへはどう行けばいいのか何人も通行人を捕まえて訊いてみたあと、ようやく大学生を示す黒いショート・ガウンと角帽の若者が、はっきりと方向を教えてくれた。その若者に礼を言い、今度はケム川にかかる橋を探してふたたび先を急いだ。全速力で橋を渡っているとき、遠くで時計が三度鳴り響いた。ジョージは安堵して笑みを浮かべた。せいぜい二分の遅刻ですむだろう。

橋を渡りきると、黒い樫《かし》でできた両開きの大扉の前で足を止めた。把手《とって》を回して押してみたが、扉はびくとも動かなかった。ノッカーで二度扉を叩き、しばらく待ったが、だれも応えてくれなかった。時計を見ると午後三時四分だった。もう一回、今度はもっと強く扉を叩いたが、やはり応答はなかった。ほんの二分遅れただけで締め出しを食らわせるなど、いくらなんでもあり得ないだろう。それとも――？

ジョージは三度《みたび》扉を叩き、鍵が回る音が聞こえて初めて、その手を止めた。扉が軋《きし》みながら開き、丈の長い黒いコートに山高帽という猫背の小男が姿を現わして一言だけ言った。

「今日はもう終了です」

「しかし、三時にミスター・A・C・ベンソンの面接を受けることになっているんです」

ジョージは懇願した。

「三時に門を閉じて施錠し、それ以降は何人《なんびと》も学内に入れてはならないと、主任チューターから明確な指示を受けているのです」

「そうだとしても――」ジョージは言いかけたが、小男は聞く耳を持とうともせず、遅刻した若者の目の前でぴしゃりと扉を閉めた。ふたたび鍵の回る音が聞こえた。

ジョージは拳で扉を叩いたが、だれも助けにきてくれないことはわかっていた。自分の愚かさを呪《のろ》うしかなかった。面接の首尾を訊かれたら何と答えればいいのか？　今夜遅く寄宿舎へ帰り着いたとき、ミスター・アーヴィングにどう言えばいいのか？　来週、時間通りに面接を受けるに決まっているガイに、どんな顔をして会えばいいのか？　父親がどういう反応を示すかはわかっていた。何しろ、この四世代で初めてケンブリッジで教育を受けられない人間がマロリー家から出てきたのだから。母親の反応はといえば、果たして家に入れてくれるかどうかも怪しかった。

行く手を阻む樫の大扉を見て顔をしかめ、それでも最後にもう一度だけノックをしてみようかと考えた。だが、無駄だということもわかっていた。この扉をくぐる以外に大学へ入る手立てはないものだろうかと思案を巡らせてみたが、北側はケム川が堀の役割を果たしていたから、やはりなかへ入る方法はなかった。ただし……とジョージは大学を取り巻く高い煉瓦《れんが》塀を、まるで岩肌をあらためるかのように子細に観察しながら、歩道を往きつ戻りつしはじめた。やがて、四百五十年のあいだに、雨、風、氷、雪、そして、それらを溶かす暖かい太陽が作りだしたくぼみや裂け目が何カ所か見つかり、ついに登攀《とうはん》可能なルートが特定された。

扉の上に頑丈な石造りのアーチがあり、窓枠からいくらも離れていないその縁が格好の足場になってくれるはずだった。その上にもう一つ、もう少し小さい窓と窓枠があり、手を伸ばせば届くところに傾斜のついたタイル張りの屋根が作られていて、反対側も同じく傾斜のついた屋根になっているものと思われた。

歩道に荷物を置くと——登攀時には余計な重量を省くことが鉄則だった——歩道から八インチほどの高さに穿《うが》たれた小さなくぼみに右足を差し込み、左足で地面を蹴《け》ると、突き出している横桟をつかんで、石のアーチへと身体《からだ》を引き上げた。数人の通行人が足を止めてその様子を見守るなか、ついに屋根までよじ登ることに成功し、その努力は控えめな拍手によって報われた。

しばらく塀の反対側を観察した。いつものこととはいえ、上るよりは下るほうがはるかに難しそうだった。左脚で屋根をまたぐと、両手で雨樋《あまどい》にしがみついて足場を探りながら、ゆっくりと身体を下ろしていった。爪先が窓枠に触れたと思った瞬間、片手を離した。そのとき靴が脱げ、雨樋を握りしめていた片手が滑った。常に三点で支持するという鉄則を破ってしまったのだ。落ちる、とジョージは覚悟した。学校の体育館の鉄棒でいつも落ちる練習はしていたが、こんなに高い鉄棒はなかった。身体が宙に浮いたが、その日初めての幸運というべきか、湿った花壇に墜落して一回転することができた。

立ち上がると、年配の紳士に見つめられているのがわかった。気の毒に、裸足《はだし》の押し込み強盗と対決しなくちゃならないとでも想像しているのかな、とジョージは思った。

「大丈夫かね?」紳士が訊いた。

「ありがとうございます」ジョージは応えた。「実はミスター・ベンソンに会わなくてはならないんです」

「この時間なら研究室にいるはずだ」

「すみません。その研究室がどこにあるかがわからないんです」ジョージは言った。

「そのフェロウズ・アーチウェイを抜けて」紳士が芝生の向こうを指さした。「二本目の通路の左側だ。ドアに名札が出ている」

「ありがとうございます」ジョージは腰を屈《かが》めて靴紐《くつひも》を結びながら礼を言った。

「どういたしまして」年配の紳士は教員宿舎のほうへつづく小径《こみち》を歩いていった。

ジョージはフェロウズ・ローンを駆け抜けてアーチウェイをくぐり、壮大なエリザベス様式の中庭へ飛び込んだ。二本目の通路にたどり着くと、足を止めて、教員名掲示板を確認した――A・C・ベンソン、主任チューター、四階。一目散に階段を駆け上がって四階に着くと、ミスター・ベンソンの研究室の前に立って息を整え、そっとドアをノックした。

「どうぞ」声が返ってきた。ジョージはドアを開け、主任チューターの領土に足を踏み入れた。赤ら顔にもじゃもじゃの髭を蓄えた肥満体が、顔を上げてジョージを見た。薄手のチェックのスーツを着て黄色い斑模様《まだら》の蝶《ちょう》ネクタイを締め、その上にガウンをまとって、革表紙の書籍と学生の論文に埋もれた大きな机の向こうに坐っていた。「用件は何かな？」

彼がガウンの襟を引っ張りながら訊いた。

「私はジョージ・マロリーといいます。あなたにお目にかかる約束をしているのですが」

「約束をしていたというほうがもっと正確だな、マロリー。きみの面接は三時に予定されていたはずだ。それにしても、三時以降はいかなる入学候補生といえども学内に入ることを許すなと命じておいたはずだが、きみはどうやって入ってきたのかね。まずそれを聞く必要があるな」

「塀をよじ登りました」

「何をしただって？」ミスター・ベンソンが信じられないという表情を浮かべてゆっくりと立ち上がった。「ついてきなさい、マロリー」

ジョージは黙ってミスター・ベンソンのあとにつづき、階段を下りて中庭を横切ると、門衛詰所へ入っていった。主任チューターの姿を見た瞬間、門衛が跳び上がった。

「ハリー」ミスター・ベンソンが言った。「この入学候補生が三時を過ぎて学内に入ることを許したか？」

「とんでもありません。そんなことをするはずがありません」門衛が信じられないという顔でジョージを見つめた。

ミスター・ベンソンがジョージに向き直った。「どうやって学内に入ったのか、それを正確に教えてもらおうか、マロリー」

ジョージは二人を案内してフェロウズ・ガーデンへ戻り、花壇に残っている自分の足跡を指さした。主任チューターは依然として腑《ふ》に落ちない様子で、門衛は意見を口にしなかった。

「きみの言うとおり、マロリー、もし塀をよじ登って入ったのだとすれば、当然のことながら塀をよじ登って出ていくこともできるわけだ」ミスター・ベンソンが一歩後退して腕を組んだ。

ジョージはゆっくりと小径を往復し、慎重に塀をあらためてから、どこをどう登るかを決めた。主任チューターと門衛が度肝を抜かれて見つめるなか、ふたたび鮮やかに塀をよじ登り、てっぺんにたどり着くと屋根をまたぐようにして腰を下ろした。

「そちら側へ降りてもいいでしょうか」ジョージはおそるおそるお伺いを立てた。

「仕方がない、認めないわけにはいかないだろう」ミスター・ベンソンが即座に応えた。

「きみを学内へ入れないでおくのはどうやっても無理だと、いまはっきりわかったわけだからな」

6

一九〇五年　七月一日　土曜

ムーラン・ルージュへ行くつもりはないとジョージが父親に言ったのは嘘《うそ》ではなかった。事実、マロリー牧師はすでにミスター・アーヴィングからの手紙を受け取っていて、そこにはアルプスへ向かう旅程が詳しく書かれていたが、パリへ寄る予定はなかった。しかし、それはジョージがミスター・アーヴィングの命を救ったり、治安を妨害したりしたかどで逮捕されて、一晩を留置場で過ごす前のことだった。

ジョージの母親は息子が登山へ出かけるときにはいつでも不安を隠せなかったが、それでも、必ず五ポンド紙幣をジャケットのポケットに滑り込ませて、父親には内緒だとささやくのが常だった。

ガイとミスター・アーヴィングとはサウサンプトンで合流し、そこからフェリーでル・

アーヴルへ向かった。四時間後にフランスのその港に着くと、マルティニー行きの列車が待っていた。その長い旅のあいだ、ジョージはほとんど窓の外を眺めて過ごした。

　ミスター・アーヴィングがいかに時間に几帳面かを思い出させられたのは、列車を降りたときに一頭立ての大型遊覧馬車《シャラバン》が自分たちを待っているのを見たときだった。御者がぴしりと鞭を鳴らし、小グループはきびきびと山岳地帯へ入っていった。ジョージはその過程で、これから自分を待ち受けている大冒険のいくつかをより子細に観察することができた。

　アルプスの麓、ブール・サン・ピエールのオテル・リオン・ドールに三人がチェックインしたときには、すでに暗くなっていた。夕食のとき、ミスター・アーヴィングはテーブルに地図を広げ、これから二週間の計画を説明しながら、自分たちが登る山を示していった――グラン・サン・ベルナール峠（八千百一フィート）、モン・ヴェラン（一万二千三百五十三フィート）、そして、グラン・コンバン（一万四千百五十三フィート）。その三つをすべて征服したら、モンテ・ローザ（一万五千二百十七フィート）に挑むことになっていた。

　ジョージは食い入るようにその地図を見つめた。早くも翌朝の陽の出が待ちきれなかった。ガイは黙っていた。ミスター・アーヴィングが毎年のアルプス行に同行させるのは、登山に関して最も見込みのある生徒だということはよく知られていたが、果たして自分が名乗りを上げたことがよかったのかどうか、ガイは自信がぐらつきはじめていた。

一方のジョージは、そんな不安とはまるっきり無縁だった。しかし、ミスター・アーヴィングでさえ驚くことになったのだが、彼らは翌日、記録的な速さでグラン・サン・ベルナール峠の頂にたどり着いた。その日の夕食のとき、ジョージはミスター・アーヴィングに、モン・ヴェランを攻めるときは自分を登攀リーダーにしてもらえないだろうかと頼んでみた。

ミスター・アーヴィングはしばらく前から、これまで出会った学生のなかではジョージが最も完成された登山家であり、年季の入った教師である自分よりも天与の才能に恵まれていることに気づいていた。しかし、自分に代わって登攀リーダーをやらせろと言った生徒はジョージが初めてだった――しかも、探検のまだ二日目だというのに。

「モン・ヴェランの低いところでならいいだろう」ミスター・アーヴィングは認めた。「だが、五千フィートを超えたら、私がリーダーになる」

だが、ミスター・アーヴィングは最後までリーダーにならなかった。なぜなら、翌日のジョージは経験豊かなアルピニストも顔負けの自信と技術をもって小パーティを先導し、ミスター・アーヴィングが過去に考えたこともない新たなルートまで示してみせたからである。二日後、グラン・コンバンに登ったときには、ミスター・アーヴィングがかつて成し遂げた登攀時間をさらに短縮してみせ、教師を生徒にしてしまった。

いまやジョージの関心は、いつモン・ブランを攻める許可をもらえるかという一点にあるようだった。

「それはまだ早すぎる」ミスター・アーヴィングが言った。「私でさえプロのガイドを頼らずには無理だと考えているんだ。だが、秋にケンブリッジに入学したら、ジェフリー・ヤングに紹介状を書いてやろう。彼はわが国一の経験豊かな登山家だから、きみがあの特別な貴婦人にアプローチする準備ができたかどうか、その時期は彼に判断してもらえばいい」

しかし、ミスター・アーヴィングには、自分たちはモンテ・ローザにアタックをかける準備ができているという自信があった。そして、ときどきガイが遅れそうになったとはいえ、ジョージはこれっぽっちの不運にも見舞われることなく、パーティを頂へ連れていった。事故が起こったのは下山の途中だった。もしかするとミスター・アーヴィングは、登頂成功という勝利のあとは何も問題は起こらないと、多少気を許していたのかもしれない。だが、油断が登山家の最大の敵だった。

ジョージは変わることなく確固として下山を開始したが、とりわけ険しい山腹の峡谷《クーロオール》へ着いたところで足取りをゆるめることにした。登っているときにガイがこの部分で折り合いをつけにくかったのを憶《おぼ》えていたのである。そのクーロオールをジョージがほとんど通り抜けたとき、悲鳴が聞こえた。そのときのとっさの彼の反応が三人全員の命を救ったのは疑いの余地がない。ピッケルを深い雪に打ち込むと、そのシャフトに素速くザイルを巻きつけて固定し、登山靴でしっかりと確保してから、一方の手でザイルを握った。ガイが目の前を墜落していくところしか見えなかった。ミスター・アーヴィングも自分と同じ安全手段を講じているに違いないから、ガイの落下は二人がかりなら食い止められるはずだった。しかし、寮監はジョージのようにすぐには反応できず、ピッケルを深くしっかりと雪に打ち込むことはできたものの、ザイルをシャフトに巻きつけて固定するのが間に合わなかった。直後、彼もまたジョージの目の前を墜落していった。ジョージは下を見ず、登山靴でピッケルの先端を踏みつけたまま、死にものぐるいで自分の身体を支えようとした。眼下の渓谷まで優に六百フィート、さえぎるものは何一つなかった。

必死で踏ん張っていると、ようやく二人の落下が止まり、宙吊《ちゅうづ》りになって揺れはじめた。ザイルがその重さに負けて切れてしまうのではないか、二人が墜落死するのをなすすべもなく見ているしかないのではないかと不安がよぎったが、祈っている暇はなかった。それでもザイルを握りしめていると、その瞬間、とりあえずではあるかもしれないが、答えがわかったような気がした。だが、まだ危険が去ったわけではなかった。なぜなら、二人を何とか無事に引き上げなくてはならないからである。

下を見ると、二人は血の気を失って雪のように白い顔をゆがめ、必死の形相でザイルにしがみついていた。ジョージは学校の体育館で果てしなく練習を繰り返して身につけたザイルの技術を使い、二人を前後にゆっくりと揺らしはじめた。ついにミスター・アーヴィングが山腹に足場を確保した。ジョージが自分の位置を保持していると、アーヴィングが同じようにガイを前後に揺らしはじめた。ガイも何とか足場を確保することができた。しばらくして二人とも下山をつづけられそうになったが、ミスター・アーヴィングとガイが完全に態勢を整えるまで、ジョージはピッケルを離さなかった。一インチずつ、彼はひどく震えている二人の登山家を先導して、三十フィート下の広い張り出しへたどり着いた。そこで一時間近く休んだあと、ミスター・アーヴィングがリーダーになり、より安全な斜面へとパーティを導いた。

その日の夕食時、三人はほとんど言葉を交わさなかったが、翌朝もう一度山へ戻らなければガイは二度と登山をしないだろうと、本人を含めて全員がわかっていた。次の日、ミスター・アーヴィングがリーダーとなり、二人を先導して、今度はもっと時間はかかるけれどもはるかに易しいルートを選び、もう一度モンテ・ローザを攻めた。その日の夜ホテルへ戻ったときには、ジョージもガイも、もう子供ではなくなっていた。

前日、三人全員が安全なところにたどり着くのに要した時間はわずか数分に過ぎなかったが、その一分一分がそれぞれ六十に分割されて、生涯忘れられることはなかった。

7

ミスター・アーヴィングがパリに不案内でないことは、三人がその町に着いたとたんに明らかになり、ジョージとガイは寮監の言うことを聞いてよかったと、ただひたすらうれしかった。というのは、この旅の最終日をフランスの首都で過ごし、二人の素晴らしい未来を祝おうというミスター・アーヴィングの提案に同意していたのだった。

三人がチェックインしたのは、七区の、絵のように美しい中庭のあるこぢんまりしたファミリー・ホテルだった。軽い昼食のあと、ミスター・アーヴィングは昼のパリを二人に紹介した。ルーブル美術館、ノートルダム寺院、凱旋門《がいせん》。しかし、ジョージの想像力を独占したのは、フランス革命百年を記念して一八八九年に開催された、パリ万博のために建てられたエッフェル塔だった。

「そんなことは間違っても考えるんじゃないぞ」頭上千六十二フィートにそびえる鋼鉄の建造物の最高点を見上げているジョージに気づいて、ミスター・アーヴィングが警告した。

彼は六フランを支払って三枚のチケットを買うと、ガイとジョージをエレヴェーターに乗せ、ゆっくりと塔の頂へ上っていった。

「モン・ブラン山麓の丘陵地帯だってこんなものじゃありませんよね」パリを下に望みながら、ジョージが感想を口にした。

ミスター・アーヴィングは苦笑しながら考えた。モン・ブラン征服をもってしても、ジョージ・マロリーの才能を証明するには十分ではないのではあるまいか。

着替えて夕食に出たとき、ミスター・アーヴィングは二人の教え子を左岸の小振りなレストランへ連れていき、まずはフォアグラと、小さなグラスに満たされた冷たい甘口の白ワインを振る舞った。そのあとに角切りの牛肉を赤ワイン、タマネギ、マッシュルームとともに煮込んだブフ・ブールギニョンがつづいた。二人がこれまでに口にしたどんなビーフ・シチューよりもうまかったが、それでさえ、よく熟成したブリー産の高級チーズにはかなわなかった。学校の食事とは大違いで、どの料理《コース》にもかなり上等のブルゴーニュ・ワインがついていた。人生で最も刺激的な日々の一日をすでに味わっているようにジョージは感じたが、まだ終わりにはほど遠かった。コニャックの楽しみを教えてもらったあと、二人はミスター・アーヴィングとともにホテルへ帰った。夜半をわずかに過ぎていて、ミスター・アーヴィングはおやすみと言って自室へ戻っていった。

ジョージが服を脱ぎはじめても、ガイはベッドの端に腰を下ろしたままだった。「しばらく様子を見て、もう一度、こっそり出かけようぜ」

「もう一度出かける？」ジョージはもごもごと訊き返した。

「そうさ」ガイが珍しいことに、やる気満々で主導権を握ろうとしていた。「せっかくパリにいるというのに、ムーラン・ルージュへ行かずして何の意味がある？」

ジョージはボタンを外しつづけた。「母に約束したんだ……」

「おまえのことだからな、きっとそうなんだろうよ」ガイが冷やかした。「そして、いまやモン・ブランの高さを征服しようと計画している男が、パリのナイトライフの深さを探りたくないというわけだ。だけど、どう言われてもそんなことは信じられないな」

ジョージは渋々シャツのボタンを留め直した。ガイが明かりを消し、ベッドルームのドアを薄く開けて、その向こうをうかがった。そして、ミスター・アーヴィングが何事もなく『ボートの三人男』を持ってベッドに潜り込んでいるのを確認すると、そっと廊下へ忍び出た。ジョージも仕方なく後につづいて、静かにドアを閉めた。

ガイはロビーへ降りるとそのまま通りへ出て辻馬車《ハンソム・キャブ》を捕まえた。ジョージが考え直す暇もなかった。

「ムーラン・ルージュだ」山の斜面では決して見せたことのない自信に満ちてガイが行く

先を告げると、御者はためらう様子もなく馬車を走らせた。「おれたちがこんなことをしてるのを見たら、ミスター・アーヴィングはどんな顔をするだろうな」と言いながら、ガイが銀のシガレット・ケースを開いた。親友がそんなものを持っているとは、ジョージはいまのいままで知らなかった。

馬車は二人を乗せてセーヌを渡り、モンマルトル——ミスター・アーヴィングの計画書にはなかった山——へ向かった。馬車がムーラン・ルージュの前で止まり、ジョージは訝った。自分たちはこの豪華絢爛《けんらん》たるナイトクラブに入れてもらえるだろうか。客の大半がりゅうとした出《い》で立《た》ちで、なかにはディナー・ジャケットに身を固めている者だっているじゃないか。ガイがふたたび主導権を握った。御者に料金を払うと、十フラン紙幣を財布から取り出してドアマンに差し出した。ドアマンは二人の若造を見て不審げな顔をしたが、それでも十フランをポケットに入れて入店を許可した。

なかに入ってガイがふたたび十フランを渡すと、ボーイ長は黙ってそれを受け取り、ドアマンと同じ、木で鼻をくくったような態度で二人の若造を遇した。若いウェイターが部屋の奥の小さなテーブルへジョージとガイを案内し、メニューを差し出した。ジョージは煙草《たばこ》売りの娘の脚に見とれていたが、そのあいだに、懐《ふところ》が寂しくなっているのがわかっているガイが、ワイン・リストのなかで二番目に安いボトルを選んだ。しばらくして戻ってきたウェイターが二人のグラスに白ワインを注いでいるとき、明かりが落とされた。燃えるように赤い衣装の娘が十数人も登場し、白いペチコートも露《あら》わに踊り出すのを見たとたん、ジョージは思わず背筋を伸ばして坐《すわ》り直した。プログラムには〈カンカン〉と書いてあった。娘たちが黒いストッキングに包まれた脚を宙に蹴り上げるたびに、ほとんど男性からなる観客がやかましい歓声を上げ、口々に「素晴らしい！」と叫んだ。ジョージは姉と妹がいて一緒に暮らしたにもかかわらず、セント・ビーズに海水浴に行っているときでさえ、そこまで剝《む》き出しの肌を見たことがなかった。ガイが二本目のワインを頼むのを見て、ジョージは、この親友が今夜初めてナイトクラブを経験したわけではないのではないかと思いはじめた。なぜといって、彼が育ったのはチェシアではなくてチェルシーだったからである。

幕が降り、照明が明るくなると、ふたたびウェイターがやってきて請求書を差し出したが、そこに書かれている数字は、ワイン・リストに記されていた金額とは似ても似つかないほどかけ離れていた。ガイが有り金をはたいてもまだ足りなかったので、ジョージが母にもらった非常用の五ポンドを使って不足分を埋め合わせた。ウェイターは外国の紙幣に眉をひそめたが、それでも大きな白い紙幣をポケットに入れ、釣りを出す素振りも見せなかった。バルフォア首相の和親協商はせいぜいがそんなものだった。

「参ったな」ガイが言った。

「まったくだ」ジョージは相槌《あいづち》を打った。「ワイン二本であんなに取られるなんて知らなかった」

「違う」ガイがジョージを見ずに言った。「おれが言っているのは請求書のことじゃない」そして、ステージのそばのテーブルを指さした。

その瞬間、ジョージは仰天した。彼らの寮監が肌も露わな女性を隣りにおいて坐り、その女性の肩に腕を回していた。

「そろそろ戦術的撤退にかかるほうがよさそうだ」ガイが言った。

「同感だ」ジョージは応えた。二人は立ち上がると出口へと歩いた。後ろを振り返るのは、通りへ出るまで我慢しなくてはならなかった。

歩道に出ると、ムーラン・ルージュで煙草を売っていた娘よりもっと短いスカートを穿《は》いた女性がゆっくりと近づいてきた。

「ねえ」その女性がフランス語でささやいた。「ご一緒させてもらえないかしら?」

「いや、結構です、マダム」ジョージもフランス語で断わった。

「あら、イギリスの人ね」彼女がさらにフランス語でつづけた。「二人とも安くしておくわよ」

「普段なら喜んで申し出を受けるんですが」ガイが割って入った。「残念ながら、あなたの国の人たちに巻き上げられて、二人ともすっからかんなんです」

その女性が怪訝《けげん》な顔をするのを見て、ジョージはガイの言葉を通訳してやった。彼女は肩をすくめると、もっと見込みのある客を見つけようと、ムーラン・ルージュからぞろぞろ出てきはじめたほかの男たちのほうへ去っていった。

「ホテルへ帰る道がわかるか？」ガイが足をふらつかせながら訊いた。「是非そうあってほしいんだがな。だって、辻馬車に乗る金もないんだから」

「道なんか全然わからないよ」ジョージは言った。「だが、自信がないときには、知っているランドマークを見つけるんだ。それが目的地までの道しるべになってくれるはずだからな」そして、きびきびと歩き出した。

「そうだな、その通りだ」ガイが急いで後につづいた。

川を渡り、ホテルへの道をたどっているうちに、ジョージは酔いがさめてきた。自分が選んだランドマークから滅多《めった》に目を離さなかった。ガイもついてきていたが、お互いにまったく口を開かず、四十分後、パリ市民のほとんどが嫌いだといい、二十年の許可が失効したらすぐに、ボルトの一本一本、桁《けた》の一つ一つまで解体されるのを見たいと願っているモニュメントの足元で立ち止まったとき、ようやくガイが言葉を発した。

「ホテルはあの向こうのどこかだと思うんだ」彼は狭い側道のほうを指さした。振り返ると、ジョージがエッフェル塔を見上げていた。その目には、強い崇敬の光が宿っていた。

「夜だと、もっとやりがいがある」ジョージが塔を見つめたまま言った。

「まさか本気じゃないだろうな」親友が塔の四本の脚の一本へ向かうのを見て、ガイは声をかけた。

制止しようと走り出したが、追いついたときには、ジョージは早くも塔の脚に跳びついてよじ登りはじめていた。ガイは声を振り絞ってやめろと叫びつづけたが、実際にできることといえば、親友が桁から桁へ軽々と移動していくのを手をつかねて見つめていることぐらいだった。ジョージは一度も目を下へ向けなかったが、もしそうしていれば、宵っ張りの人々が小さなかたまりになって、彼の一挙手一投足をじっと見上げているのがわかったはずだった。

ジョージが塔のほぼ半ばに達したと思われるころ、ガイは警笛の音を聞いた。はっとして振り返ると、警察車両が次々とコンコースに走り込んできて止まろうとしているところだった。六人ほどの制服警官が飛び降りて、一人の男のほうへ走っていった。ガイはそれまで気づかなかったのだが、明らかに前からそこにいて彼らを待っていた、当局の人間らしかった。男はすぐさま警官を率いてエレヴェーターの入り口へ行き、鉄の扉を引き開けた。野次馬《やじうま》が見守るなか、エレヴェーターはゆっくりと上昇しはじめた。

ガイは視線を上げ、ジョージの進み具合を確かめた。てっぺんまでわずか二百フィートを残すだけで、追手がきていることにはまったく気づいていないようだった。ややあって、エレヴェーターが彼の横で揺れながら止まった。扉が引き開けられ、一人の警官が一番近くにある鉄桁におそるおそる片足を乗せ、もう一方の足も踏み出したが、すぐさま怖《お》じ気《け》づいてエレヴェーターに引き返した。隊長らしき警官が不心得な冒険者に懇願しはじめたが、当の相手はまるっきり言葉がわからない振りをしていた。

ジョージは依然としててっぺんまで登り切るつもりで、しばらくは穏やかな説得の言葉を無視しつづけたが、やがてそれがどの国のどの言葉を話す人種でもわかるだろうと思われる激越な罵りに変わると、しぶしぶエレヴェーターに乗り込んだ。

不心得な冒険者が警察とともに地上に戻るや否や、野次馬が両側に並んで道を造り、ジョージが警察車両へ歩くあいだずっと喝采しつづけた。

「もうちょっとだったな、若いの」

「お見事だ」

「よくやった！」

「素晴らしい！」

人々が「素晴らしい！」とフランス語で叫ぶのを聞くのは、ジョージにとって今夜二度目だった。

ヴァンに押し込まれ、どこへともわからないまま連れ去られようとしたとき、ガイの姿が見えた。「ミスター・アーヴィングを見つけるんだ」と、ジョージは叫んだ。「彼なら何とかしてくれるだろう」

ガイは走り通しに走ってホテルへ戻ると、エレヴェーターで四階へ上がり、ミスター・アーヴィングの部屋を力任せにノックした。しかし、返事はなかった。仕方なく一階へ下り、階段に腰かけて、寮監の帰りを待った。ムーラン・ルージュへ引き返そうかという考えが頭をかすめたが、もっと面倒なことになるかもしれず、結局諦めた。

ホテルの時計が六時を打った直後、ミスター・アーヴィングの乗った馬車が正面玄関に止まった。肌も露わな服装の女性の姿は影もなかった。ミスター・アーヴィングは階段に坐っているガイを見て驚き、その理由を知ってさらに驚いた。

ホテルの支配人に電話を二本かけてもらっただけで、ジョージが一夜を過ごした警察署がどこかは明らかになった。ミスター・アーヴィングは自分の持っている外交技術をすべて駆使し、言うまでもなく財布を空にして、ようやく責任能力のない未成年者の釈放を認めさせただけでなく、自分たちはすぐに《インメディアトマン》フランスをあとにすると警部に約束した。

サウサンプトンへ帰るフェリーの上で、ミスター・アーヴィングはジョージとガイに向かい、あの事件を二人の両親に報告するかどうかをまだ決めかねていると打ち明けた。

「実は、ぼくもまだ決めかねているんですよ」ガイが応じた。「先生がぼくたちを連れていったクラブの名前を父に明らかにしたものかどうかをね」

8

一九〇五年　十月九日　月曜

新学期の初日、モードリン・カレッジの前に着いたジョージは、正門の扉が開いているのを見てほっとした。

彼は悠然と門衛詰所に入ると、スーツケースを床に置き、カウンターの奥に坐っている見憶えのある人物に声をかけた。「ぼくは――」

「ミスター・マロリーですね」門衛が山高帽を上げて応え、温かい笑みを浮かべて付け加えた。「あなたを忘れるとでもお思いですか？」そして、クリップボードに目を落とした。

「あなたの部屋はピープス棟の第七階段を上ったところです。通常は学期初日に新入生を部屋まで案内するのが私の役目なんですが、あなたの場合は一人でも大丈夫なようですからね」ジョージは笑った。「ファースト・コートを横切って、アーチをくぐってください」

「ありがとう」ジョージは礼を言い、スーツケースを手に出口へ向かった。

「ちょっと待ってください」ジョージが振り返ると、門衛が立ち上がった。「これはあなたのではありませんか？」そして、横に〝ＧＬＭ〟と黒い文字で印刷されている、もう一つの革のスーツケースを差し出した。「それから、六時の約束に遅刻しないようにしてくださいよ」

「六時の約束？」

「そうです。学寮長自らが学寮長公舎で飲み物を振る舞うことになっているんです。学期初日に自ら新入生と知り合おうと、そういう考えを持っておられるんです」

「ありがとう、すっかり忘れていました」ジョージは言った。「ところで、ガイ・ブーロックはもうやってきていますか？　ぼくの友人なんですが」

「確かそのはずですよ」門衛がふたたび名簿を見た。「そうですね、ミスター・ブーロックは二時間以上前に到着しておられます。部屋はあなたの一つ上の階です」

「あいつがぼくより上にいるのは初めてだな」ジョージは言ったが、その意味は説明しなかった。

丁寧に鋏で刈り揃えられたかのように見える芝生に踏み込まないように用心しながら、ファースト・コートへ向かった。途中何人かとすれ違ったが、長いガウンをまとって奨学生であることを示している者、短いガウンを着てジョージと同じ給費生だとわかる者、あるいはガウンを身につけないで角帽だけかぶり、互いにそれを持ち上げて挨拶を交わす者と、学生もいろいろだった。

ジョージの顔を見直す者もいなければ、まして、すれ違いざまに角帽を持ち上げる者もいなかった。ウィンチェスターの初日と同じだった。ミスター・A・C・ベンソンの研究室へ上がる階段の前を通り過ぎるときは口元がゆるむのをこらえられなかった。面接の翌日、主任チューターは電報をよこして歴史を専攻するよう勧め、そのあと手紙まで届けて、自分が直接指導すると言ってきたのだった。

アーチの下を歩いてセカンド・コートに入ると、ようやくピープス棟が現われ、大きく〝7〟と記された狭い廊下にたどり着いた。スーツケース二つを引きずりながら木造階段を三階まで上がると、〈G・L・マロリー〉と銀色で記されたドアが見えた。この百年でいったい何人の名前があそこに記されたのだろう、とジョージは感慨を覚えた。

なかに入ってみると、ウィンチェスターの勉強部屋よりわずかに広いだけだとわかったが、その狭い空間をガイと共有しなくてもすむのがせめてもの救いだった。まだ荷ほどきも始めないうちにドアがノックされ、返事も待たずにガイが入ってきた。二人はまるで初対面ででもあるかのように握手をし、笑い、互いを抱擁した。

「おれのほうが一階上だな」ガイが言った。

「その愚かな思いつきについてのおれの考えはすでに明らかにしてある」ジョージは応じた。

机の上の壁を見て、ガイはにやりとした。見慣れた表が、すでにそこに鋲《びょう》で留めてあった。

ベン・ネヴィス　四千四百九フィート　✓
グラン・サン・ベルナール　八千百一フィート　✓
モン・ヴェラン　一万二千三百五十三フィート　✓
グラン・コンバン　一万四千百五十三フィート　✓
モンテ・ローザ　一万五千二百十七フィート　✓
モン・ブラン　一万五千七百七十四フィート　？

「モンマルトルを忘れてるんじゃないか？」ガイが言った。「それに、エッフェル塔だって言うまでもないだろう」

「エッフェル塔は千六十二フィートしかない」ジョージは応えた。「それに、忘れたのか？

おれはあそこを登り切っていない」

ガイがちらりと時計を見た。「そろそろ行こうか。学寮長との約束に遅れちゃまずいだろう」

「確かに」ジョージは急いでガウンを羽織った。

若い学部学生としてセカンド・コートを学寮長公舎へ向かいながら、ジョージは学寮長について何か知らないかとガイに尋ねた。

「ミスター・アーヴィングが教えてくれたことしか知らないけど、外務省を退職する前はベルリンに駐在していたらしい。いたってドイツ人に遠慮がなかったという評判で、ミスター・アーヴィングによれば、ドイツ皇帝《カイザー》でさえ彼には用心していたとのことだ」

ジョージは学寮長公舎の庭を横切る学生たちの流れに合流すると、ネクタイを直した。

全員が庭の片側を支配しているヴィクトリア朝ゴシック様式の建物を目指していて、その正面玄関では、白い上衣に黒いズボンという服装の、クリップボードを持ったカレッジの事務員が待ち構えていた。

「私はブーロック、こっちはマロリーです」ガイが名乗った。

事務員は二人の名前に——ジョージについてはじっくりと顔をあらためたあとで——チェックマークを入れた。「学寮長は二階の応接室でお待ちです」と、彼は教えてくれた。

ジョージは階段を駆け上がり——それが彼の常だった——優雅に装飾された応接室に入った。その広い部屋はすでに学生や教員で一杯で、壁では古今の油絵が妍《けん》を競っていた。使用人がシェリーを配って回りはじめると、ジョージは知っている人物を認め、その人物に歩み寄った。

「今晩は」と、彼は挨拶した。

「マロリーか。遅刻しなくて何よりだ」主任チューターが言ったが、からかっている様子はまったくなかった。「きみの同級生になる二人の学生にも念を押していたところだが、私の最初の個人指導は明朝九時からだ。きみもいまや学内の宿舎にいるわけだから、壁をよじ登らなくても定刻にはこられるはずだな、マロリー」

「もちろんです」ジョージは応え、シェリーに口をつけた。

「それはどうでしょう。ぼくは疑わしいと思いますが」ガイが茶々を入れた。

「友人のガイ・ブーロックです」ジョージは紹介した。「こいつについては心配いりません。いつだって時間には几帳面ですから」

使用人を別にすれば、この部屋で唯一ガウンを身につけていない人物がやってきた。

「やあ、サー・デイヴィッド」主任チューターが迎えた。「ミスター・ブーロックとは初対面だと思うが、ミスター・マロリーのことを知らないはずはないよな。なにせ、今年の四月にきみの庭に降ってきた男だからな」
ジョージは学寮長を見て思わず口走った。「なんてことだ《オー・ロード》」
サー・デイヴィッドが新入学生を見て微笑した。「いや、ミスター・マロリー。これからは〝学寮長《マスター》〟で十分だ」

いかにジョージでも翌朝ミスター・ベンソンが行なう最初の個人指導に遅刻することはあるまいとガイは確信していたにもかかわらず、それでも、ジョージは定刻ぎりぎりになってようやく姿を現わすというていたらくだった。主任チューターがまず宣言したのは、毎週の小論文は木曜の五時までに必ず提出すること、個人指導に遅刻した者はだれであれ、扉が閉ざされて鍵がかかっていることに驚いてはいけないということだった。ベンソンの部屋と自分の部屋がわずか百ヤードしか離れていないことにジョージは感謝し、さらに、母が目覚まし時計を持たせてくれたことにも感謝した。

細々《こまごま》とした諸注意が伝えられたとたんに、ミスター・ベンソンの個人指導はジョージの期待のはるか上をいくものになるとわかった。その日、シェリーを楽しんでいるとき、主任チューターもジョージと同じくボズウェル、バイロン、そして、ワーズワースを愛していて、しかも、ブラウニングと直接の友人だったと明らかになり、さらに気持ちが高ぶった。

　しかし、ミスター・ベンソンがジョージに明らかにしたのはそれだけではなかった。一年目の給費生が何を期待されるかを一点の曇りもなく理解させ、大学の学期は八週しかないが、休暇期間中もまったく同じように勤勉に学ばなくてはならないと覚悟させた。そして、別れ際《ぎわ》にこう付け加えた。「それから、ミスター・マロリー、日曜の新入生フェアには必ず参加するように。さもないと、この大学がどんなに多くのサークル活動をし、それを提供しているかがわからないからな」そして、にやりと笑って見せた。「たとえば、演劇サークルに入ろうと思わないでもないかもしれんぞ」

9

ジョージの部屋をノックしたが、返事がなかった。ガイは時計を見た。十時五分。日曜は九時で食事時間が終わってしまうから、ホールで朝食を食べているはずはないし、おれを置き去りにして新入生フェアに出かけることもまずあり得ない。だとすれば、まだ寝ているか、風呂に入っているかだろう。もう一度ノックしてみたが、今度も応答はなかった。ドアを開け、なかを覗《のぞ》いた。ベッドは乱れ――それは珍しいことではまったくなかった――、枕の上には本がページを開いたまま置き放しにされて、机には紙が散らばっていたが、主《ぬし》の姿はどこにもなかった。やはり、風呂に入っているに違いない。

ガイはベッドの端に腰かけて待った。時計の存在理由を親友に理解させる努力は、とうの昔に無駄とわかって放棄していた。それでも、友人知己の多くはジョージの時間のだらしなさをいまも不愉快に思い、〈礼節人をつくる〉というウィンチェスターの校是を繰り返し説き聞かせていた。親友のその欠点はガイもよくわかっていたが、同時に、彼が稀有《けう》な才能を持っていることにも気づいていた。プレパラトリー・スクールに入るとき、たまたま同じ列車に乗り合わせたという運命的な偶然が、ガイの生活を丸ごと変えてしまった。ジョージのことをときとして不躾《ぶしつけ》で、傲慢でさえあると見ている者もいたが、その奥を見れば、あるいは見ることを許されれば、そこには同じぐらいの優しさと寛容とユーモアがあることに気づくはずだった。

ガイは枕の上に置いてある本を手に取った。E・M・フォスターの小説だった。初めてお目にかかる著者の作品を何ページも読まないうちに、ジョージがタオルを腰に巻き、髪から滴《しずく》を垂らしながら現れた。

「もう十時か?」彼は腰のタオルを取り、それで頭を拭きながら訊いた。

「十分過ぎてる」ガイは応じた。

「ベンソンは演劇クラブに入ったらどうだと言ったけど、確かに女の子と知り合いになるチャンスはあるかもな」

「ベンソンがそう言ったのは、おまえを女の子と知り合わせようとしたからじゃないんじゃないか?」

ジョージがくるりと振り返った。「おまえは勧めないということか……?」

「万に一つ気づいてないといけないから教えてやるが」ガイは目の前で素っ裸になってい

る親友に言った。「おまえの顔を見直すのは女の子だけじゃないんだぞ」

「それで、おまえはどっちがいいんだ?」ジョージがタオルで親友をはたいた。

「おれと一緒にいれば、おまえはまるっきり安全だ」ガイは断言した。「さあ、用意はできたか。さっさと出かけないと、おれたちが着いたころには一人残らず片付けをすませていなくなっちまってるぞ」

ジョージはいつも通りの足取りで庭を突っ切っていったが、ガイは例によってついていくのに苦労しなくてはならなかった。

「どんなクラブに入るつもりなんだ?」ガイは訊いた。ジョージと肩を並べているためには、ほとんど小走りにならなくてはならなかった。

「おまえが入れてもらえないクラブだよ」ジョージがにやりと笑って言った。「そうすれば、おれの選択肢もずいぶん広がろうってもんじゃないか」

二人は足取りをゆるめ、やはり新入生フェアへぞろぞろと向かう新入生の群れに合流した。パーカーズ・ピースにたどり着くはるか手前で、早くもバンドの演奏、合唱団の歌、そして、懸命に他を圧しようとする無数の大声が聞こえはじめた。

芝生の広い一角を特別ブースが占領し、それぞれの場所で学生たちがまるで露天商にでもなったかのように声を張り上げて新入生を勧誘していた。ジョージとガイはその空気をシャワーのように浴びながら、最初の通路をゆっくりと歩いていった。ガイが多少の関心を示したのは、クリケットの白いユニフォームを着てボールとバットを持つという、秋の日にはどこかそぐわない格好の男がこう訊いたときだった。「そこの二人、どっちでもいいが、もしかしてクリケットはやらないか？」

「ウィンチェスターでは先頭打者でした」ガイは応えた。

「それなら、おまえがここへきたのは正しい」バットの男が言った。「おれはディック・ヤングだ」

クリケットとフットボールのイングランド代表だったヤングだと気づいて、ガイは軽く会釈《えしゃく》した。

「友だちのほうはどうなんだ？」ディックが訊いた。

「こいつを誘っても時間の無駄ですよ」ガイは言った。「こいつはもっと高いものしか見ないんです。たまたまあなたと同じヤングという名前の人物を探してはいるんですがね。あとでまたな、ジョージ」

ジョージはうなずくと、ゆっくりその場を離れて人込みに紛れ、「歌はどうだ？　テノールを探してるんだ」という叫びを無視して歩いていった。

「五ポンド出すぞ」別の声が冷やかした。

「チェスはしないのか？　今年はオックスフォードをやっつけなくちゃならないんだ」

「楽器をやらないか？」必死の声が訊いた。「シンバルでも構わないから」

ジョージが足を留めたのは、通路の一番奥のブースの庇《ひさし》に目が留まったときだった。そこには〝フェビアン協会　一八八四年創設〟と記されていた。彼は足早に、パンフレットを振りかざして「万人に平等を！」と叫んでいる男へ歩み寄った。

目の前にやってきたジョージを見て、男が訊いた。「われらが小グループに参加する気はないか？　それとも、きみはあの狭量なトーリー党か？」

「まさか」ジョージは否定した。「ぼくはずいぶん前からクイントゥス・ファビウス・マキシムスの信奉者なんですよ。〝怒りながらも一発の銃弾も放たずに勝利できれば、それが真の勝者である〟という考えのね」

「資格は十分だ」若者がテーブル越しに入会申込用紙を渡した。「これに必要事項を書き込んでくれ。そうすれば、来週の会合に出席できる。ミスター・ジョージ・バーナード・ショウが講演する予定だ。ところで、おれはルパート・ブルックだ」そう付け加えて、若者は握手の手を差し出した。「クラブの部長をしている」

ジョージは興奮してブルックの手を握り返し、それから入会申込書に必要事項を書き込んだ。ブルックが返された用紙を一瞥し、そこに記された名前に気づいた。「なあ、ちょっと訊きたいんだが、あの噂は本当なのか？」

「噂って？」ジョージは訊き返した。

「カレッジの塀をよじ登ってこの大学に入ったってやつさ」

ジョージが答えようとした瞬間、背後で声が言った。「そのあと、塀をよじ登って外へ出たんですよ。その部分がいつも一番難しいんです」

「どうして一番難しいんだ？」ブルックが無邪気に訊いた。

「いたって簡単な理由ですよ」ジョージが口を開く間もなく、ふたたびガイが答えた。「岩壁を登るときには、両手は目からせいぜい数インチしか離れていないけれども、降りるときには両足が必ず目の下五フィート以上になるんです。それはつまり、下を見たときにバランスを崩す可能性がはるかに高いことを意味するんです。わかりますか？」

ジョージは声を上げて笑った。「こいつの言うことなんか無視してください。狭量なトーリー党であるだけでなく、資本主義体制のお先棒担《かつ》ぎでもあるんです」

「確かに。まんざら嘘でもありません」ガイが恥ずかしげもなく認めた。

「それで、どのクラブに入ることにしたんだ？」ブルックがガイを見て訊いた。

「クリケットのほかに、ユニオン、ディズレッリ・ソサエティ、将校養成団です」ガイは答えた。

「いやはや」ブルックが慨嘆した。「この男に期待してもだめかな」

「全然だめですね」ガイは自ら認め、ジョージに言った。「だけど、少なくともおまえが探していたものは見つけてやったわけだから、今度はおまえがおれに付き合う番だ」

ジョージは角帽を上げてブルックに挨拶すると、ふたたび新人勧誘に戻った彼と別れてガイのあとに従い、次のブースの列に入っていった。やがて、ガイが勝ち誇った様子であるブースの白い庇を指さした。そこには〈ケンブリッジ大学山岳クラブ《CUMC》一九〇四年創設〉と書いてあった。

ジョージは力任せに親友の背中を叩き、展示されている写真をあらためていった。過去から現在までの学生が、グラン・サン・ベルナール峠、モン・ヴェランやモンテ・ローザの頂上に立っていた。また、テーブルの奥の別の展示板には、大判のモン・ブランの写真が貼られ、そこに〝苦労してもやり遂げたければ、来年、われわれと一緒にイタリアへ行こう〟と誘い文句が記されていた。

「どうすれば参加できるんですか？」ジョージは背の低い、がっちりした体格の学生——もっと背の高い学生がピッケルを持って隣りに立っていた——に訊いた。

「山岳クラブはだれでも入れるわけではないんだ」と、答えが返ってきた。「選ばれる必要がある」

「では、選ばれるためにはどうすればいいんですか？」

「それは簡単だ。わがクラブのグループと一緒にペン－イ－パスへ行けばいい。そこで、きみが登山家か、単なる週末のハイカーかを判断させてもらう」

「一応教えておいたほうがいいと思うけど」ガイが口を挟んだ。「ここにいるぼくの友人は――」

「喜んでそこへ行かせてもらいます」ジョージはガイに最後まで言わせず、言葉を引き取った。

ジョージとガイは週末のウェールズ行に参加することにし、テーブルの向こうに立っている背の高いほうの男に申請書を手渡した。

「私はソマーヴェル」と、男が自己紹介をした。「こっちはオデール、地質学者だから、岩を登るよりも岩を研究することに関心がある。後ろにいるのが」ソマーヴェルが年配の男を指さした。「アルパイン・クラブのジェフリー・ウィンスロップ・ヤング、わがクラブの名誉会長だ」

「わが国で最も優れた登山家ですよね」ジョージが言った。

ジョージの申請書を見て、ヤングが笑みを浮かべた。「グレアム・アーヴィングは物事を誇張する癖があるが」と、彼は言った。「きみの最近のアルプス行については、すでに手紙で知らせてきている。ペン－イ－パスに着いたら、きみが本当に彼の言うとおりに優秀かどうかを見せてもらうつもりだ」

「こいつはもっと優秀ですよ」ガイが割り込んだ「ミスター・アーヴィングはその手紙に書いていないと思いますが、ぼくたちがパリを訪れたとき……痛い！」ガイが不意に悲鳴を上げた。ジョージに靴の踵《かかと》で向こうずねを蹴られたのだった。

「来年の夏、あなたのパーティがモン・ブランへ行くとき、ぼくにも同行のチャンスがあるんでしょうか」ジョージは訊いた。

「それは無理かもしれない」ヤングが言った。「すでに一人あるいは二人、その遠征に同行を希望して、選抜を待っている候補者がいるからな」

いまやソマーヴェルとオデールは、モードリン・カレッジのこの新入生に並々ならぬ興味を持ちはじめていた。この二人の若者は似ても似つかなかった。オデールは五フィート五インチをかろうじて超えているかいないかで、髪は砂色、赤ら顔で、青い目はいつも湿っていた。大学生にしては若く見えたが、声は実年齢よりも老《ふ》けて聞こえた。対照的に、ソマーヴェルは六フィートを超す長身で、髪は黒く、櫛《くし》というものにめったにお目にかかったことがないのではないかと思われるほどに乱れていた。黒い目は海賊のようだったが、質問するときには俯《うつむ》いて、声も小さかった。それはお高くとまっているからではなく、単に恥ずかしがり屋だからに過ぎなかった。この二人にはまるで共通点がないけれども、きっと自分の生涯の友になるのだろうと、ジョージは本能的に見て取った。

一九〇六年　六月二十三日　土曜

ケンブリッジでの最初の年に何を成し遂げたかと訊かれたら――実際に父親に訊かれたのだが――ずいぶん多くのことを成し遂げたとジョージは答えたはずだった。それと引き替えに学期末試験で第三級という劣等成績に甘んじなくてはならなかったが、それよりもはるかに充実した成果を上げることができた、と。

「校外活動にばかり精を出していて大丈夫なのか」と、父親は不安混じりに諫言《かんげん》した。「そもそもやり過ぎだし、時期がきて職業を考えるにあたって、何の役にも立たないものばかりだろう」それはジョージの頭にほとんどないも同然の事柄だった。「いまさら念を押すまでもなくわかっているとは思うが、息子よ」と言いながらも、彼はやはり念を押さずにはいられなかった。「おまえを死ぬまで高等遊民として暮らさせてやるほどの金は、私にはないんだぞ」ジョージがプレパラトリー・スクールへ行った日から、マロリー牧師はその気持ちを隠そうとしなくなっていた。

ガイもかろうじて第三級で試験を凌《しの》いだ口だが、それでも、父親とこういう話はしていないだろうなとジョージは思いながら、いまは自分のすこぶる付きの幸運を父親に打ち明けるときではないと結論した。実はジェフリー・ヤングの登山パーティに参加するメンバーに選ばれて、夏にはイタリアへ遠征することになったのだった。

ガイと違って、ジョージは第三級という不名誉な成績を取ったことを恥じていた。しかし、ミスター・ベンソンによれば、第二級にわずかに届かなかった第三級であって、これからの二年間をもう少し頑張れば、最終学年には必ず一つ上の級へ上がれるだろうし、もしいくつかの犠牲を払うなら、第一級さえ確保できるかもしれなかった。

ミスター・ベンソンの言う犠牲とは何を指しているのだろう、とジョージは考えはじめた。なにしろフェビアン協会の委員に選ばれ、その関係でジョージ・バーナード・ショウやラムゼイ・マクドナルドと夕食のテーブルをともにするようになっていたし、ルパート・ブルック、リットン・ストレイチー、ジェフリー・ケインズとメイナード・ケインズ、カー・コックスと、夜、定期的に会ってもいた。ミスター・ベンソンが全面的に認めている人たちばかりだった。また、劇評が好意的なものばかりとは限らないとだれよりも早く認めていたはずなのに、マーロウの「ファウスト博士」をブルックが制作したときには、教皇まで演じていた。それに、ボズウェルをテーマにした論文にも手を着けていて、うまくいけば出版されるかもしれなかった。しかし、それらはすべて、アルパイン・クラブのメンバーに選ばれるための努力に較《くら》べれば二の次でしかなかった。ミスター・ベンソンは人が羨む第一級を獲得するために、それらをすべて犠牲にしろと言うつもりなのだろうか？

10

一緒に登って自分と同等の能力を持っていると感じた者は、ジョージ・マロリーには一人もいなかった。しかし、それはジョージ・フィンチに出会うまでのことだった。

新学期の前の休暇にジョージはウェールズへ行き、ジェフリー・ヤングに合流して、ペン－イ－パスで行なわれるケンブリッジ大学山岳クラブの入会選抜試験に参加していた。ヤングは毎朝、チームを選抜して登攀を行なわせ、ジョージはすぐにオデールとソマーヴェルに一目置くようになった。二人は同行者として素晴らしいだけでなく、登るのがより難しいところでも、ジョージに後れを取ることなく、同じペースを保つことができた。

木曜の朝、ジョージはフィンチとペアを組み、クリブ・ゴーホ、クリブ－イ－ディスグル、スノウドン、リウィードと尾根を越えていくことになった。二人してしばしば四つん這いを余儀なくされながらスノウドンを登ったり下ったりしているとき、この若いオーストラリア人がほかのみんなを置いてけぼりにするまで休みそうにないと気づいて、ジョージはうんざりした。

「これは競争じゃないんだぞ」ほかの登山家が遅れはじめると、ジョージはすぐに注意した。

「何を言ってるんだ、競争に決まってるじゃないか」フィンチは足取りをゆるめようともしなかった。「おまえさんは気づいてないかもしれないが、ヤングがこの選抜試験に招いたなかで、オックスフォードでもケンブリッジでもないのはたった二人なんだ」そして、一呼吸入れてから吐き捨てるように言った。「しかも、その一人は女だ」

「それは知らなかったな」ジョージは認めた。

「この夏、おれがヤングに招かれてアルプスに同行する望みがあるとすれば」フィンチが決めつけた。「その候補者になる登山家のなかでだれが一番優秀かを、一片の疑いの余地なく彼に信じさせる必要があるんだ」

「そうかな」ジョージは足を速め、目の前に出現した初めてのライヴァルを追い抜いた。

スノウドン・ホースシューをぐるっと回って帰路につくころにはフィンチもジョージに追いついて肩を並べ、二人は息を切らせながら、ほとんど小走りに丘を下った。ペン－イ－パス・ホテルが見えたとたんに、ジョージはもういいだろうとフィンチに先頭を譲ってやった。

「やるじゃないか、マロリー。だけど、あの程度でいいのか?」ジョージがビターを二パイント頼んだあとで、フィンチが言った。二人がお代わりを頼んだあとに、オデールとソマーヴェルが合流した。

数カ月後、二人はコーンウォールでロック・クライミングの技術を磨き、どっちが腕のいい登山家だと思うかとヤングに訊いたが、そのたびに、彼は判断を口にするのを渋りつづけた。しかし、その夏イタリア・アルプスの斜面に足を置いたらすぐに、ヤングがモン・ブランへの挑戦的なアタックを敢行するために、どっちをクールマユール渓谷へともなうかを決めなくてはならないことを、ジョージは理解していた。

ウエールズやコーンウォールへの遠征に必ず同行していた登山家たちのなかで、一人、ジョージがもっと長い時間を一緒に過ごしたいと思っている仲間がいた。名前はコティ・サンダース、裕福な産業資本家の娘で、若い娘にそれがふさわしいと母親が考えさえすれば、疑いもなくケンブリッジ大学に席を得られたはずだった。ジョージ、ガイ、コティの三人は、朝の登山では必ず一緒のチームだったが、より低い斜面で一緒に昼食をとってしまうと、ヤングは必ずといっていいほどジョージを二人から切り離し、フィンチ、ソマーヴェル、オデールと組ませて、もっと難しい午後の登攀に当たらせようとした。

コティは一般的な言葉の意味では美人とはいえなかったが、ジョージにとっては、彼女ぐらい一緒にいて楽しい女性は初めてだった。背丈は五フィートより一インチ高いだけで、どんなに男が喜びそうな肢体を持っていたとしても、何枚も重ねたジャンパーとジョッパーズの下に、それを断固として隠していた。そばかすの散った顔とカールした褐色の髪が、まるで男の子のような女の子という印象を醸《かも》し出していた。しかし、ジョージが惹《ひ》かれたのはそこではなかった。

ジョージの父親は朝の説教で〝内なる美〟を説くことが多く、ジョージは信徒席の最前列から、その考えを内心で嘲《あざけ》るのを常としていた。コティに出会ってそれは変わったが、自分と一緒にいるときの彼女の目が常に輝いていることに、残念ながら気づいていなかった。彼女はといえば、ジョージに恋しているんじゃないかとガイに訊かれて、一言でこう答えた。「みんな、そうなんじゃないの？」

その話をガイが持ち出したときのジョージの返事はいつも同じだった――おれはコティを友だち以上の何かだとは考えていない。

「ジョージ・フィンチについてのあなたの意見はどうなの？」ある日、岩の上に坐って昼食をとっているとき、コティが訊いた。

「どうしてそんなことを訊くんだ？」ジョージは耐脂紙にくるんだサンドウィッチを取り

出しながら訊き返した。

「いつだったか父が言ってたけど、質問に質問で答えるのは政治家だけなんですってよ」

ジョージは苦笑して答えた。「あいつが恐ろしく優秀な登山家なのは認めるが、一日一緒にいたらうんざりさせられるかもな」

「わたしなら十分でたくさんだわ」コティが言った。

「どういうことだい」ジョージはパイプをつけながら訊いた。

「あいつったら、だれからも見えなくなったとたんに、わたしにキスしようとしたのよ」

「もしかしたら、きみに恋しているんじゃないのか」ジョージは軽い口調で、冗談に紛らわせようとした。

「それはないでしょうね」彼女が否定した。「わたしは全然あいつのタイプじゃないもの」

「だけど、キスしようとしたぐらいなら、魅力的だと思ってるんじゃないのか」

「あんなことをした理由はたった一つよ。五十マイル以内にいる女がわたしだけだったからだわ」

「三十マイルだよ」ジョージは笑って訂正し、パイプの灰を岩で落としながら付け加えた。

「尊敬すべきわれらのリーダーのお出ましだ」そして、コティに手を貸して立ち上がらせてやった。

険しい岩の張り出しを経由してリウィード山を下るのは見るからにおもしろそうだったが、ジョージががっかりしたことに、ヤングはそのルートを取らないと決めた。より低い斜面に着いたとき、ジョージはパイプを置いてきたことに気づき、それを取りに頂まで引き返さなくてはならないことに苛立った。コティが一緒に行ってやると言ってくれたが、ジョージは岩の基部まで戻ると、そこで待っているよう彼女に頼んだ。大きな障害物を迂回して、わざわざ無駄な時間を費やす気にはなれなかった。

コティがあっけにとられて見守るなか、彼は切り立った岩肌をまっすぐ、恐れる様子などまるで見せずに登っていった。そして、てっぺんによじ登るとパイプをポケットに入れ、同じルートをまっすぐに降りはじめた。

その日の夕食の席で、コティはその日の午後の目撃談をほかのメンバーに話して聞かせた。誰一人それを信じていないことは、彼らの表情からはっきりと見て取れた。ジョージ・フィンチなど声高に笑い出し、ジェフリー・ヤングにこうささやく始末だった。「彼女はあいつがサー・ガラハッド（『アーサー王伝』の聖杯を見つけた騎士）だと思ってるんですよ」

ヤングはにこりともしなかった。それどころか、ジョージ・マロリーこそ王立地理学会でさえ不可能とみなしている登山に同行させるべき、理想の人材かもしれないと考えはじめていた。

ひと月後、ヤングは七人の登山家に招待状を書き、夏季休暇間のイタリア・アルプス遠征に加わってくれるよう頼んだ。彼はその手紙で、クールマユール渓谷からモン・ブランを攻めるペアを決めるのは、七人のうちだれが最もよく危険な環境に順応するかを自分の目で見てからにすると明らかにしていた。

ガイ・ブーロックとコティ・サンダースには招待状が届かなかった。二人がいたらパーティが集中できないというのがヤングの判断だった。

「集中を解くのは」ヤングはパーティがサウサンプトンに集まったときに宣言した。「ウェールズで週末を過ごしているときには大いに結構なことだ。しかし、クールマユールで、ヨーロッパでも屈指の不実な山を登ろうとしているときには、まったくそうではない」

11

一九〇六年　七月十四日　土曜

その晩、二人は泥棒のようにこっそりと、だれにも知られることなくホテルを忍び出た。戦利品を小脇に抱え、明かりのついていない道を押し黙って横切って、森のなかへ姿を消した。同僚はたぶん正餐《せいさん》のための着替えをしているところだろうから、彼らがいないことに気づくまでには多少の時間があるものと思われた。

最初の何日かはすべてがうまくいき、金曜にクールマユールにテントを張ったときには、登山にはうってつけの天気だった。一週間後、エギュイーユ・デュ・シャルドネ、エギュイーユ・デュ・グレポン、モン・モウディを経験した――ジェフリー・ヤングお気に入りの言い方をするなら、胃袋に収めた《アンダー・ゼア・ベルツ》――あと、最後の挑戦の準備はすべて整った。あとは天候が保《も》ってくれるのを祈るだけだった。

ホテルの大型振子時計《グランドファーザー・クロック》が七時を打つと、ケンブリッジ大学山岳クラブ《CUMC》の名誉会長がスプーンでグラスの腹を叩き、委員全員に静粛を求めた。

「議題の一つ目は」ジェフリー・ヤングが協議事項を記した表にちらりと目を走らせた。「新会員の選考である。ミスター・ジョージ・リー・マロリーを会員に加えるべくミスター・ソマーヴェルが提案し、ミスター・オデールもそれを支持している」そして、顔を上げた。「この提案に賛成の者は？」五本の手が挙がった。「全会一致」ヤングが宣言すると、小さな拍手がそれにつづいた。彼の知る限りでは、そういう例は過去になかった。「したがって、ジョージ・リー・マロリーをＣＵＭＣの会員とすることを宣言する」

「だれか彼を探しにいって」オデールが言った。「このいい知らせを伝えてやったらどうでしょう」

「もしマロリーを見つけたいなら、登山靴を履いていったほうがいいぞ」ヤングが言ったが、なぜそうなのかという説明はなかった。

「それから」ソマーヴェルが口を開いた。「ジョージ・フィンチがケンブリッジ大学出身者でないことはわかっていますが、彼を名誉会員にしてやるというのはどうでしょう。何といったって、優れた登山家なんですから」

その提案に賛成したいと思う者はいないようだった。

ジョージはマッチを擦り、携帯用のプリマス・コンロに火をつけた。二人はテントのなかで胡坐をかいて坐り、向かい合ってコンロで手を暖めながら、湯が沸くのを待った。高山の中腹までくると、沸騰するまでに時間がかかるのだった。ジョージはマグを二つ地面に置いた。フィンチが包みを破ってケンダル・ミント・ケーキを取り出すと、それを半分に折り、一方を登攀パートナーに差し出した。

きのう、二人はモン・モウディの頂上にともに立ち、わずか二千フィート上にあるモン・ブランの頂を見上げて、明日はあそこから眼下を見下ろすことになるのだろうかと考えたのだった。

ジョージは時計を見た。午後七時三十五分。そろそろジェフリー・ヤングが明日の計画をチームのメンバーに説明し、だれが彼に同行して最終アタックを行なうかを明らかにするころだった。湯が沸いた。

「この一週間、登山に関しては実に見るべきものがあった」ヤングがつづけた。「私の経験のなかでも飛び抜けていたといっても過言ではないと思う。だが、そのせいではるかに難しくなったことが一つだけある。それは、明日、私と一緒に頂上を攻めるのをだれにするかということだ。きみたちのなかに何年もこの機会を待っていた者がいるのは重々承知しているが、一人ならず何人かを失望させざるを得ない。言うまでもなくよくわかっているだろうが、経験豊かな登山家にとってモン・ブラン登頂は、技術的にはさして難しくない。しかしもちろん、それにはクールマユール側から企てるのでなければ、という条件がつく」そして、一拍置いた。

「登攀パーティは五人で構成される。私、ソマーヴェル、オデール、マロリー、そして、フィンチだ。われわれは明朝四時に出発し、一万五千四百フィートまで登って、そこで二時間休憩する。気まぐれな女王、つまり天候が許してくれれば、三人からなる最終アタック・チームが頂上を目指すことになる。

オデールとソマーヴェルは一万三千四百フィートのところにあるグラン・ミュレの山小屋まで降りて、そこで最終アタック隊の帰還を待つ」

「凱旋ですね」ソマーヴェルが度量のあるところを見せたが、それでも、頂上を攻めるメンバーに選ばれなかったことへの無念さは、オデールともども、ほとんど隠すことができないでいた。

「そうなることを願おう」ヤングは言った。「登攀パーティに選ばれなかった者の無念さはよくわかっている。しかし、バックアップ・チームなしにはいかなる山も征服できないし、チームのメンバー一人一人に果たすべき役割があるのだということを、絶対に忘れないでもらいたい。理由が何であれ明日のアタックが失敗したら、その週のうちに二度目のアタックを試みるつもりでいるが、そのときにはソマーヴェルとオデールに同行を要請するつもりだ」ソマーヴェルとオデールがオリンピックのシルヴァー・メダリストのような、嬉《うれ》しさと悔しさの入り混じった複雑な笑みを浮かべた。「私の話は以上だ。あとは、私に同行する最終アタックのメンバーを発表するだけだな」

ジョージは手袋を片方脱ぐとボヴリル（スープ・ストックや飲み物などに使う牛肉エキス）の栓を開け、どろりとした褐色の液体をスプーン一杯分、二つのマグに落とした。フィンチがそこに湯を注いでかき混ぜ、完全に溶けたことを確かめてから、一方を相方に渡した。ジョージは二本目のケンダル・ミント・ケーキを折り、長いほうをフィンチに差し出した。その食事を堪能する間《かん》、二人は一言も話さなかった。

ついに沈黙を破ったのはジョージだった。「ヤングはだれを選んだかな」

「おまえさんは当確だよ」マグを包むようにして両手を暖めながら、フィンチが応えた。

「だけど問題は、オデール、ソマーヴェル、そして、おれの三人のうちからだれを選ぶかだ。一番腕のいい登山家をヤングが選ぶとしたら、最後の席はおれのものになるはずだけどな」

「一番腕のいい登山家を選ばない理由があるのか？」

「おれはオックスフォードでもケンブリッジでもないじゃないか、オールド・ボーイ」フィンチがジョージの訛《なま》りを真似《まね》て答えた。

「ヤングはそんなことを気にするような俗物《スノッブ》じゃないよ」ジョージは言った。「出身大学がどこかなんてことでメンバーを選んだりはしないさ」

「もちろん、その気になれば先手を打つこともできるんだがな」フィンチがにやりと笑った。

ジョージが怪訝な顔をした「何を考えてるんだ？」

「朝一番に頂上を目指して出発し、だれがやってくるかを待ち受ければいいんだ」

「それはピュロスの勝利《ピリック・ヴィクトリー》というべきものじゃないか。割に合わないよ」ジョージはマグを空にしながら異を唱えた。

「勝利は勝利だ」フィンチが言った。「だれでもいいからエペイロス人に訊いてみろよ。〝ピリック〟って言葉をどう思うかってな」

ジョージがそれに応えずに黙って寝袋に潜り込むと、フィンチはズボンの前ボタンを外してテントを出た。そして、月明かりに輝くモン・ブランの頂を見上げ、何とか一人であそこに登れないだろうかとまで考えた。テントに戻ったときには、ジョージはすでに熟睡していた。

「二人とも見つかりません」全員揃った夕食の席に戻ってきて、オデールが報告した。「隅から隅まで探したんですが」

「二人にとって明日は大事な日だ。そのときに備えて、二人とも休息を取ろうとするはずだろう」ヤングが熱いコンソメの深皿を自分の前に戻しながら言った。「しかし、華氏零下二十度で眠るのは容易ではない。明日の計画に若干の修正を加えざるを得ないだろうな」テーブルを囲んでいる全員が、食事の手を止めて彼を見た。「オデール、ソマーヴェル、私の三人にハーフォードを加えることにする」

「でも、マロリーとフィンチはどうするんです?」オデールが訊いた。

「あの二人は先にグラン・ミュレに着いて、われわれが着くのを待つつもりではないかと、そんな気がしているんだ」

12

ヤング率いるパーティがグラン・ミュレの山小屋に着いたときには、マロリーとフィンチはすでに昼食を終えていた。そして、自分たちの生意気に対して遠征隊長がどういう反応をするかを黙ってうかがった。

「もう登頂は試みたのか？」ヤングが訊いた。

「私としてはそうしたかったんですが」フィンチは隊長に従って山小屋に入りながら答えた。「マロリーがやめておけというものですから」

「なかなか賢い男だな、マロリーというのは」ヤングは言い、古い防水紙の地図をテーブルに広げた。そして、ジョージとフィンチが耳を澄ますなか、残りの二千二百フィートを登るルートを最後まで説明した。

「私にとっては、これがクールマユール側からの七回目の試みになる」ヤングは言った。「しかし、成功したとしても三回目でしかない。つまり、確率は五分五分ですらないということだ」彼は地図を畳んでリュックサックにしまうと、ソマーヴェル、ハーフォード、オデールと握手をした。「ありがとう、諸君。五時には、いや、どんなに遅くとも五時半には、万難を排して必ず戻ってくるつもりだ」そして、笑みを浮かべて付け加えた。「湯気の立つアール・グレイを用意して待っていてくれ」そのあと、険峻《けんしゅん》な頂を睨み上げ、自分が選抜した同行者を見て言った。「一分たりと疎《おろそ》かにはできない。そろそろザイルで互いをつなぎにかかろう。いいか、諸君、いまわれわれが見ている貴婦人は、暗くなってから外で一緒にいたい類《たぐい》では絶対にないんだ。それは断言してもいい」

それから一時間、三人は細い尾根を着実に進んでいった。そこを行けば、頂上へ千フィート以内に近づけることになっていた。何をこんなに大騒ぎすることがあるのかとジョージは疑いはじめたが、それはバーン・ドア（納屋の戸）――両側を切り立った岩でブック・エンドのように挟まれた、巨大な氷のてっぺん――にたどり着くまでだった。もっと長いけれども簡単な頂上へのルートがあったが、それはヤングの言うとおり、初級者のためのものに過ぎなかった。

ヤングはバーン・ドアの足元に腰を下ろすと、もう一度地図を確かめた。「このところの週末をロック－クライミング技術の錬磨に費やした理由がそろそろわかりはじめたのではないかな」

ジョージは舐《な》めるようにバーン・ドアに目を凝らし、表面に裂け目はないか、自分より前にやってきた登山家が作ったくぼみはないかと探して、ついに、小さな亀裂におずおずと片足をかけた。

「いまはだめだ」ヤングが先頭に立とうと前を横切りながら、断固として制した。「来年なら大丈夫かもしれないけどな」

そして、頭上にせり出した巨大な氷をゆっくりと横断《トラヴァース》しはじめた。その姿が視界から消え、しばらくしてまた現われるということが何度も繰り返された。互いがあたかも臍《へそ》の緒のようにザイルでつながっていることを考えれば、だれかがたった一つの過《あやま》ちを犯しただけで全員が転落してしまうことを、一人一人がわかっていた。

フィンチは顔を上げた。ヤングの姿は視線の先になく、底に鋲の打ってあるジョージのブーツの踵が尾根の向こうへ消えていくところしか見えなかった。マロリーとフィンチはヤングの後ろにつづき、一インチずつ、一フィートずつ、ゆっくりと進んでいった。どんなに些末《さまつ》な判断ミスも許されず、そのとたんに正面からバーン・ドアに叩きつけられて、数秒後には墓標も何もない墓の下に埋もれることになるのだ。

だから、一インチずつ進むしかない……。

グラン・ミュレでは、オデールが薪《まき》の火のそばに立ってパンを温め、ハーフォードがお茶を淹れようと湯を沸かしていた。

「どのあたりまで行ったかな」オデールがだれにともなく訊いた。

「バーン・ドアの鍵を見つけようとしてるはずだ。賭けてもいいぞ」ソマーヴェルが言った。

「おれは帰ることになってるから」オデールが言った。「ヤングたちの動きをホテルの双眼鏡で確認できる。彼らが戻ってきておまえたちに合流したら、晩飯の注文をすることにしよう」

「シャンパンのボトルも忘れないでくれよ」ソマーヴェルが念を押した。

ヤングはバーン・ドアの上に這い上がった。長く待つまでもなく、二人のジョージも姿を現わした。しばらくはだれも口を開かず、フィンチでさえ疲れていない振りをしようともしなかった。彼らの頭上わずか八百フィートに、モン・ブランの頂上が不気味にそそり立っていた。

「残りは八百フィートだと思うなよ。数字を信じるな」ヤングが注意した。「それどころか、二マイル以上はあるような気にさせられるからな。とにかく、一フィート登るごとに空気がどんどん薄くなるんだ」そして、時計を見た。「さて、いつまでもあの貴婦人を待たせておく余裕はないぞ」

岩がちの地形はバーン・ドアより難しくなさそうに見えたが、それでも、危険な登りであることは変わらず、クレヴァス、凍った石、いびつな岩が薄く積もった雪の下に隠れて、彼らがほんの些細なミスでも犯したらとたんに罰してやろうと待ちかまえていた。頂上は焦《じ》れったいほど近くに見えたが、この貴婦人は一筋縄ではいかなかった。ヤングがようやく頂上に片足をおいたときには、さらに二時間がたっていた。

アルプスで最も高い頂からの景色を初めて目《ま》の当たりにしたとき、マロリーは言葉を失った。

「すごい《マニフィク》」目の届く限りに広がっている白い貴婦人の壮大な子孫を眼下に見ながら、フランス語の一言しか発せられなかった。

「大の男が山に登る準備に嬉々として何カ月もの時間を使い、何週間もリハーサルをし、技術を磨き、そして、最低でも一日がかりで頂上へたどり着こうと企てる。そして、目的を達したら、もう一度、できればもっと高い山で同じ経験をしたいという以外ほとんど共通点のない、やはり正気とは思えない仲間の一人か二人とほんの数瞬、その経験を堪能する」ヤングが言った。「それが登山の皮肉の一つだ」

ジョージはうなずいたが、フィンチは沈黙していた。

「下山を開始する前に」ヤングが言った。「もう一つやらなくてはならないことがある」

そして、上衣のポケットからソヴリン貨を取り出すと、腰を屈めて、それを足元の雪の上に置いた。マロリーとフィンチは食い入るように、しかし黙って、そのささやかな儀式を見守った。

「イギリス国王からの挨拶を申し述べます、マダム」ヤングが口上を述べた。「国王は自らの卑《いや》しい民を無事に故国へお返しいただけるよう希《のぞ》んでおります」

四時を数分過ぎてホテルへ帰り着くと、オデールはまず大きな魔法瓶一杯の熱いフルーツ・パンチを注文し、それからヴェランダへ出て持ち場についた。そして大型望遠鏡を覗き、森へ走り込む兎《うさぎ》に焦点を合わせるや、すぐさま山のほうへレンズを向けて頂上を狙《ねら》ったが、どんなにいい天気であろうとも、登攀パーティがもはや蟻《あり》ほどの大きさにしか見えず、そういう彼らを探そうとする努力自体が無駄だということはよくわかっていた。

オデールは望遠鏡をもっと低い位置に向けると、グラン・ミュレの木造小屋に焦点を合わせた。外に二人が立っているのが見えたような気がしたが、どっちがソマーヴェルでどっちがハーフォードかは判別できなかった。白い上衣のウェイターが隣りにやってきて、熱いパンチをカップに注いだ。オデールは天を仰ぐようにしてパンチをあおり、液体の温《ぬく》もりが渇いた喉を滑り落ちていく感触を楽しんだ。そして一瞬、バーン・ドアの鍵を開けてモン・ブランの頂上に立つのはどんな気分なのだろうかと考えた。

ふたたび望遠鏡を覗いたが、五時前のグラン・ミュレでさしたる動きが見えるとは思えなかった。ヤングは信用できる男だし、時間にも几帳面だろう。登攀パーティが下りてくるのが見えたらすぐにシャンパンのボトルを氷で冷やし、凱旋してきた仲間との祝勝会の準備にかからなくては。ホールのグランドファーザー・クロックが一度だけ鳴り、四時三十分を告げた。オデールはグラン・ミュレの山小屋に望遠鏡の焦点を合わせた。もしかしたら、登攀パーティは予定より早く進んでいるかもしれない。しかし、何であれ動きがある様子はまったくなかった。三つの点がレンズのなかに現われないかと、徐々に望遠鏡を山の上のほうへ動かしていった。

「大変だ！」彼は思わず声を上げた。

「どうかなさいましたか」二杯目のパンチを注いでいたウェイターがイタリア語で訊いた。

「雪崩《なだれ》だ」オデールは答えた。

13

聞き違《たが》えるはずのない音が背後で轟《とどろ》いたが、振り返る暇はなかった。

雪が巨大な波のようにジョージにぶつかり、前方にあるすべてのものを押し流していった。雪の下に巻き込まれないよう必死で抗《あらが》い、マニュアルが教えているとおり平泳ぎのようにしっかりと両腕を掻《か》いて、何とか顔の前に空気の入る隙間を作りつづけようとした。そうすれば、しばらくは時間が稼げるはずだった。しかし、第二波に襲われたときには、死を覚悟しないわけにはいかなかった。最後の第三波は軽々とジョージをすくい取り、まるでどこへ転がるかわからない小石のように、彼を下へ転がしつづけた。

最後に思ったのは、昔からこのときを恐れていた母のことだった。次いで、その不安を決して口にしなかった父のこと、最後に、自分より長生きすることになる姉、妹、弟のことが頭に浮かんだ。もうここは地獄なのか？　とたんに落下が止まった。ジョージはしばらく横たわったまま、まだ生きていることを自分に納得させようとし、取《と》り敢《あ》えずの状況を把握しようとした。いま彼がいるのはクレヴァスの底、氷でできたアラジンの洞窟で、環境が異なっていれば嬉しくなったかもしれないほど美しかった。マニュアルは何と言っていたか？　どっちが上りでどっちが下りかを急いで突き止めること、だ。そうすれば、少なくとも正しい方向を目指すことができる。そのとき、三十フィートないし四十フィート頭上に、ぼんやりとした灰色の光が差し込んでいるのが見えた。

マニュアルの次の指示——どこか骨折していないか確かめること。右手の指をゆっくりと動かしてみた。五本とも無事だった。左手はひどく冷たかったが、少なくとも少しは動いてくれた。右脚を伸ばし、おそるおそる上げてみた。一本は大丈夫だとわかった。左脚も同じように試してみた。二本とも、どこも折れていなかった。両手を身体の横に置き、そろそろと、とてもゆっくり上半身を起こした。指が凍りはじめていた。手袋を探したが、どこにも見えなかった。滑落しているあいだに、脱げてどこかへ行ってしまったのだろう。

洞穴の四方は氷が畝《うね》状に迫《せ》り出し、そのうちのいくつかは天然の梯子《はしご》となっててっぺんまで伸びていた。しかし、安全なのはどれか？　ジョージは柔らかな雪の上を這うようにして、自分を捕らえている洞穴の反対側へ行くと、底に鋲の打ってあるブーツの爪先で氷を蹴ってみた。だが、傷一つつかなかった。この氷は百年、あるいはそれ以上の時間をかけてここまで厚くなったのであり、簡単に崩れたりするとは思えなかった。さっきより不安は和らいだが、それでも決まり事を遵守《じゅんしゅ》して、決して急がず、何であれ不必要な危険は冒さないように自分を戒めつづけた。そしてじっくりと時間をかけ、どの迫り出しを梯子代わりにするべきかを見定めようとした。洞穴の反対側のルートが一番安全で確かなように見えたので、四つん這いになって後戻りすると、一番下の迫り出しに手をかけた。ジョージは祈った。人は窮地に立たされると神の存在を信じる必要がある。

　洞穴の底から数インチ上にある氷の迫り出しにおそるおそる片足をかけ、その上の迫り出しを冷たく痺《しび》れている手でつかむと、そろそろと身体《からだ》を引き上げた。足のかかっている迫り出しに敢えて全体重をかけてみた。仮にその迫り出しが崩れたとしても、いまなら柔らかな雪の上にわずかな距離を落下するだけですむはずだった。しかし迫り出しは持ちこたえ、ジョージは自信を深めて、ヤコブの梯子（ヤコブが夢に見た、天まで届く天使が上り下りする梯子）の次の一段を登り、自分が天使の仲間入りをしようとしているのか、それとも人間である仲間のところへ戻ろうとしているのかを確かめることにした。

　一つの動きをするたびに自信を深めながら半ばまで登ったとき、握りしめていた氷の迫り出しが崩れた。その弾みで下の迫り出しにかかっていた両足が外れ、三十フィートの高さに片手で宙吊りになってしまった。クレヴァスのなかは華氏零下四十度以下のはずなのに、汗が滲《にじ》みはじめた。ゆっくりと前後に揺れながら、ジョージは確信した。天上の神はおれを数分長く生きながらえさせることにしたに過ぎないのだろう。いま片手でつかまっている氷がいつ剝《は》がれ落ちても不思議はないのだから。そのとき、片方の爪先が足場を探り当て、ついでもう一方の足も同じ幸運に恵まれた。息を詰め、右手を上の迫り出しにかけて、指が食い込まんばかりにそれを握りしめた。徐々に体力が失われつつあった。しばらく時間をかけて、次に手をかけるべき迫り出しを選んだ。あとわずか三段で、裂け目から射し込んでいる光を通過できるだろうと思われた。次の迫り出しを慎重に選び、ふたたび同じ作業を繰り返して、ついに頭上の小さな裂け目を拳で突き破ることに成功した。歓声を上げたいが、時間を無駄にできない。最後まで残っていた太陽の光も、いまや一番高い山の頂の向こうへ急速に姿を消そうとしていた。

その裂け目から頭を出し、おずおずと左右を見回した。周囲の雪を掻いて岩か固い部分を探すべきだということは、マニュアルを見るまでもなくわかりきっていた。

素手で雪を掻いていくと、さっきの雪崩で埋まったに違いない平たい岩が見つかった。残っている体力をかき集め、何とか裂け目を這い出して、岩の縁にしがみついた。気持ちは急《せ》いたが、岩の表面を蟹《かに》のようにそろそろと、用心して移動するしかなかった。凍った岩を滑り落ち、クレヴァスの底に逆戻りするのだけは願い下げだった。

そのとき、「旅にはスワッグを持って《ワルツィング・マティルダ》」を歌う声が聞こえた。だれが歌っている声かは推測するまでもなく明らかだった。苦労して雪のなかを進んでいくと、ついに声の主が姿を現わした。フィンチが背筋をまっすぐに伸ばして坐り、一番だけを繰り返し歌いつづけていた。どうやら二番の歌詞を知らないようだった。

「おまえか、ジョージ？」フィンチが降りはじめた雪を透かし見ながら呼ばわった。

フィンチにクリスチャン・ネームで呼ばれたのは初めてだった。「そうだ、おれだよ」ジョージは大声で応え、フィンチの隣りへ這っていった。「大丈夫か？」

「ああ、大丈夫だ」フィンチが答えた。「片方の脚が折れて、左足の爪先が凍りはじめているだけだ。どこかでブーツが脱げてしまったみたいだな。おまえはどうだ？」

「これ以上ないぐらい大丈夫だよ、オールド・チャップ」ジョージは答えた。

「イギリス人らしい返事だな」フィンチが応じた。「ここを脱出できる可能性を作りだしたかったら、おまえがおれの懐中電灯を見つける必要がある」

「どこから探しはじめればいいんだ？」

「最後に見たのは、だいぶ登ったときだったな」

ジョージは赤ん坊のように四つん這いになって捜索を開始した。もう見つからないのではないかと諦めかけたころ、前方数ヤードのところに黒い物体が見えた。歓声を上げ、しかし、すぐに呪詛の言葉を吐き捨てた。それは行方知れずになっていたフィンチのブーツだった。ジョージは思うに任せないながらも捜索を続行し、懐中電灯の把手が雪から突き出しているのを発見したとき、ふたたび歓声を上げた。それを手に取り、もう一度祈りを捧げてから、スイッチを入れてみた。光が薄闇を照らした。「ありがたや」ジョージはつぶやき、フィンチが横たわっているところへ引き返そうと山を下っていった。

フィンチのところへ帰り着くやいなや、二人の耳に呻《うめ》き声が聞こえてきた。「きっとヤングだ」フィンチが言った。「助けられるかどうか見てきてくれないか。だけど、陽が完全に落ちてしまうまで、懐中電灯は絶対につけるなよ。ホテルへ戻ったオデールが雪崩に気づいていれば、いまごろ救難パーティがこっちへ向かっているはずだが、それでも、ここへたどり着くには何時間もかかるだろう」

ジョージは懐中電灯を消し、雪をかき分けて呻き声のほうへ進んでいった。しばらくしてようやく声の源にたどり着いてみると、だれかが折れ曲がった右脚を上から左腿で押さえつけられた格好で、ぴくりとも動かずに雪のなかに倒れていた。

「ワルツィング・マティルダ、ワルツィング・マティルダ、おまえが一緒にくるんだね……」

ジョージは急いでヤングの口の周りの雪を払いのけたが、彼を動かそうとはしなかった。

「頑張ってください」ジョージはヤングの耳元でささやいた。「いまごろ、ソマーヴェルとハーフォードが救援に向かっているはずです。もうすぐ姿を見せるでしょう」自分でも、その言葉が間違っていないことを祈るしかなかった。血の巡りをよくしてやろうとヤングの手を擦《こす》ったが、その間《かん》も、降りかかる雪をひっきりなしに払いのけなくてはならなかった。

「ワルツィング・マティルダ、ワルツィング・マティルダ、おまえが一緒にくるんだね……」

オデールはホテルの玄関から車道《ドライヴウェイ》へ飛び出すと、すぐさま旧式のクラクションのハンドルを回しはじめた。耳をつんざくほど甲高い警報が、ソマーヴェルとハーフォードに危険を知らせてくれるはずだった。

一番高い頂の向こうに太陽がついに姿を消すと、ジョージは懐中電灯を麓のほうへ向けて雪の上にしっかりと固定し、スイッチを入れた。一条《ひとすじ》の明かりが瞬《またた》きながら伸びていったが、果たしていつまで灯っていてくれるものかわからなかった。

「ワルツィング・マティルダ、ワルツィング・マティルダ、おまえが一緒にくるんだね、マティルダ？　そして、彼は口ずさむ……」

調子外れに歌うオーストラリア人をどうすればいいかはマニュアルにも書いてないだろうなと思いながら雪を枕に横になると、睡魔が忍び寄ってくるのがわかった。死に方としては悪くないかもしれない。

「おまえが一緒にくるんだね、マティルダ……」

目覚めたとき、自分がどこにいるのか、どうやってここにきたのか、いつからここにいるのか、判然としなかった。そのとき、看護師が見えた。ジョージはまた眠りに落ちた。

ふたたび目覚めたときには、ソマーヴェルが枕元に立っていて、穏やかな笑みを浮かべて言った。「お帰り」

「どのぐらいこうしていたのかな」

「多少の誤差はあるが、まあ二、三日というところかな。だけど、医者が自信満々で言ってたが、一週間もすれば自力で立てるようにしてやるとさ」

「フィンチは?」

「片脚を石膏《せっこう》で固められてるが、朝飯はたらふく食ってるし、聴いてくれそうな看護師と見れば相手かまわず、いまでも『ワルツィング・マティルダ』を歌ってやってるよ」

「ヤングはどうなんだ?」ジョージは最悪の返事を覚悟しながら訊いた。

「まだ意識がない状態だ。低体温症にかかっているし、片方の腕が折れてる。医者は最善を尽くして手当てをしてくれているよ。その手当てが功を奏して命が助かったら、その暁には、ヤングはおまえさんに感謝すべきだろうな」

「おれに?」ジョージは訊き返した。

「おまえさんの懐中電灯がなかったら、おれたちはあそこへたどり着けなかったはずだからな」

「あれはおれの懐中電灯じゃない」ジョージは言った。「フィンチのだ」

そして、またもや眠りに落ちた。

14

一九〇七年　七月九日　火曜

「一度でも死とまともに向かい合ったら、そのとたんに、何一つとして前と同じには戻れない」ヤングが言った。「みなと一緒の世界には帰れないんだ」

ジョージは客に紅茶を注いだ。

「きみに会いたかったよ、マロリー。会って、あの恐ろしい経験がきみに山を諦めさせたのでないことを確かめたかったんだ」

「もちろん、あの経験のせいで山を諦めたわけじゃありません」ジョージは答えた。「もっとはるかにまともな理由があるんです。第一級に入らない限り博士課程には進めないだろうと、私のチューターから言われているんですよ」

「それで、第一級に入る可能性はどのぐらいあるんだ、オールド・フェロウ？」

「ぎりぎりでどうかというところのようですね。私としては何としても成功したいんですよ。十分に勉強しなかったから失敗してもいいというわけにはいきません」

「それはわかるが」ヤングが言った。「勉強ばかりして、まったく遊ばないというのは……」

「格好のいい失敗よりは、格好が悪くても成功するほうがいいんです」ジョージは反論した。

「しかし、試験が終わったら、マロリー、来年の夏には私とアルプスへ行くことを考えてくれないか」

「それはもちろんです」ジョージは笑顔で答えた。「一番を取り損なうよりも恐ろしいことがあるとすれば、それはもっともっと高い山の頂で、フィンチに『ワルツィング・マティルダ』を歌われることですからね」

「フィンチは成績が出たばかりだ」ヤングが言った。

「それで、どうだったんですか?」

　ガイがびっくりしたことに、ジョージは最終試験に向かって凄《すさ》まじい勉強を始めた。春休みなど一日も疎かにしないで勉学に励み、ペン－イ－パスやコーンウォールはもちろんのこと、アルプスを訪れることにさえ見向きもしなかった。相手にしたのは王、独裁者、君主たちだけであり、訪れるところといえば、遠く離れた国々の戦場だけだった。そうやって昼も夜もずっと、試験日の朝になるまで机に向かいつづけた。

五日連続でペンを握り、十一本の小論文を仕上げたあとも、その出来がどの程度なのか、ジョージには依然としてよくわからなかった。それがわかるのはよほど頭の切れるやつか、よほど鈍いやつか、どちらかしかいないだろう。ジョージは最後の論文を提出すると、試験場をあとにして陽光の下へ出た。ガイが階段に腰を下ろし、片手にシャンパンのボトル、もう一方の手にグラスを二つ持って待っていた。ジョージは笑顔で親友の隣りに腰を下ろした。

「何も訊くなよ」コルク栓を留めている針金をゆるめはじめているガイに、ジョージは言った。

それからの十日間は地獄だった。なぜなら、自分が第何級になったのかを試験官が告げるのを待たなくてはならず、その結果如何《いかん》で未来が決まるからである。

ほとんど差はなかったのだとミスター・ベンソンがどんなに慰めてくれたとしても、ジョージが第二級優等だったという事実は変えようがなく、したがって、博士号取得のために新学期にモードリン・カレッジへ戻ることもなくなった。〝負けとわかったら、優雅に矛を収めることだ〟という主任チューターの言葉も救いにはならなかった。

夏のひと月をアルプスで一緒に過ごさないかとジェフリー・ヤングが誘ってくれていたにもかかわらず、ジョージは荷物をまとめると、次の列車でバーケンヘッドへ帰った。理由を尋ねられたら、これからの四週間を考える時間に充《あ》てるのだと答えるつもりだった。だが、父親はヤングの誘いを拒絶したのだと希望的に言いつづけ、母親は寝室で夫と二人きりになったとき、息子らしからぬその振舞いを、拗《す》ねているだけだと形容した。

「あの子だってもう子供じゃないんですよ」と、彼女は言った。「何をして一生を過ごすかを決めなくちゃならないんです」

妻がそう言って諫《いさ》めたにもかかわらず、マロリー牧師は一週間後、ついに機会を捉えて、息子の将来に関する問題を正面から取り上げた。

「いろいろな選択肢を考えているところだけど」ジョージは答えた。「やっぱり作家がいいような気がするんだ。実は、もうボズウェルをテーマにした作品に取りかかっているんだよ」

「名誉は得られるかもしれんが、金にはなりそうにないな」というのが父の応えだった。

「おまえだって屋根裏暮らしをし、パンと水だけでかろうじて生き延びるなんて生き方をしたくはあるまい」ジョージは父親の言葉を否定できなかった。「軍隊に入るという考えはないのか？　おまえならとても優秀な兵士になれるはずだがな」

「権威に従うのは昔から苦手なんだ」ジョージは答えた。

「では、聖職に就くのはどうだ？」

「それもないと思う。残念だけど、乗り越えられない壁があるんだ」

「たとえばどんな壁だ？」

「ぼくは神を信じていないんだよ」ジョージはあっさりと答えた。

「それは聖衣を着る妨げにはならないだろう。実際、もっとも名高い私の同僚のなかにさえ、そういう聖職者はかつてもいまも存在している」父親が言った。

ジョージは笑った。「お父さんがそんな皮肉な見方をしていたとはね」

マロリー牧師は息子の批評を無視した。「政治の道へ進むことを考えてみるべきかもしれんな、息子よ。断言してもいいが、おまえなら有権者も喜んで下院に送り込んでくれるだろう」

「どの党を支持すべきかがぼくにわかれば、それもいいかもしれないけど」ジョージは言った。「いずれにせよ、下院議員が無報酬である限り、それは金持ちの趣味の域を出ないんじゃないのかな」

「それを言うなら、山登りだってそうだろう」父親が片眉を上げて皮肉った。

「確かにね」ジョージは認めた。「ということは、趣味を追究するためには、それをできるだけの収入を得られる仕事を見つけなくてはならないわけだ」

「では、決まりだな」マロリー牧師が結論した。「おまえは教職に就くべきだ」

　父親の最後の提案に対して何も意見を言わなかったにもかかわらず、ジョージは自室へ戻るとすぐに机に向かい、かつての寮監に手紙を書いて、ウィンチェスターに歴史の教師の空きがないかどうかを問い合わせた。ミスター・アーヴィングからの返事は一週間足らずで届き、そこには、カレッジは古典の教師ならいまも受け入れるかもしれないが、歴史の新任教師の席はつい最近埋まってしまったと記されていた。一カ月も考えるばかりで何もしなかったことを、ジョージは早くも後悔しはじめた。ところが、〝しかし〟とミスター・アーヴィングはつづけていた。〝チャーターハウス・スクール（チャーターハウス養老院に併設されたのち、サリー州ガダルミングに移された有名なパブリック・スクール）が歴史の教師を探しているという噂があるから、きみが応募しようと考えるのであれば、私は喜んで身元保証人になるつもりである〟

　十日後、ジョージはチャーターハウス・スクールの校長、ジェラルド・レンドール牧師の面接を受けるためにサリーへ行った。そこはウィンチェスターやケンブリッジに較べるとほとんど何から何まで退屈に思われてがっかりすることになるかもしれないとミスター・アーヴィングからあらかじめ忠告されていたにもかかわらず、ジョージは自分がその訪問をとても楽しんでいることに気づき、うれしい驚きを味わった。そして、校長がほかの三人の候補者を差しおいて真っ先に自分を職員に招いてくれたことを好ましく思い、同時に安堵を感じた。

レンドール牧師に招請応諾の返事を書いたときには知るよしもなかったのだが、その後のジョージの人生の道筋を変えたのは学校ではなく、理事の一人だった。

一九一〇年

15

「私が最終アタックを行なうときには、第一級の登山家二人に同伴してもらう必要があると思います」ジェフリー・ヤングが応えた。

「だれか心当たりがあるのかね」王立地理学会の事務局長が訊いた。

「もちろん」ヤングはきっぱり答えたが、できることならその名前を明かしたくなかった。

「そういうことなら、その二人に連絡をしてもらいたい」ヒンクスが言った。「ただし、絶対にだれにも知られないように。ダライ・ラマの機嫌を損じたら、国境を越えてチベットへ入ることすら許されないだろうからな」

「二人には、今夜、手紙を書きましょう」ヤングは応えた。

「その内容を紙に残すのはどうかと思うが」事務局長が言い、ヤングがうなずくのを見てから付け加えた。「実は、私にも聞いてほしいささやかな頼みがあるんだ。スコット大佐の……」

チャーターハウス・スクールでの最初の数週間でジョージが直面した問題の一つに、角帽をかぶってガウンを着ていないと、頻繁に生徒に間違われるということがあった。

ジョージにとってその学校での最初の一年は、下級第五学年の大半が彼の授業を妨害しようとする悪ガキだったとしても、予想をはるかに超えて楽しかった。しかし、驚いたことに、その悪ガキどもの何人かは最終第六学年になるとまるっきり性格が変わり、自分の行きたい大学へ行くための努力に全エネルギーを注ぐようになった。彼らが目的を達成できるよう、ジョージも喜んで手助けしたし、そのためならどれほど時間を費やすことも厭《いと》わなかった。

それでも、一番の満足を与えてくれるのは何かと夏休みに父親に訊かれたときには、冬にはコルツのフットボール・チームを、春には十四歳以下のホッケー・チームを教えることだが、何よりも満足を覚えるのは、夏に生徒たちを山歩きに連れていくことだと答えた。

「本当に希《まれ》にだけど」ジョージは言った。「人は稀有な少年に出くわすんだ。本物の才能と好奇心を見せてくれ、必ず世界で名をなすはずの少年にね」

「それで、おまえはそういう稀有な才能に出くわしたのか？」

「うん」と答えただけで、ジョージはそれ以上説明しなかった。

ある暑い夏の夕刻、ジョージは列車でロンドンへ行き、メイフェアのサヴィル・ロウ二十三番地を目指して歩いた。ジェフリー・ヤングと正餐をともにするためだった。ボーイに案内されて会員専用のバーに入ると、ヤングが年配の登山家の一団とおしゃべりに興じていた。その内容は例によって、どれだけ高い山に登ったかを競い合うかのようなほらの吹き合いだった。ジョージがバーに入っていくと、彼に気づいたヤングが仲間から離れ、ダイニングルームへ案内しながらこう言った。「残念ながら、ここにいるほとんどの連中が、もはやバーのストゥールより高いところには登れないんじゃないのかな」

ブラウン・ウィンザー・スープ、ステーキ、キドニー・パイ、そしてヴァニラ・アイスクリームという食事を楽しみながら、ヤングは来るべきアルプス行のために練り上げた計画を説明していった。しかしジョージは、ヤングがもっと大事な何かを心配しているのではないかという気がしてならなかった。というのは、この夏に予定されている新たな登山に関しては、すでに送られてきた手紙で、微に入り細を穿《うが》つような詳しい説明がなされていたからである。ヤングがなぜここへ自分を招待したのか、その理由がわかったのは、コーヒーとブランデイを楽しむために図書室へ引き上げたときだった。

「マロリー」部屋の奥の隅に腰を落ち着けたとたんに、ヤングが口を開いた。「今度の木曜の夜なんだが、私の客《ゲスト》として王立地理学会に出席してもらえないだろうか。スコット大佐が行なう予定の南極探検について、彼自身が王立地理学会に向けて話をすることになっているんだ」

ジョージは危うくコーヒーをこぼしそうになった。勇敢な探検家であるスコット大佐から、彼自身の発見の旅について直接話を聞けると思うと、激しく胸が高鳴った。王立地理学会が毎年催している講演会の今年の講演者を公《おおやけ》にするや数時間のうちにチケットが完売したという、最近のタイムズの記事を読んでいたからなおさらだった。

「でも、いったいどうやってチケットを――」ジョージは訊こうとした。

「私はアルパイン・クラブの委員でもある。だから、王立地理学会の事務局長に手を回して、予備のチケットを二枚手に入れるぐらいのことはできるんだよ。もっとも、その見返りにささやかな頼みごとをされたがね」

とたんに、ジョージは二つの質問をしたくなったが、それをヤングがあらかじめ予想していたことがすぐに明らかになった。

「もちろん、もう一人の私の客《ゲスト》がだれなのか、きみはそれを知りたいはずだ」ヤングは言い、ジョージがうなずくのを待ってつづけた。「だが、それを知っても、さして驚きはしないだろうな。なぜなら、私が招待しているのは、きみと同等の技量を持った唯一の登山家だからだ」そして、間を置いた。「しかし白状すると、王立地理学会の事務局長の頼みごとが何であるかを知ったときには、さすがの私も驚かずにはいられなかったがね」

ジョージはコーヒー・カップをサイド・テーブルに置き、腕を組んで話のつづきを待ち受けた。

「実際はさして難しい頼み事ではない」ヤングが言った。「スコット大佐の講演が終わり、質疑応答の時間になったら、きみに真っ先に質問の挙手をしてほしいと、事務局長はそう言っているんだ」

16

実にめったにないことだったが、そのときのジョージは遅刻しなかった。ガダルミングからの列車のなかで何度も質問の練習をし、答えはわかっているという確信はあったものの、王立地理学会の事務局長がなぜ自分にその質問をさせたいと考えたのかは依然として謎のままだった。

今年になってジョージは、ロバート・ピアリーというアメリカ人が世界で初めて北極点に到達したことをタイムズで知り、それがイギリス人でなかったことにがっかりしていた。しかし、スコット大佐の講演の演題が「いまだ征服されていない南極」であることから、ジェフリー・ヤングが示唆《しさ》したとおり、この偉大な探検家は埋め合わせをするために二度目の企てをしようとしているに違いないとジョージは予想していた。

列車がウォータールー駅に止まるや、ジョージはすぐに飛び降りてプラットフォームを走り、改札で切符を渡して外に出た。急いで辻馬車《ハンソム・キャブ》を捕まえなくてはならなかった。スコットはとても人気があるから、講演開始予定時間の少なくとも一時間前にはほとんどの席が埋まってしまう、とヤングから教えられていたのである。

王立地理学会の玄関にはすでに短い列ができていて、ジョージは招待状を提示すると、おしゃべりをしている人々の列に加わって一階の講演会場へ向かった。

最近できたばかりの会場に入ると、その壮大さに驚かずにはいられなかった。樫の羽目板張りの壁は王立地理学会歴代会長の油絵の肖像画に覆われ、黒い寄せ木張りの床は五百、もしかするとそれ以上の数があるようにも見える赤のフラシ天の椅子で埋め尽くされて、ホール正面の高くなっている演壇は、国王ジョージ五世の全身像に支配されていた。

ジョージはジェフリー・ヤングをようやく見つけると、足早に会場を横切って、奥のほうの席にフィンチと並んで坐っている姿をようやく見つけると、足早に会場を横切って、彼の隣りに腰を下ろした。

「そろそろその席を空けておくのを諦めなくてはならないんじゃないかと心配していたところだ」ヤングがにやりと笑った。

「すみませんでした」ジョージは謝り、身を乗り出してフィンチと握手をした。ほかに知った顔はないだろうかと見回してみると、後ろに近いところにソマーヴェル、ハーフォード、そして、オデールが坐っていた。何より意外なのは、会場の一階部分には女性が一人もいないことだった。女性が王立地理学会の特別会員になれないのは知っているが、客《ゲスト》としても参加できないとしたら、その理由は何なのか？　コティ・サンダースがジェフリー・ヤングの客《ゲスト》の一人だったら、どうなっていただろう。前列の席を空けておいて、彼女をそこに坐らせただろうか。二階の張り出し席を一瞥すると、ロング・ガウンにショール姿の洒落《しゃれ》た貴婦人たちが席を占めていた。ジョージが訝りながら演壇へ目を戻すと、そこでは二人の男が大きな銀幕を張ろうとしていた。中央通路では、もう一人の男が幻灯機のシャッターを前後させながらスライドを検《あらた》めていた。

講演会場はあっという間に人で埋まっていった。会員の多くが二階の張り出し席の下の時計が八回鳴りはじめるはるか前に席を見つけるのを諦めて、通路や会場の後ろのほうで立ち見に甘んじなくてはならなくなっていた。その時計が八回目を打つと、委員がぞろぞろと列をなして登場し、最前列の自分たちの席につきはじめた。その一方で、白いタイに燕尾服《えんびふく》という優雅な装いの小柄な紳士が登壇し、盛大な拍手をもって迎えられた。その紳士が腕を伸ばし、火に暖まろうとするかのように両手を下に向けると、拍手喝采はすぐに静まった。

「みなさん、こんばんは」紳士が口を開いた。「私はサー・フランシス・ヤングハズバンドです。光栄にも今夜の司会を務めさせてもらうことになりましたが、今宵《こよい》の講演がこの学会の長い歴史のなかでも最も刺激的なものの一つになるのは間違いないと、私はそう信じています。王立地理学会は、異なっているけれども無関係ではない二つの領域において、世界のリーダーであることを誇りとしています。一つは、いまだ未知の領域を測量して地図を作ることであり、もう一つは、過去に白人が一人も足を踏み入れていない遠く離れた危険な土地を探検することです。本学会が一つの規則を設けているおかげで、われわれは東西南北、この星のどこまででも出かけていって、大英帝国のためなら命を危険にさらすことも厭わない、ひたむきな個人を支え、励ますことができるのです。

今夜の講演者はそういう人物の一人であります」サー・フランシスが現国王ジョージ五世の肖像をちらりと見上げてつづけた。「おそらく断言してもいいでしょうが、私たちはこれから、国王陛下の最初の僕《しもべ》として南極に到達するための、二度目の企てに関する計画を聞こうとしているのです。弁士は紹介を必要としないとはよく言われることですが、ロバート・ファルコン・スコット英国海軍大佐の名前を知らない者は、老若男女《ろうにゃくなんにょ》を通じてこの国にはいないと考えます」

聴衆が一斉に立ち上がるなか、がっちりした体軀《たいく》を海軍の軍服に包んだ、猛々《たけだけ》しい青い眼の無髯《むぜん》の男が、演壇の袖から颯爽《さっそう》と登場した。そして演壇の中央で両足を踏ん張り、しばらくは動くつもりがないというかのように仁王立ちした。聴衆に向かって笑みを浮かべたが、サー・フランシスと違って、拍手喝采を鎮めようとはしなかった。話を始められるまでにはしばらくかかると確信している様子だった。

スコットの発した最初の一節から、ジョージは早くも心を奪われた。スコットは一時間以上、一度もメモに頼ることなく話しつづけ、背後のスクリーンに映し出される映像を使って、この前の〈ディスカヴァリー〉での南極探検を劇的に再現して見せた。聴衆はだれに促されるでもなく歓声やどよめきを上げ、彼はしばしば話を中断しなくてはならなかった。

ジョージはスコット大佐が隊員をどのようにして選抜するか、また、どういう資質が要求されるかを知った。忠誠心、勇気、問答無用の規律、それが必須の条件のようだった。そのあとは、地図のない不毛の雪原を四百マイル、四カ月かけて徒歩で横断して生き延びるためには、どんな欠乏と辛苦に耐えなくてはならないかという説明に移った。

この前の探検に参加した男たちの映像を目の当たりにして、ジョージは信じられない思いだった。何人かは手足の指だけでなく耳まで——一人は鼻までも——凍傷のせいで切断を余儀なくされていた。映し出されたスライドを見ることに耐えられず、二階の張り出し席にいた女性の一人が気を失った。スコットは束の間口を閉ざしたあとで付け加えた。

「今回の事業で私に同行するものは一人残らず、こういう苦しみに耐える覚悟が必要とされます。さもなければ、われわれがついに極点へ到達したとき、そこに立っていることは叶わないでしょう。それから、決して忘れないでもらいたいのですが、私の最大の責任は、必ず全員を無事に母国へ連れて帰ることにあります」

ジョージはスコット隊の一員に選ばれればどんなにいいだろうと思ったものの、それが虚《むな》しい願いであることもわかっていた。経験不足で、これまでで最大の実績といえばモン・ブランを征服したことぐらいの教員がスコット隊の一員になるなど、まずあり得ない。

スコットは王立地理学会、その委員と特別会員が支援しつづけてくれることに感謝し、彼らの後援なしではティルベリーで降ろしている錨《いかり》を上げることはもちろん、これほど野心的な事業を実行に移すだけの装備と準備を整えて、南極のマクマード・サウンドに入港するなど、夢想だにできなかっただろうと言って講演を締めくくった。ふたたび明かりがともり、スコットが軽く会釈をすると、聴衆がまたもや一斉に立ち上がって、紛れもないイギリスの英雄に感謝の意を表わした。あそこに立ってこれほどの称賛を浴びるのがどんな気分かは、ジョージには想像することしかできなかったし、それ以上に、こんなにみんなから持ち上げてもらうためには何を成し遂げてみせればいいのかがわからなかった。

拍手喝采がようやく収まり、聴衆が腰を下ろすと、スコットは彼らにも感謝を伝えて、質疑応答に移ることを宣言した。

最前列で、一人の紳士が立ち上がった。

「あれがアーサー・ヒンクスだ」ジェフリー・ヤングがささやいた。「王立地理学会の事務局長になったばかりだ」

「お尋ねします」と、ヒンクスが切り出した。「アムンゼン率いるノルウェー隊も南極征服を計画しているという噂がしきりに流れていますが、それは心配ではありませんか？」

「いや、その心配は無用です、ミスター・ヒンクス」スコットが応えた。「断言しますが、南極点に最初に到達するのは、ヴァイキングではなくてイギリス人です」その言葉はふたたび大きな拍手と歓声に迎えられた。

高々と挙げられた十数本の手のなかから、スコットは二番目の質問者として、三列目に坐っていた男を選んだ。ディナー・ジャケットの左胸には、従軍記章が何列にも並んでいた。

「今朝のタイムズに書いてあったのですが、大佐、あなたに絶対に負けないで南極点に到達するために、ノルウェー隊は犬橇《いぬぞり》だけでなくエンジン付きの橇も投入するつもりのようです」

「汚ないぞ！」という声が、一階会場のあちこちで聞こえた。「このアマチュア規定の図々《ずうずう》しい無視に対してどう対応するつもりなのか、それを聞かせてもらえますか」フィンチが信じられないという顔で質問者を見た。

「無視するだけのことですよ、将軍」スコットが答えた。「私の事業は自然よりも人間のほうが優れていることを証明するための挑戦であって、それ以上でも以下でもないのです。そして私は、この挑戦に立ち向かう準備以上のものができている紳士を隊員に選んだということに毫《ごう》も疑いを持っていません」

「その通りだ《ヒア・ヒア》！」という叫びが満員の会場のそこかしこで上がったが、フィンチはそれに加わらなかった。

「もう一つ付け加えさせてください」スコットがつづけた。「私は南極点に到達する最初の人類――犬ではなくて――になるつもりです。もちろん、犬がブルドッグなら話は別ですが」

どっと笑いがどよめき、つづいて数本の手が挙がった。ジョージの手もそこに混じっていた。しかし、スコット大佐はさらに三つの質問に答えてから、ようやくジョージのほうを見た。

「五列目の端の若い紳士は私が隊員を選抜する際に要求する意志の堅さを表わしているようだ。だとしたら、彼が何を言うか、聞いてみなくてはならないでしょう」

ジョージはゆっくりと立ち上がった。脚が震え、五百対の目が自分を見つめているのが感じられた。

「大佐」声も震えていた。「あなたが南極点に到達してしまえば、そのあと、イギリス人は何を征服すべきだとお考えですか？」そう言い終えたとたんに、崩れ落ちるように席に腰を下ろした。何人かが噴き出すのが聞こえたが、拍手してくれる者もいなくはなかった。フィンチが怪訝な顔をした——なぜマロリーはすでに答えのわかっている質問をしたのか？

「いかなるイギリス人にとっても、南極のあとに残された偉大な挑戦は」スコットが躊躇なく応えた。「地球で最も高い山、すなわちヒマラヤのエヴェレスト登頂以外には絶対にあり得ないでしょう。海抜二万九千フィート——言い換えれば、ほとんど五・五マイル——という高々度で人間の肉体がどういう反応をするか、私たちはまったく知らないのです。何しろ、二万二千フィート以上の高さに登った人類はいないのですからね。さらに、気温が華氏零下四十度以下に下がり、肌を切り裂くような強風が吹き荒れることも考慮しなくてはなりません。そして一つ言い切れるのは、その高さでは、犬もエンジン付きの橇も、ほとんど役に立たないということです」大佐はそこで一息入れ、ジョージをまっすぐに見据えて付け加えた。「しかし、だれであれその壮大な目的に向かって努力しつづけた者こそが、世界の屋根の上に立つ最初の人間になるはずです。私は彼を羨ましく思います。それがイギリス人であることを願いましょう。しかし」スコットが二階の張り出し席の最前列に坐っている女性を見た。「私はすでに妻に約束しているのです。その特別な挑戦を、私より若い男性に譲るとね」聴衆がまたもや喝采を爆発させるなか、彼はふたたびジョージに視線を戻した。

フィンチがすぐさま手を挙げ、スコットもうなずいてそれに応えた。「あなたは自分をアマチュアだとみなしておられますか？　それとも、プロフェッショナルだと？」

息を呑《の》む音が会場を覆ったが、フィンチはたじろぐ気配もなくスコットを凝視した。スコットはフィンチの視線を正面から受け止めたまましばらく考えていたが、ようやく考えを口にした。「私自身はアマチュアだが、私を取り巻いているのはプロフェッショナルたちだ。医師、エンジニア、運転手、そしてコックまで、全員が完璧な資格を持っている。だとすれば、彼らをアマチュアと呼ぶのは侮辱に当たるだろう。だが、彼らがこの探検に参加するのは金欲しさからだというのなら、たとえそれがほのめかしに過ぎないとしても、もっと侮辱することになる」

その返事は今夜最大の歓声で迎えられ、フィンチがこう言うのをヤングとマロリー以外のだれも聞くことができなかった。「彼が本当にそれを信じているのなら、生きて帰ってくる望みはないな」

それから二つないし三つの質問を受け付けたあと、スコットは王立地理学会が今夜の講演会を催してくれたこと、今度の事業を全力で支援してくれることにもう一度礼を述べた。それに対し、スコットに謝意を表わすことをミスター・ヒンクスが学会を代表して提案すると、聴衆全員が起立して盛大に国歌を斉唱した。

ヤングとフィンチはほかの聴衆と一緒に講演会場をあとにしたが、ジョージは席にとどまったまま、スコットが立っていた演壇から目を離せないでいた。いつの日か、おれもあそこに立って、王立地理学会の講演をするんだ。動けないでいるマロリーを振り返ったフィンチが、にやりと笑ってヤングに言った。「おれが年に一度の定期講演会の講演者をつとめるときも、あいつはやっぱりあそこに坐って真剣に耳を傾けるんでしょうね」

ヤングが生意気な青二才を見て苦笑した。「それでは敢えて訊くが、そのときのきみの演題は何なんだ？」

「〝征服されたエヴェレスト〟ですよ」フィンチは答えた。「だって、この連中は」そして、腕を振って会場を示した。「人類で最初にエヴェレストの頂上に立ちでもしなかったら、おれをあの演壇に立たせてくれないでしょう」

第二部
もう一人の女性

一九一四年

17

一九一四年　二月九日　月曜

「エリザベスが一五五八年にイングランドの王位についたときは、宮中も一般市民も、彼女が自分たちの君主になることを歓迎しなかった。しかし、一六〇三年に世を去ったとき、この処女女王《ヴァージン・クウィーン》は、父のヘンリー八世に勝るとも劣らない人気を勝ち得ていた」

「先生」最前列に坐っている少年が勢いよく手を挙げた。

「何だね、カーター・マイナー」ジョージは応えた。

「処女《ヴァージン》って何ですか？」

ジョージは周囲で漏れる忍び笑いを無視し、真面目な質問に対するかのように応えた。

「処女というのはヴィアルゴ・インタクタ（性交経験のない女性）のことだ。このラテン語がわかる程度にはきみが勉強してくれているといいんだがな。もしわからなければ、いつでも『ルカによる福音書』一－二七を見るといい。〝ヨセフという男の許嫁《いいなずけ》である処女《ヴァージン》のところへ遣わされ……そして、そのヴァージンの名はマリアといった〟という部分だ。では、話をエリザベスに戻そう。それはシェイクスピアとマーロウ、ドレイクとローリーの黄金時代で、イングランドがスペイン無敵艦隊を撃破しただけでなく、エセックス伯爵《はくしゃく》が主導した内乱を鎮圧した時代でもある。歴史家のなかには、彼が女王の愛人《ラヴァー》だったという説を唱える者もいる」

待ってましたとばかりに、何人もが手を突き上げた。

「ウェインライト」ジョージは内心げんなりして指名した。質問の内容は聞くまでもなかった。

「愛人《ラヴァー》って何ですか、先生？」

ジョージは苦笑した。「愛人とは女性と一緒に住んでいるけれども、その女性と正式に結婚していない男のことだ」

「では、ヴィアルゴ・インタクタの愛人というのはあり得ないことになりますよね」ウェインライトがにやにや笑いながら言った。

「確かにきみの言うとおりだ、ウェインライト。だが、私の考えでは、エリザベスが愛人を持ったことは一度としてないはずだ。そういうことがあれば、君主としての彼女の権威に異議が唱えられたはずだからな」

別の手が挙がった。「でも、宮中も一般市民も、女よりもエセックス伯爵のような男のほうを王として戴《いただ》くほうがよかったんじゃないですか？」

ジョージは笑みを浮かべた。グレイヴズは遊び場よりも教室が好きという珍しい生徒の一人で、軽薄な質問をするようなタイプではなかった。

「そのころには、グレイヴズ、もともとエリザベスをよく言っていなかった者たちでさえ、エセックス伯爵よりも彼女のほうを好きになっていたんだ。事実、三百年以上たったいま、彼女はイギリスを統治したいかなる男性君主にも劣るところはないと考えられている」ジョージがそう結論したとき、遠くで礼拝堂の鐘が鳴った。

ほかに質問する者はいないかと教室を見渡したが、一本も手は挙がらず、ジョージはため息をついた。「では、今日はここまでにしよう」そして、声を大きくして付け加えた。「それから、ヘンリー八世がアン・ブリンと結婚したことの宗教的かつ政治的な意味についてのレポートを、木曜の昼までに提出するのを忘れないように」

聞こえよがしに失望の声を上げながら、下級五年生は教科書をまとめて教室を出ていった。

ジョージは黒板拭きを手にすると、ヘンリー八世の六人の王妃の名前と、それぞれが王妃になった年を消していった。振り返ると、グレイヴズがまだ席に着いたままでいた。

「六人全員の名前と、彼女たちが王妃になった年を答えられるか？」ジョージは訊いた。

「アラゴンのキャサリン、一五〇九年。アン・ブリン、一五三三年。ジェイン・シーモア、一五三六年。クレーヴスのアン、一五四〇年。キャサリン・ハワード、一五四〇年。そして、キャサリン・パー、一五四三年です」

「では、六人がどういう運命をたどったか、来週はそれを記憶する簡単な方法を教えてやろう」

「離婚、斬首《ざんしゅ》、死亡、離婚、斬首、そして、キャサリン・パーはヘンリー八世が没するまで王妃でありつづけました。先週教えてもらいましたよ」

「そうだったかな」ジョージは黒板拭きを机に戻した。自分のガウンがどんなにチョークで汚れているか、まるで気づいている様子がなかった。

そして、グレイヴズのあとから教室を出ると、中庭を横切って教官談話室へ戻り、同僚に加わって十時の休憩を取った。生徒だけなく職員の大半にも人気があることはすでに証明されていたが、それでも、彼のやり方を自由放任《レッセフェール》と控えめに形容する者がいることも、彼のクラスの規律のなさが自分たちの権威を——特に同じ日に下級五年生を教える場合——貶《おとし》めていると声高に非難する者が一人二人いることも、ジョージは十分に承知していた。

ドクター・レンドールはそろそろそのときだろうと腹を決め、マロリーを脇へ連れていって、その問題について話し合おうとした。ジョージはそのとき、自分は自己表現というものを信じているし、それを信じなければ、子供たちが完全に自分の潜在能力を把握することはできないはずだと応じた。校長はこの場合の〝自己表現〟が何を意味するのかがわからなかったので、それ以上深入りしないことにした。どのみち今年度が終われば退職するのだし、そうなれば、この問題の責任はだれかほかの人間が取ることになるのだ。

同僚のなかで、本当の友だちといえるのはたった一人しかいなかった。アンドリュー・オサリヴァンはケンブリッジ大学で同学年――そのときは一度も会ったことがなかったが――で、フィッツウィリアム・カレッジにいたときにすでに『地理』を読み、ボクシングの代表選手でもあったが、登山にまったく関心を示さず、クイントゥス・ファビウス・マキシムスのジョージほどの信奉者でもなかったにもかかわらず、一緒にいて楽しいとお互いがすぐに気づいたのだった。

教官談話室へ入ると、アンドリューはすぐに見つかった。窓際のゆったりした革張りの椅子に沈み込んで新聞を読んでいた。ジョージは紅茶のカップを手にして歩み寄った。

「今朝のタイムズを読んだか？」アンドリューが訊いた。

「いや」と応えて、ジョージはソーサーに載せたカップを二人を隔てるテーブルに置いた。「新聞は夕べの祈りをすませてから読むことにしているんだ」

「デリーの特派員がリポートしているんだが」アンドリューがつづけた。「カーゾン卿がダライ・ラマとの交渉を仲介して、選抜登山隊の入国許可を認めさせ――」

ジョージは思わず身を乗り出したが、いささか急ぎ過ぎたために、アンドリューのカップをひっくり返してしまった。「すまん」と謝って、ジョージは新聞をひったくった。

ジョージのめったにない失態に、アンドリューはちらりと頬をゆるめ、友人が新聞を返してくれるのを待ってからつづけた。「王立地理学会は該当する登山関係者に手を挙げないかと声をかけているそうだ。ひょっとして、親愛なるマロリー君、きみは該当する登山関係者じゃないのか？」

ジョージは即答を避けたかった。もう少し考える時間がほしかった。だが、そのとき鐘が鳴り、あと五分で休憩時間は終わりだと告げてくれたおかげで、ありがたいことに答えずにすむことになった。

「まあ」アンドリューが椅子から腰を上げながら言った。「この質問に答えにくいということなら、もう少し簡単なことを訊かせてくれないかな。木曜の夜だが、タイムズを読む以外に何かすることがあるのか？」

「スペイン無敵艦隊に関する下級五年生のレポートを採点するつもりだが」ジョージは言った。「歴史を書き変えることにサディスティックな歓《よろこ》びを覚える生徒は多いみたいだな。ウェインライトなど、スペインが勝利し、ドレイクはロンドン塔に幽閉されて一生を終えたと考えたいらしい」

アンドリューが笑った。「いや、本校の理事の一人――ミスター・サッカレー・ターナーというんだが――が、木曜の夜に晩餐《ばんさん》に招待してくれて、よかったら友だちも一緒にどうかと言ってくれているだけなんだ」

「ぼくのことを気にかけてくれるのはありがたいが」ジョージは教官談話室を出て中庭を歩きながら訊いた。「ミスター・ターナーが言っているのは女性の友だちのことじゃないのか？」

「それはないと思うがね」アンドリューが言った。「彼にはまだ結婚していない娘が三人もいるんだ。ところで、ジョージ、ビリヤードはやるのか？」

18

一九一四年　二月十二日　木曜

ジョージはキューにチョークを塗った。サッカレー・ターナーのことは会ったとたんに好きになった。飾り気がなく、開けっぴろげで、率直で、多少昔気質《むかしかたぎ》かもしれず、常に人の気概を試すようなところがあった。

招待主の自宅へ向かう道々アンドリューから教えてもらったのだが、ターナーは職業建築家だった。細密な細工を施した両開きの鍛鉄の門をくぐり、ライムの長い並木道を進みながら、サリーの丘陵地帯に抱かれたウェストブルックを初めて目の当たりにしたとき、そこを取り巻いている並外れて壮大な花壇、芝生、池や流れをあしらった沈床園（一段低いところに造った庭園）を見て、ターナーが仕事においてこれほどの成功を収めている理由を聞くまでもなく納得した。

正面玄関のステップを上りきる前に執事がドアを開け、長い廊下を静かに案内して、二人をビリヤード・ルームへ連れていった。そこではすでにターナーが待っていて、ディナー・ジャケットが近くの椅子の背に掛けられているところを見ると、早くも一戦交えるつもりでいるようだった。

「女性陣が晩餐の席へやってくる前に、一度手合わせを願いたい。そのぐらいの時間はあるだろう」というのが、二人を迎えたターナーの第一声だった。暖炉の上にはレーヴァリーの手によるターナー本人の全身像が、壁には十九世紀の水彩画が何点――そのなかには、ここの主人と同名の画家の作品も一点含まれていた――も飾られて、ジョージはしばしそれに見惚《みと》れてから、ようやくジャケットを脱いでシャツの袖をまくった。

緑色の羅紗《ベーズ》の上に三つの球が置かれたとたんに、ターナーのもう一つの性格が明らかになった。とにかく勝ちたがりで、自分が負けることなどはなから頭にないといった様子だった。そしてもう一つ、ジョージも負けず嫌いだということも頭にないと思われた。アンドリューがこの年寄りにわざと負けてやっているのか、それとも、単にビリヤードが下手なだけなのか、ジョージには判断がつかなかった。どちらにしても、ジョージはこの老人の期待に添うつもりはまったくなかった。

「さあ、きみの番だ」十一ポイント目の獲得に失敗したターナーが言った。

ジョージはどの球をどう突くべきか時間をかけて考え、十四ポイント目の獲得に失敗した時点で、キューをアンドリューに渡した。間もなく、ターナーがジョージをなかなか手強《ごわ》い相手だと見てとって、戦術を変えようとしているのが明らかになった。

「オサリヴァンから聞いているが、きみはいくらか急進的なところがあるらしいな、マロリー」

ジョージはにやりと笑みを浮かべた。ターナーに勝たせてやるつもりは、ビリヤード・テーブルの上だろうとそれ以外の場所だろうと、これっぽっちもなかった。「私が普通選挙の支持者であることを言っておられるのなら、否定はしません」

アンドリューが顔をしかめた。「たった三ポイントか」そして、ただでさえ少ない得点にその点数を加えた。

自分が球を突く番になったターナーは、十二ポイントを獲得するまでは口を閉ざしてゲームに集中していたが、十三ポイント目を失敗し、つづいてキューを渡されたジョージが次の球を突こうと狙いを定めた瞬間に訊いた。「では、きみは女に選挙権を与えるつもりなのかね」

ジョージはいったん身体《からだ》を起こし、キューにチョークを塗りながら答えた。「はい」そしてふたたび腰を屈め、狙いをつけ直した。

「しかし、女はそういう責任を引き受けられるだけの教育を受けていないだろう」ターナーが言った。「それに、論理的な判断を女に期待するのはそもそも無理な相談というものだ」

ジョージはまたもや狙いをつけ直さなくてはならなかったが、それでも二十一ポイントを獲得して、ようやくキューをアンドリューに渡した。しかし、アンドリューは一ポイントも獲得できなかった。

「それを改善するのは簡単ですよ」ジョージは言った。

「どうやって？」ターナーがビリヤード・テーブルを偵察し、どう突くかを考えながら訊いた。

「まず第一に、きちんとした教育を受ける権利を認めるんです。そうすれば、女性も大学へ行き、男と同じレヴェルで勉強できるわけですからね」

「オックスフォードやケンブリッジまで含めるわけではないだろうな」

「いや、含まれますよ」ジョージは言った。「それどころか、むしろオックスフォードとケンブリッジが先鞭《せんべん》をつけなくてはなりません。なぜなら、そうすればほかの大学も追従するに決まっているからです」

「学位を持った女だと？」ターナーが鼻であしらった。「考えられんな」そして腰を屈めて狙いをつけたが、見事に突き損じて、白い球が一番近くのポケットに転がっていった。危うく噴き出しそうになるのを、ジョージは必死でこらえなくてはならなかった。「きみの言っていることを私が正しく理解しているかどうかを確認させてもらいたいんだが、マロリー」ターナーがキューをジョージに渡しながら言った。「オックスフォードやケンブリッジの学位を持った賢い女どもには選挙権を与えるということなんだな？」

「いや、違います。私が考えているのはそういうことではなくて」ジョージは答えた。「女性にも男と同じルールを適用すべきだということです。つまり、愚か者にも投票権を与えるんです」

ゲームが始まってから初めて、ターナーの口元に笑みが浮かんだ。「議会がそれに同意するとは、私には思えないな。考えてもみたまえ、一般的に言って、七面鳥がクリスマスへ賛成票を投じると思うかね？」

「そうすれば次の選挙に勝てるかもしれないと考える七面鳥が出てくるまでは無理でしょうね」ジョージはそう応じながら、上手にキャノン・ショットで赤球をポケットに落とし、腰を伸ばして微笑した。「このゲームは私のもののようですね」

ターナーがしぶしぶうなずき、ジャケットを羽織ろうとした。そのときドアが穏やかにノックされ、執事が入ってきて言った。「晩餐の準備が整いました」

「ありがとう、アトキンズ」ターナーが応じ、部屋を出たとたんにささやいた。「アトキンズが女に選挙権を与えないほうへ、私は一年分の収入を賭けてもいいぞ」

「でも、その質問を彼にしたことはないんじゃないですか？　私はそうであるほうへ一年分の収入を賭けてもいいですよ」その言葉を発した瞬間、ジョージは後悔した。アンドリューは当惑顔だったが、何も言わなかった。

「すみません」ジョージは謝った。「許されない発言でした。それに――」

「いいんだよ、気にすることはない」ターナーが鷹揚《おうよう》なところを見せた。「実は、妻が死んでからというもの、自分が――昨今の言い方では何だったかな――そう、〝頭の固い小《オールド》うるさいじいさん《ファディーダディ》〟になったんじゃないかと心配しているんだ。ともかく、そろそろ女性陣に合流して食事にしよう」そして、廊下を渡りながら付け加えた。「やるじゃないか、マロリー。ぜひともリターン・マッチをお願いしたいものだ。そのときにはきっと、労働者の権利についてのきみの考えを開陳し、私たちを啓蒙《けいもう》してくれるんだろうな」

ジョージとアンドリューはターナーのあとにつづき、執事が開けて待っていてくれるドアをくぐってダイニング・ルームへ入った。ヴィクトリア様式というよりはエリザベス様式に見える大きな樫のテーブルが、樫の羽目板張りの部屋の中央に威張って鎮座していた。その周りに席が六人分用意され、それぞれに最上級の銀器、ナプキン、磁器が並べられていた。

　そこへ足を踏み入れたとたん、登頂に成功したときでさえ滅多にないことなのに、ジョージは思わず息を呑んだ。ミスター・ターナーの三人の娘——マージョリー、ルース、そして、ミルドレッド——が紹介されるのを待っているのにもかかわらず、ジョージの目はルースに釘付《くぎづ》けになったままで、彼女のほうが頬を赤らめて顔をそらしてしまった。

「さあ、こっちへきたまえ、マロリー」入り口でもたもたしているジョージに気づいて、ターナーが促した。「娘たちだって、だれも噛《か》みついたりはしないよ。それどころか、三人は私と違って、はるかにきみの意見に同調してくれるんじゃないのかな」

　ジョージは三人に歩み寄り、若い娘の一人一人と握手をしたが、マージョリーとミルドレッドのあいだの席に坐るようターナーに言われたときにはがっかりし、苦労してそれを押し隠さなくてはならなかった。二人のメイドが最初の料理、コールド・サーモンとディルの皿をそれぞれ六人の前に置き、味見《テイスティング》をしてもらおうと、執事がターナーのグラスにサンセールを半分注いだ。この何週間かで最も食欲をそそる料理だったにもかかわらず、ジョージはそれを無視して、テーブルの反対側に坐っているルースを盗み見ようと隙をうかがいつづけた。彼女は自分の美しさにまったく気づいていないようだった。まるでボッティチェルリの絵から抜け出てきたみたいだ、とジョージは内心でつぶやいた。透き通るように白い肌、青磁のような目、そして、鳶色《とびいろ》がかった豊かな髪、まさにボッティチェルリの描いた女性の生き写しだ。彼はナイフとフォークを手に取りながら、もう一度胸の内で確認した。

「ところで、本当なんですか、ミスター・マロリー」長女のマージョリーがジョージの夢想を破った。「ミスター・ジョージ・バーナード・ショウにお会いになったそうですけど?」

「ええ、本当ですよ、ミス・ターナー。ケンブリッジ大学でのフェビアン協会の講演のあと、夕食をともにする栄に浴しました」

「まったく、あの男ときたら大したろくでなしだ」ターナーが割り込んだ。「それに、人はどう生きるべきかなどということをとくとくとして吹聴《ふいちょう》して喜んでいる社会主義者でもある。しかも、イングランド人ですらない」

マージョリーが父親にやさしい笑みを向けたあと、やはりジョージに向かって話をつづけた。「タイムズの劇評によれば、『ピグマリオン』は機知と示唆の両方に富んでいるそうですね」

「そいつもたぶん社会主義者だ」ターナーが料理を口に運ぶ合間に言った。

「あなたはあの芝居を観《み》たんですか、ミス・ターナー?」ジョージはルースを見て訊いた。

「いえ、ミスター・マロリー、わたしは観ていません」ルースが答えた。「ヴィレッジ・ホールで上演された『チャーリーのおば』がわたしたちの観た最後のお芝居で、『アーネストであることの重要性《ジ・インポータンス・オヴ・ビーイング・アーネスト》』を読むことを教皇が禁じられた直後でした」

「やはりアイルランド人が書いたものだ」ターナーが言った。「オスカー・ワイルドとかいうやつだったと思うが、その男の名前はまともな社会では口にされるべきではあるまいな。そう思わないかね、マロリー？」そのとき、最初の皿が下げられた。ジョージの皿のサーモンは手つかずのままで、いまも泳げそうに見えた。

「そのまともな社会が当代きっての才能ある二人の劇作家を議論できないのであれば、確かにあなたのおっしゃるとおりでしょうね」

そのときまで黙っていたミルドレッドが身を乗り出し、初めて口を開いてささやいた。

「もちろん、わたしもあなたと同意見です、ミスター・マロリー」

「きみはどうなんだ、オサリヴァン？」ターナーが訊いた。「マロリーと同意見なのか？」

「何であれジョージの考えに私が同意することは滅多にありません」アンドリューが答えた。「だからこそ、私とジョージはこんなにうまくいっているんです」全員が噴き出したところへ執事が現われ、背骨で切り離していない牛の両側腰肉《バロン・オヴ・ビーフ》を食器台《サイドボード》に置くと、ターナーがそれでいいとうなずくのを確かめてから肉を切り分けはじめた。

みながそれに気を取られている隙をついて、ジョージはまたもやテーブルの反対側をうかがったが、ルースがアンドリューに微笑《ほほえ》んでいるところを発見しただけに終わった。

「実を言うと」アンドリューが言った。「私はどちらの芝居も観ていないんです」

「これは断言してもいいが、オサリヴァン」赤ワインのテイスティングを終えたターナーが言った。「あの二人はどっちも紳士などではない」

ジョージが反論しようとしたとき、ミルドレッドが割り込んだ。「父の言うことなんか無視すればいいんです、ミスター・マロリー。父は自分が無視されるのが我慢できないんですよ」

ジョージは微笑し、料理が片づけられるまでマージョリーと籠を編むことについてのより上品な会話を楽しみながら、それでも、ときどきテーブルの向こうを盗み見た。ルースは気づく様子もなかった。

「さて」ミスター・ターナーがナプキンを畳んで言った。「今夜、きみたち二人が一つの教訓を学んでいてくれたらいいんだが」

「どんな教訓でしょう」アンドリューが訊いた。

「三人も娘を持つべきではないという教訓だ。特にマロリーはそうだな。三人全員が大学へ行って学位を取るまで満足しないだろうからな」

「とても意味深い示唆だったと思います、ミスター・マロリー」ミルドレッドが言った。「わたしだって父の例に倣って建築家になる機会を与えられていたら、喜んでそうなったはずですもの」

その夜初めて、ミスター・ターナーが言葉を失った。そして、気を取り直すのにやや手間取ってから、ようやく提案した。「そろそろ応接間へ移ってコーヒーにしようか」

今度は娘たちが驚きを隠せなかった。なぜなら、これまで決して変わることのなかった手順を父親が変えたからである。いつもどおりであれば、まずは男性客とブランディと葉巻を楽しみ、女性を仲間に加えるのは、考慮するにしても、もっとあとだった。

「記憶に残る勝利ですよ、ミスター・マロリー」マージョリーがジョージに椅子を引いてもらいながらささやいた。ジョージは三人姉妹が食堂を出るのを待ってから行動に移った。

ありがたいことに、アンドリューはミスター・ターナーとの会話に没頭していた。ルースが応接間のソファに腰を下ろすや、ジョージはさりげなく彼女の前を横切り、隣りに席を占めた。彼女は何も言わず、マージョリーと並んで長椅子に坐っているアンドリューを見ているようだった。ジョージは目的を達したとたんに言葉を失ってしまい、ルースが救いの手を差し伸べてくれるのをしばらく待たなくてはならなかった。

「ところでミスター・マロリー、ビリヤードでは父をやっつけたんですか？」ようやく彼女が口を開いてくれた。

「まあそういうことですね、ミス・ターナー」ジョージは答え、アトキンズが彼女の横にコーヒー・カップを置いた。

「食事のときに父が議論を吹っかけたのはそのせいだったんですね」ルースがコーヒーに口をつけてから付け加えた。「父はもう一度あなたを招待するのではないでしょうか、ミスター・マロリー。もしかすると、父を勝たせるほうが外交的にいいのかもしれませんよ」

「申し訳ないけど、それには同意できませんね、ミス・ターナー」

「どうしてですか、ミスター・マロリー?」

「私の内面的な弱点をさらすことになり、彼女がそれに気づくかもしれないからです」

「彼女?」ルースがまるで訳がわからないという顔で訊き返した。

「チョモランマです。大地の母神ですよ」

「でも、あなたが征服したいと願っているのはエヴェレストだと父から聞いていますけど」

「〝エヴェレスト〟というのはイギリス人がつけた名前なんです。彼女はその名前には応えてくれません」

「コーヒーが冷めますよ、ミスター・マロリー」そう言いながら、ルースが部屋の向こうへ視線を走らせた。

「これはどうも」ジョージはコーヒーを口にした。

「それで、あなたはその女神ともっとお近づきになりたいと願っておられるんですか？」ルースが訊いた。

「いずれはそうなるかもしれませんが、ミス・ターナー。それは別の女性が一人か二人、私の虜《とりこ》になってからのことです」

ルースがますます訳がわからないという顔でジョージを見た。「だれか特定の女性なんですか？」

「マダム・マッターホルンです」ジョージは答えた。「復活祭の休暇のとき、私の痕跡《こんせき》を残すつもりでいるんです」そして、冷えたコーヒーをもう一口すすってから聞いた。「復活祭はどこで過ごすんですか、ミス・ターナー？」

「わたしたち、四月に父にヴェネチアへ連れていってもらうんです。でも、あなたが好きになる町ではないでしょうね。だって、海抜がわずか数フィートなんですもの」

「大事なのは高さだけではないんですよ、ミス・ターナー。〝昼の紺碧《こんぺき》の眼の下、海の大切な子、ヴェネチアが、人のひしめく壁の迷宮、アムピトリテの運命の館《やかた》が横たわる〟と詩にもあるでしょう」

「シェリーが好きなんですか？」ルースが飲み終わったコーヒーのカップをサイド・テーブルに置いて言った。

ジョージが答えようとしたまさにそのとき、マントルピースの上の時計が一度打ち、その一時間の半分が過ぎたことを告げた。アンドリューが立ち上がり、ミスター・ターナーに向き直った。「すてきな夜をありがとうございました。残念ですが、そろそろ失礼する時間だと思います」

ジョージは自分の時計を一瞥した――十時三十分。まだ帰りたくないのは山々だったが、ターナーもすでに立ち上がっていた。マージョリーが歩み寄ってきて、微笑しながら別れの挨拶をした。「近いうちに、またここでお目にかかれるといいですね、ミスター・マロリー」

「そうですね」ジョージは依然としてルースのほうを見たまま応えた。

ミスター・ターナーが笑みを浮かべた。自分はマロリーに膝を折らせることができなかったかもしれないが、娘の一人は間違いなくマロリーを虜にしたらしい。

19

一九一四年　二月十三日　金曜

ジョージは胸のうちをアンドリューに知られたくなかった。ルースのことが頭から離れなかった。あんなに一緒にいて心ときめく澄明《ちょうめい》な美人に出会ったのは初めてで、二人きりになったときには、あの青い瞳を阿呆《あほう》のように見つめることしかできなかった。彼女がアンドリューに微笑めば微笑むほど、そして、自分が必死になればなるほど、気の利《き》いた言葉も思い浮かばなかったし、何の変哲もない普通の会話すらできそうになかった。

ルースの手を握りたくてたまらなかったが、ミルドレッドに邪魔されつづけて、ルースの注意をアンドリューから自分へ向けさせる暇《いとま》がなかった。彼女は自分に関心があるだろうか、あるいは、すでにアンドリューが彼女の父親に話を通しているだろうか？　夕食のあいだずっと、ジョージは話し込んでいる二人を気にしつづけた。何を話しているのか突き止めなくてはならない。あれほど情けない思いをしたのは生まれて初めてだ。

これまでは、女性に夢中になった男どもを見るたびに、眼の眩《くら》んだ馬鹿なやつらだと見下してきたが、いまや自分もその連中の仲間入りをしてしまっていた。しかも悪いことに、その女神は別の男を気に入っているようだった。アンドリューには彼女はもったいない——ジョージは寝る前に声に出して言ったが、自分だってそうなのだということもわかっていた。

翌朝、眼を覚ますと——眠ったとしての話だが——何とかして彼女のことを胸のうちから追い払い、その日の授業の準備をしようとした。下級五年生と四十分も一緒にいて、ウォルター・ローリーと、彼がヴァージニアから煙草を輸入したことについての生徒たちの意見を聞かなくてはならないことを思うと、決して気は進まなかった。ガイが外交官になって世界の向こう側へ行ってしまっているのが悔やまれた。そうでなければ、これからどうすればいいか、助言を求めることができるのに。

ジョージにとって、その日の朝の最初の授業は、歴史上最も長い四十分のように感じられた。ウェインライトのせいで危うく癇癪玉が破裂しそうになったし、初めてカーター・マイナーが彼に食ってかかったりしたが、ありがたいことに、そのとき終業の鐘が鳴った。

誰《た》がために鐘は鳴る（ヘミングウェイの同名の小説タイトルは、ジョン・ダンの『祈禱集』からの引用）か？　ジョン・ダンについて知っている者がいるとも思えないが、とジョージは考えた。例外があるとすればロバート・グレイヴズか。

ゆっくりと中庭を横切って教官談話室へ戻りながら、ゆうべ考えておいた台詞《せりふ》を繰り返し復習した。疑問の一つ一つに答えが出るまでは、そのシナリオにしっかりと寄り添っていなくてはならない。さもなければ、アンドリューに思惑を気取られ、冷やかされるに決まっている。百年前なら決闘ものだろう。だが、いかんせんアンドリューはボクシングの代表選手で、自分はそうではない。

リラックスし、気になることなど世界に一つもないといわんばかりの自信に満ちているように見せようと、ジョージは颯爽とした足取りで本館に入った。しかし、教官談話室のドアを開けるときには、心臓が早鐘を打ちはじめていた。でも、アンドリューがいなかったらどうする？　少なくともいくつかは疑問の答えが得られなくては、次の下級五年生の授業が手につきそうにない。

アンドリューは窓際のいつもの場所に坐って朝刊を読んでいたが、ジョージを見て笑みを浮かべた。ジョージは紅茶を淹れ、そのカップを手にして、逸《はや》る気持ちを抑えながらアンドリューに歩み寄った。しかし面白くないことに、いつもの自分の場所はたったいま別の同僚が占拠し、学校の時間割が不当だと、うるさい議論を始めようとしていた。

ジョージは二人のあいだのラジエーターに腰掛け、最初の質問を思い出そうとした。あ
あ、そうだった……。

「ゆうべは面白かったな」アンドリューが新聞を畳みながら、ジョージを見て言った。

「ああ、面白かった」ジョージは鸚鵡《おうむ》返しに応えたが、それはゆうべ考えた台詞には含まれていなかった。

「おまえさんも楽しんでいたみたいだな」

「実に愉快だったよ」ジョージは言った。「ターナーというのはなかなかの性格だな」

「どうやら、おまえさんを気に入ったようだぞ」

「へえ、そうなのか?」

「間違いない。あんなに活《い》き活《い》きしているターナーは初めて見た」

「というからには、彼をよく知っているわけだ」ジョージは敢えて踏み込んだ。

「いや、ウェストブルックへ行ったのは二回だけで、そのときのターナーはほとんど口を開かなかった」

「へえ、そうなんだ?」ジョージは言った。最初の疑問が解けた。

「ところで、娘たちをどう思った?」アンドリューが訊いた。

「娘たち？」ジョージはまたもや訊き返しながら苛立った。こいつ、おれの質問を一つ残らず先取りするつもりじゃあるまいな。

「そうとも。三人のうちでだれが一番、おまえさんのお気に召したのかな？　マージョリーの目はおまえさんに釘付けだったぞ。それは間違いない」

「気がつかなかったな」ジョージは応じた。「おまえさんはどうなんだ？」

「そうだな、正直に言うと、ちょっと意外ではあったな」

「ちょっと意外だった？」必死の思いが声に表われないように願いながら、ジョージは訊いた。

「そうさ。だって、これまでの彼女は、これっぽっちもおれに関心があるように見えなかったんだからな」

「彼女って？」

「ルースだよ」

「ルースが？」

「そうとも。過去二回の訪問ではおれを見向こうともしなかったのに、ゆうべはおしゃべりをやめなかった。それで、ひょっとするとおれにもチャンスが出てきたんじゃないかと思ってるというわけだ」

「チャンスが出てきた？」ジョージは思わず腰を浮かせた。

「おまえさん、大丈夫か、マロリー？」

「大丈夫だとも。どうしてそんなことを訊くんだ？」

「だって、さっきからおれの言ったことをいちいち鸚鵡返しにしているだけじゃないか」

「おまえさんの言ったことをいちいち鸚鵡返しにしてる？　おれが？」ジョージはまたもや鸚鵡返しに繰り返して、ふたたびラジエーターに腰を落とした。「ということはつまり、おまえさんはまたルースに会いたいと思っているんだな？」ジョージは思い切って尋ねた。ようやく質問の一つを提示することができた。

「それが面白いんだよ」アンドリューが言った。「夕食が終わってすぐ、あの爺さんがおれを脇へ呼んで、復活祭をヴェネチアで一緒に過ごさないかと誘ってきたんだ」

「その招待を受け入れたのか？」そうだったらどうしようかと怯《おび》えながら、ジョージは訊いた。

「受け入れたいのは山々だが、そう簡単にはいかない事情があるんだ」

「そう簡単にはいかない事情？」

「また鸚鵡返しになってるぞ」アンドリューが注意した。

「すまん」ジョージは謝った。「それで、どんな事情なんだ？」

「復活祭にはホッケー・チームの西部遠征が予定されていて、しかも、参加可能なゴールキーパーがおれしかいないときてるんだ。さすがにチームをがっかりさせるわけにはいかないからな」

「それはそうだ」ジョージは応えたが、もう一度腰を浮かせなくてはならなかった。「いくら何でも、それはまずいだろう」

「まあな」アンドリューが認めた。「だけど、何とかなりそうな気もしはじめてる」

「何とかなる？」

「ああ。最終戦を欠場すれば、金曜の夜にサウサンプトンから臨港列車に乗り、日曜の朝にヴェネチアへ着ける。それだと、丸まる一週間をターナー一家と過ごせるはずだ」

「丸まる一週間？」ジョージはまたも鸚鵡返しに訊いた。

「その考えをあの老人に話したら、何ら異存はないようだった。だから、三月の最終週は彼らと一緒にいるつもりだよ」

それだけ知れば十分だった。ジョージはラジエーターから飛び降りた。ズボンが焼けるように熱くなっていた。

「おまえさん、本当に大丈夫か、マロリー？　今朝はまるっきり心ここにあらずみたいだぞ」

「そうだとしたら、それはウェインライトのせいだ」ジョージは応えた。話題を変えるチャンスができたのがありがたかった。

「ウェインライト?」アンドリューが訊いた。

「今朝という今朝は、さすがに癇癪玉が破裂しそうになったよ。何しろウェインライトときたら、スペイン無敵艦隊を破ったのはエセックス伯爵で、ドレイクはそこにいもしなかったと言うんだからな」

「プリマス・ホーでボウリングをしていたとでも言ったのか?」

「いや、そうじゃない。ドレイクはそのときハンプトン・コートにいて、エリザベスと長い情事にふけったあげく、自分の邪魔ができないよう、エセックス伯爵をデヴォン送りにしてしまったというのがウェインライトの説なんだ」

「それは逆だと思ったがな」アンドリューが言った。

「そうであることを祈ろうじゃないか」ジョージは応じた。

20

一九一四年　三月二十四日　火曜

最初の二日、登山は順調だった。だが、フィンチはいくらかほかのことに気を取られている様子で、物事にまともに向かい合うといういつもの態度が見られなかった。その理由をジョージが知ったのは三日目、ツムット・リッジを半ばまで登ったところの岩棚に取りついているときだった。

「女のことがわかるようになってきたか?」まるで毎日話し合っている話題ででもあるかのように、フィンチが訊いた。

「その分野での経験が豊かだとは、われながら残念だが、言えないな」ジョージは認めた。

またルースのことがよみがえってきた。

「同慶の至りというべきか、同病相憐《あわ》れむというべきか」フィンチが応じた。

「だけど、きみはその領域のちょっとした権威だとみなされているんじゃなかったのか?」

「だれだろうと女ってのは、男がその領域の権威になることなんか許してくれないよ」フィンチが苦い声で言った。

「だれかに恋をしたのか?」ジョージは訊いた。フィンチも自分と同じ問題を抱えているのだろうか?

「恋なら話は簡単だ」フィンチが言った。「問題ははるかにややこしいんだよ」

「でも、代わりならすぐにも見つかるんじゃないのか?」

「おれが心配してるのは代わりが見つかるかどうかじゃないんだ」フィンチが否定した。

「ついこのあいだ、彼女が妊娠したのがわかったんだよ」

「だったら、彼女と結婚するしかないな」ジョージは淡々と応えた。

「だから、それが問題なんだ」フィンチが言った。「おれたちはもう結婚してるんだよ。それぞれがな」

ジョージはびっくりして、思わず山から転落しそうになった。これほどの虚を突かれたのは、モン・ブランの雪崩以来だった。

そのとき、岩棚の向こうから顔が覗いた。「さあ、前進だ」ヤングが言った。「それとも、きみたちはその問題から逃れる方法を見つけられないのか?」

ジョージとフィンチが返事をせずにいると、ヤングが一言付け加えた。「ついてこい」

それから一時間、三人は苦闘しながらも最後の千フィートを勇猛果敢に登り切り、ジョージが二人のあとから山頂にたどり着いたとき、フィンチがふたたび口を開いた。「われわれ全員が山頂に立ちたがっている山について、何でもいいからニュースはないんですか?」ヤングに対する質問だった。

　ぶっきらぼうなその訊き方をいいとはジョージは思わなかったが、それでも、ヤングはその質問に答えてくれるはずだった。なぜなら、マッターホルンの山頂一万四千六百八十六フィートでは、だれにも聞かれる心配がないからである。

ヤングは眼下の渓谷を見渡しながら、どこまで話したものか思案した。「何であれこの話題に関して私がこれから話すことは、絶対に他言無用にしてもらわなくてはならない」彼はついに口を開いた。「私の予想では、外務省の公式発表はどんなに早くても二カ月後だ」そしてしばらく口をつぐみ、今度はフィンチでさえ沈黙を守った。「だが、これは明らかにしてもいいだろう」彼がようやくつづけた。「アルパイン・クラブはエヴェレスト委員会と名づけられる予定の合同組織を設立すべく、王立地理学会と暫定《ざんてい》合意に達した」

「それで、その委員会のメンバーにはだれが予定されているんですか」フィンチが訊いた。

ふたたびヤングがためらい、しばらく思案してから答えた。「サー・フランシス・ヤングハズバンドが委員長、私が副委員長、そして、ミスター・ヒンクスが事務局長を予定されている」

「ヤングハズバンド委員長にはだれも文句はないでしょうね」ジョージは慎重に言葉を選んだ。「結局のところ、彼はエヴェレスト遠征を離陸させるのにあずかって力がありますから」

「しかし、それはヒンクスには当てはまらない」フィンチは慎重に言葉を選ばなかった。

「いやはや、俗物根性の権化《ごんげ》みたいな男ってのはいるものなんだな」

「それは少し乱暴なんじゃないか、オールド・ボーイ」ジョージは遠回りにたしなめた。

もはやフィンチが何を言おうと驚かなくなっている自分がいた。

「おまえ、気がつかなかったのか？　王立地理学会でスコットが講演したとき、女性陣はヒンクスやスコットの妻も含めて、全員が貨物列車に押し込まれた牛のように張り出し席へ追いやられていたじゃないか」

「ああいう団体というのは伝統に拘《こだわ》るものなんだ」ヤングが穏やかになだめた。

「俗物根性を伝統なんていうきれいな言葉でごまかさないでくださいよ」フィンチがヤングに言い返し、ジョージを見た。「いいか、おまえが登山隊のメンバーに選ばれたら、ヒンクスは大喜びするに違いないんだ。何といっても、おまえはウィンチェスターとケンブリッジを出てるからな」

「そんな理由でメンバーが選ばれた例はない」ヤングが強く否定した。

「もうすぐわかるでしょうよ、おれが正しかったたってことがね」フィンチは頑として譲らなかった。

「学歴云々《うんぬん》は無用の恨みだ」ヤングが言った。「断言してもいいが、登攀隊のメンバーを選ぶのはアルパイン・クラブであって、ヒンクスではない」

「それはそうかもしれませんが」フィンチはそれでもこだわりを捨てようとしなかった。

「本当の問題は、だれがその委員になるかということでしょう」

「委員は七人が予定されていて」ヤングが応えた。「アルパイン・クラブから三人が選ばれることになっている。きみに訊かれる前に教えておくが、私はソマーヴェルとハーフォードを招くつもりでいる」

「それ以上公正な人選はないでしょうね」ジョージは認めた。

「たぶんな」フィンチが言った。「だけど、王立地理学会の候補はだれなんです？」

「ヒンクス、レイバーンという特別会員、そして、ブルースという将軍だ。これで、人数的には三対三になる」

「ということは、ヤングハズバンドがキャスティング・ヴォートを握るわけだ」

「それについては何ら問題はないと思っている」ヤングが言った。「ヤングハズバンドは王立地理学会の優秀な会長だったし、人格的にも完璧に高潔だとみなされている」

「あなたたちイギリス人から見れば、でしょう」フィンチはまだ納得しなかった。

ヤングが口元を引き締め、ややあってから付け加えた。「指摘しておいたほうがいいと思うから言うが、王立地理学会が選出するのは、周辺地域の詳細な地図を描き、地質標本やヒマラヤ固有の動植物を採取する責任者だけだ。登攀隊員の選出はアルパイン・クラブに任されることになっているし、エヴェレストの登頂ルートを特定する任務もわれわれが負うことになっている」

「では、遠征隊の隊長はだれになるんですか？」フィンチは依然として折れる気配を見せなかった。

「たぶんブルース将軍になるだろう。彼はインド駐留の経験が長いし、ヒマラヤに詳しいだけでなく、ダライ・ラマの親しい友人でもある。そういうイギリス人はほとんどいないんだ。われわれが国境を越えてチベットへ入るには、彼は隊長として理想的だ。エヴェレストの麓へ着いてベース・キャンプを設営したら、その瞬間から、私が代わって登攀隊長になる。私の唯一の責任は、世界の屋根に絶対にイギリス人を最初に立たせることにある」

「おれはオーストラリア人ですよ」フィンチが釘を刺した。

「イギリス連邦のもう一人のメンバーが私の隣りに立つのは、これもまた理想的だろう」ヤングが微笑し、付け加えた。「さて諸君、そろそろ下山したほうがいいかもしれんぞ。この山のてっぺんで一夜を明かすつもりでないのならな」

ジョージはゴーグルをかけ直した。遠征の情報を聞いて興奮していたが、実はヤングはここまで話すつもりはなかったのではないかという気もしていた。フィンチの挑発に乗ってしゃべりすぎたのではないか。

ヤングがマッターホルンの最高地点でソヴリン貨を置き、頭《こうべ》を垂れて挨拶の言葉を述べた。「イギリス国王からの挨拶を申し述べます、マダム。国王は自らの卑しい民を無事に故国へお返しいただけるよう希《のぞ》んでおります」

「もう一つ、訊かせてください」フィンチが言った。

「それで最後だぞ」ヤングが釘を刺した。

「出発はいつになるんでしょうか」

「そうだな」ヤングが答えた。「来年の二月より遅くなることはあり得ないはずだ。モンスーンが吹く前に頂上に到達するためには、五月までにベース・キャンプを設営しないと間に合わないからな」

フィンチはそれを聞いて、満足したようだったが、ジョージはもう一つの不安要素を思わずにはいられなかった。新しく任命されたチャーターハウスの校長のミスター・フレッチャーは、職員の一人が半年も休職させてくれと言ったらどんな反応をするだろうか。

ヤングが先頭に立って下山を始めた。安全なところへ下りるまではたわいないおしゃべりで言葉を無駄にすることは決してなかったが、ホテルが見えてくると、ついに口を開いて念を押した。「外務省が公式に発表するまでは、さっきの話は二度と口にしないでもらいたい。われわれ三人のあいだでも、だ」

ジョージとフィンチがうなずくと、ヤングが付け加えた。「ともかく、一九二五年のきみたちに、それ以外の予定が入らないことを祈っているよ」

フィンチが開襟《かいきん》シャツにフランネルのズボン、スポーツ・ジャケットといういでたちで夕食に下りていくと、マロリーがフロントにいて、チェックアウトをしようと小切手を書いているところだった。

「もう一つのささやかな冒険にお出かけか？」フィンチはマロリーの足下のスーツケースを見て訊いた。

ジョージがにやりと笑みを浮かべた。「まあ、そんなところだ。おれが常に一歩先んじようとしている男はおまえだけではないんだよ。気の毒だがな」

フィンチがスーツケースのラベルを一瞥した。「ヴェネチアにおれの知ってる山はないはずだから、きっと生身の女が関係してるんだな？」

ジョージは答えず、フロント係に小切手を渡した。

「こと女性については専門家だとおれ自身も思っているし、おまえもそうほのめかしてくれたから忠告させてもらうが、同時に二人の女性とうまくやろうとするのは、たとえその二人が別々の大陸に住んでいるとしても、決して簡単じゃないぞ」

ジョージは受け取った領収書を畳んで内ポケットへしまいながら、にやりと笑って言った。「親愛なるフィンチ、それなら指摘させてもらうが、二人目ができるには、まず一人目がいなくちゃならないんだ」そして、それ以上は何も言わずにスーツケースを手に取り、フィンチに向かって薄い笑みを浮かべてから玄関へ向かった。

「おまえとチョモランマの初対面のときには、いまの話は黙っといてやるよ」ジョージの背中に向かって、フィンチが小声で言った。「そのご婦人が執念深い愛人になるんじゃないかと、おれはいやな予感がしてるんだがな」

ジョージは振り返らなかった。

21

一九一四年　三月二十六日　木曜

ウェストブルックで目を奪われてからというもの、ジョージは山を登っているときでさえルースのことが頭を離れなかった。マッターホルン登頂でフィンチの後塵《こうじん》を拝するはめになったのも、ヤングをしてソマーヴェルとハーフォードをエヴェレスト委員会へ呼ぶ気にさせたのも、そのせいだろうか？　いつかはおまえもどちらかを選ばなくてはならないのだとフィンチは言っていたが、あれはやはり正しいのか？　だが、とジョージは思った。いまとりあえずはどちらかを選ぶ必要はない。なぜなら、どちらの女性も、いかにも気を持たせるようにおれを無視しているのだから。

火曜の夜、ジョージはもっと低い山を一つ二つやっつけようという仲間を残し、こっそりとツェルマットをあとにした。列車でローザンヌを目指したが、フィスプで乗り換えるとき、そこでの時間のほとんどを、どうすれば偶然に遭遇したように見せかけられるかを――もとより、彼女を見つけられると仮定しての話だが――考えるために費やした。

列車が鉄輪を響かせて動きだすと、山というのは信用できない手強い相手だが、少なくとも一カ所にとどまって動かないのだということを思わざるを得なかった。それにしても、とジョージは思案した。彼女に会うためにわざわざスイスからイタリアへ旅をするのが見え見えではなかっただろうか。おれの目論見《もくろみ》にすぐに気づいても不思議はないやつが、少なくとも一人はいるが。

ローザンヌで列車を降りると、アルプスの北側を通ってヴェローナへ行くルートの三等切符を買った。ヴェローナからは急行でヴェネチアを目指すつもりだったが、それまでは眠ることしか考えていなかったから、高い切符を買って無駄遣いする必要はまったくなかった。だが、ことはそううまく運ばなかった。というのは、隣りの席のフランス人が食べるものすべてにふんだんにニンニクを加えるべきだと明らかに考えていて、しかも、機関車の轟音《ごうおん》に勝るとも劣らないほどの鼾《いびき》をかいてくれたのである。

それでも、最終目的地に着くまでに、いくらかは眠ることができた。ヴェネチアは初めてだったが、このひと月というもの旅行ガイドを熟読していたから、サンタ・ルチアでプラットフォームに降り立ったときには、この町にある五つ星ホテルの場所は一つ残らず頭に入っていた。一続き《アン・スイート》のバスルームと称する設備をヨーロッパで初めて提供したホテルがフィレンツェだということまで知っていた。

サン・マルコ広場で水上バス《ヴァポレット》を降りるや、町の中心から遠くなく、料金が手の届く範囲にあるホテルの捜索を開始した。そして、いかにも登山家らしく、最上階の一番小さな部屋にチェックインすると、ようやく腰を落ち着けた。今夜はぐっすり眠りたかった。すべての用意周到な登山家と同じく、ささやかなごまかしを実行しようと思うのであれば、陽の出前には起きなくてはならない。もっとも、ターナー父娘がどのホテルに滞在していようと、彼らが十時以前に外へ出ることはまずあり得ないだろう。

またもや眠れぬ夜を過ごすはめになったが、今度の原因はニンニクでも列車の揺れと轟音でもなく、スプリングのきいていない固いマットレスと、羽毛がほとんど入っていないのではないかと思われる枕のせいだった。チャーターハウスの生徒でさえ文句を言うに違いなかった。

六時前に起きると、三十分後には、朝帰りの遊び人と早朝出勤の労働者に混じってリアルト橋を渡った。そして、ジャケットの内ポケットからホテルのリストを取り出し、入念な探索を開始した。

まずは大きなホテルから取りかかろうとバウアー・ホテルへ足を運び、フロントでターナー父娘――父親は年配で、娘は三人――が滞在しているかどうかを訊いた。夜間担当の受付係が宿泊客の長いリストを指でたどっていき、ようやく首を横に振った。その近くのホテル・エウロパ・エ・レジーナでも反応は同じだった。ホテル・バッリオーニにはトンプソンとテイラーという名の客はいたが、ターナーという名前は見当たらず、グリッティ・パレスの夜間担当マネージャーなどは、ジョージの質問を考えもしないうちからチップを要求する素振りを見せ、しかも、首を横に振っただけで終わった。次のホテルは客の名前を明かすことをそもそも拒否し、とても近しい友人なのだとどんなにジョージが頑張っても、態度を変えようとしなかった。

ターナー父娘が休暇の予定を変更したのではないかと疑いはじめたとき、サン・クレメンテのフロント主任――イギリス人だった――が、その名前は聞いたことがあると笑みを浮かべたが、かなりの額のチップを手にするまでは二度と微笑しなかった。ターナーさまのご一行は当ホテルにご滞在ではありませんが、とフロント主任は言った。ときどき食事をしにお見えになりますし、一度などヴァポレットを予約するよう頼まれたこともあります……そして、最初と同じ金額のチップがやってくるのを待って、ふたたび口を開いた……滞在なさっているホテルへお帰りになるためです。そのホテルの名前――チプリアーニ――と、その専用水上タクシーがいつも客を降ろす船着き場を聞き出すのに、またもやチップをはずまなくてはならなかった。

ジョージは薄くなった財布をジャケットのポケットに戻し、急いでサン・マルコ広場へ向かった。そこから、ジュデッカ島と、その島に誇らしげに立つチプリアーニ・ホテルを見ることができた。舳先《へさき》に〈チプリアーニ〉と行き先を記したヴァポレットが、二十分おきに船着き場にやってきていた。ジョージは大きなアーケードが作る影に入り、それぞれの水上タクシーが乗客を降ろすところを観察した。探しているのは三人の若いレディをともなった年配の紳士だ、まず見落とすはずはない。そのレディの一人の顔が、この六週間というもの滅多に頭から離れることがないとあってはなおさらだ。

それから二時間、ジョージはジュデッカ島からやってくる水上タクシーの客を一人残らずあらためた。さらに一時間がたつころには、ターナー父娘が別のホテルに移ったのではないかという疑いが頭をもたげようとしていた。客の名前を教えるのを拒んだあのホテルかもしれない。周辺のカフェが賑《にぎ》わいはじめていた。焼きたてのパニーノやクロスティーノの香ばしい匂いを嗅ぎ、コーヒーを淹れる音を聞いていると、まだ朝食を食べていないことを思い出した。だが、この場所を離れる勇気はなかった。離れた瞬間に、ターナー父娘が水上タクシーから降りてくるかもしれない。正午まで待っても現われなければ、とジョージは決めた。思い切って島へ渡り、彼らが泊まっているはずのホテルへ行ってみようか。だが、そこで鉢合わせしたらどうする？　いったい何をしているのか、どう言い繕う？　そこに滞在の予約を入れてあるのだというような言い訳は通用しないだろう。チプリアーニの一晩の宿泊料金が――どんなに小さな部屋であれ――おれのひと月分の給料でもたぶん間に合わないことを、ターナーが知らないはずがない。

　そのとき、ルースの姿が目に入った。記憶にあるよりさらに美しくなっているじゃないか、ジョージは真っ先にそう思った。彼女は黄色いシルクの、胸のすぐ下に幅広の赤いリボンのついた、エンパイアーラインのロング・ドレスを着ていた。鳶色の髪は波打ちながら肩に垂れ、白いパラソルが朝陽をさえぎっていた。マージョリーとミルドレッドが何を着ていたかと尋ねられても、ジョージはきっと答えられなかっただろう。

　粋《いき》なクリーム色のスーツを着て、白いシャツにストライプのネクタイを締めたミスター・ターナーが、まず最初に船着き場に降り立ち、三人の娘が水上タクシーを降りるのに手を貸してやりはじめた。アンドリューの姿がないことに、ジョージはほっとした。彼にはトーントンでゴールを守っていてほしかった。

　父娘がゆったりとした足取りで、サン・マルコ広場のほうへ歩き出した。どこを目指しているか、はっきり決まっているような雰囲気を醸し出していたが、実際にそのとおりだったのだとわかった。なぜなら、三人が賑わっているカフェに入るや、ヘッド・ウェイターがすぐさまやってきて、たった一つしか空いていないテーブルへ案内したからだ。それぞれに注文をすませると、ミスター・ターナーは腰を落ち着けて昨日のタイムズを読み、ルースは本のページをめくっていった。姉と妹にその内容を教え、ときどき目印になる建物を指さしているところを見ると、どうやらヴェネチアのガイドブックだろうと思われた。

あるとき、ルースがジョージのほうへ顔を向けた。見られたかと一瞬うろたえたが、人は自分の探していない人間には滅多に気づかないものだと思い直した。影に入って見えにくくなっている相手ならなおさらだ。辛抱強く待っていると、ようやくミスター・ターナーが勘定を済ませた。計画の次の段階をそんなに長く先延ばしできないことをジョージは悟った。

父娘がカフェを出るや、ジョージもアーケードの影をあとにして、広場の中心へと足を向けた。目はルースに釘付けだった。彼女はガイドブックを開いたまま手に持ち、そこに記されている内容を、じっと耳を傾けている父と姉と妹に読んでやっていた。たとえ連れがフィンチしかいないとしても、とジョージは思いはじめた。山の頂にいるほうがまだいいんじゃないか。ターナー父娘は、見たとたんにおれと気づくだろう。先手を打つには、方法は一つしかない。

ジョージはのんびりと歩いている観光客のグループの後ろを出ると、わずか数歩しか離れていない距離まで歩み寄って、ミスター・ターナーの前に立った。

「おはようございます」ジョージはかんかん帽を持ち上げ、驚きの表情を浮かべようとした。「いや、うれしい驚きですよ」

「私にも驚きだな、ミスター・マロリー」ターナーが応えた。

「それも、とびきりうれしい驚きです」マージョリーが付け加えた。

「おはようございます、ミス・ターナー」ジョージはもう一度帽子を持ち上げた。ミルドレッドは恥ずかしそうな微笑で応えてくれたが、ルースはガイドブックを読みつづけていた。思いがけないジョージの登場で気が散り、うれしいどころか迷惑だと思っているかのようだった。

「バシリカの五つのアーチ形の入り口は」彼女が声を高くして宣言した。「サン・マルコ広場に面しています。そこは石畳の広い広場で、アーケードがついており、かつてナポレオンによって、ヨーロッパの応接間と形容されたことがあります」

ジョージはルースに笑顔を向けつづけたが、まるでシェイクスピアの『十二夜』に登場するマルヴォリオになったような気分だった。というのは、やはりその作品に登場するオリヴィアと同じく、ルースがまるで気にしてくれる気配がなかったからである。自分は徒労に終わる旅をしたことになるのだろうか、とジョージは思いはじめた。うまくいくなどとは、そもそも一瞬たりと想像すべきではなかったのではないか……。このまま立ち去ろうか、そうすれば、自分がここにいたことなどすぐに忘れてもらえるかもしれない。

「あの鐘楼の高さは三百二十五フィート」ルースが視線を上に向けてつづけた。「訪問者が欄干にたどり着くには、四百二十一段の階段を上らなくてはなりません」

ジョージはミスター・ターナーに向かってふたたび帽子を持ち上げ、その場を立ち去ろうとした。

「あなたなら登れると思いますか、ミスター・マロリー」ルースが訊いた。

ジョージはためらいがちに足を止め、振り返って答えた。「たぶん登れるでしょう。しかし、気象条件を考慮に入れる必要があるでしょうね。そういう高いところで風が吹いていたら、多少難しくなるかもしれません」

「建物の内側にいるんだから危ないことなんかないでしょう。どうして風が問題になるんですか、ミスター・マロリー」

「それから、必ず憶えておかなくてはならないのは、ミス・ターナー」ジョージはその質問には答えず、話をつづけた。「どこであろうと登ることを考える場合には、どのルートを選ぶかが最も重要だということです。最後まで直線的に登れる場合などまずないし、もしルートの選択を間違ったら、虚しく引き返すはめになりかねません」

「面白いお話ですね、ミスター・マロリー」ルースが言った。

「しかし、より直線的なルートがそこにあれば、常にそれを考慮すべきです」

「このガイドブックには、より直線的なルートがあるかもしれないというような記述はないようですけど」

そのとき、ジョージは決心した――ターナー父娘と別れるにしてもかっこうよく別れるに越したことはない。

「それなら、そのガイドブックに新しい一章を書き加えるときかもしれませんね、ミス・ターナー」ジョージはそれだけ言うと、帽子とジャケットを脱いでルースに預けた。そして、もう一度鐘楼を一瞥し、観光客が列をなして入場を待っている一般訪問者用の入り口へと歩き出した。

彼は列の一番前に出ると、回転木戸に飛び乗り、腕を伸ばして入り口の上のアーケードをつかんだ、そして身体《からだ》を引き上げ、横桟の上に立った。間もなく、列をなしている観光客が驚いて見上げるなか、最初の欄干にぶら下がり、一瞬考えたあとで、右足を疑わしげな顔をしている聖人――聖トマスね、とミルドレッドは気づいた――の像に置いた。

ミスター・ターナーは横桟から横桟へ、控え壁から控え壁へと移っていくジョージから束《つか》の間《ま》目を離し、三人の娘を観察した。ミルドレッドはジョージの技術に魅入られたようになっており、マージョリーは畏怖《いふ》を顔に浮かべていたが、何より驚いたのはルースを見たときだった。顔にはまったく血の気がなく、全身が震えているようだった。てっぺんまでわずか数フィートのところでジョージが足を滑らせたとき、お気に入りの娘が失神してしまうのではないかとミスター・ターナーは思った。

ジョージは混雑する広場を見下ろしたが、さまざまな色が斑模様になっているだけで、もはやルースを見分けることができなかった。彼は幅の広い手摺《てす》りにしっかりと両手をかけ、一番上の欄干に身体を引き上げると、もっと普通のルートをたどって登ってきた観光客に合流した。

自分が目の当たりにしたことを信じられない観光客が数人、呆気《あつけ》にとられて思わず後ずさった。なかには、自分たちが嘘をついているのではないと故郷へ帰ったときに仲間に証明できるよう、写真を撮る者さえいた。ジョージは手摺りから身を乗り出し、どうやって降りようかとルートを考えはじめたが、そのとき、二人の軍警察官《カラビニエーレ》が広場へ駆け込んでくるのが見えた。

同じルートで降りるのは諦めざるを得なかった。強行すれば、フランスだけでなく、イタリアでも刑務所の世話になる恐れがあった。ジョージは階段のてっぺんの中央出口へと駆け出し、石造りの螺旋《らせん》階段をのろのろと広場へ下りようとしている観光客に合流した。

そして、脇をすり抜けるようにして数人を追い越すと、ようやく足取りをゆるめて、自分が壁をよじ登るところを絶対に目撃していないと思われるアメリカ人の一行に紛れ込んだ。どこで昼食をとるか、彼らはその話しかしていなかった。

鐘楼を出て広場へ戻ると、ジョージはイリノイからきたという年配の既婚女性に腕をからませた。彼女は抵抗もせず、ジョージを見て微笑した。「もう話したかしら、わたしにはタイタニックに乗っていた親戚がいるのよ」

「いや、初耳です」ジョージは応え、付け加えた。「面白そうな話ですね」そのとき、連れのいない男を探しているカラビニエーレと擦れ違った。

「そうなの、わたしの妹の子で、ロデリックというのよ。いいこと、あの子はまだ何も……」しかし、ジョージはすでに消えてしまっていた。

人で賑わう広場をあとにするや、すぐさまホテルへ戻ろうとしたが、人の目を引きたくなかったので走るわけにはいかなかった。荷物をまとめ、精算——正午を過ぎてのチェックアウトだから割増料金を請求された——をし、ホテルを出るまでに、ほんの十五分しかかからなかった。

彼は急ぎ足でリアルト橋へ向かい、そこからヴァポレットで鉄道駅を目指した。水上タクシーがゆっくりとサン・マルコ広場の脇を通り過ぎているとき、自分と同じ年恰好らしい若者が一人の警官に尋問されているのが見えた。

サンタ・ルチア駅でヴァポレットを降りると、切符売り場へ直行して、ロンドンのヴィクトリア駅へ行く次の列車の時間を尋ねた。

「三時です」係員が答えた。「しかし、申し訳ないのですが、一等車はすでに満員になっております」

「それなら三等で我慢しよう」それでも、ほとんど有り金をはたかなくてはならなかった。

警官を見かけるたびに陰に隠れなくてはならず、永遠の時が流れたように思われたころ、ようやくプラットフォームでベルが鳴り、車掌が大声で一等車の客に急行列車への搭乗を促した。ジョージはゆっくりと一等車へ向かう、上品な人々に紛れた。警察が彼らを疑う恐れはまずないだろうと思われた。列車の屋根に登ろうかとも考えたが、それではもっと人の目を引くことにしかならない。

車内に入ると、通路を行きつ戻りつして、検札係の油断のない目を避けつづけなくてはならなかった。いっそトイレに閉じこもって列車が動き出すのを待つべきだろうかと考えはじめたそのとき、背後で声がした。「お手数ですが、切符を拝見させていただけますか《イル・ヴォストロ・ビリエット・シニョール・ペル・ファヴォーレ》」

はっと振り返ると、襟に分厚い金のパイピングを付けた丈の長い青い上衣を着て、革張りのノートを手に持った男が立っていた。窓の外を見ると、警官が一人、プラットフォームを歩きながら車内を覗き込んでいた。ジョージが切符を探す振りをしはじめたとき、その警官が乗り込んできた。

「おかしいな、なくしてしまったかな」ジョージは取り繕おうとした。「もう一度切符売り場へ行って……」

「それには及びません」検札係が苦もなく英語に切り替えた。「お名前を教えていただくだけで結構です」

「マロリーだが」警官が近づいてくるのを見て、ジョージは観念した。

「承知しました」検札係が応えた。「車両Bの十一番個室へおいでください。奥様がお待ちです。ご案内いたしますか？」

「妻？」ジョージは訝ったが、それでも検札係のあとについて食堂車を抜け、次の車両に入った。検札係が間違いに気づく前にもっともらしい言い訳を考えようとしたが、それより早く十一番個室の前まできてしまった。コンシェルジェが〈予約室〉と記されたドアを開け、ジョージはなかを覗き込んだ。彼の上衣とかんかん帽が、彼女の向かいの席に置いてあるのが見えた。

「ああ、何とか間に合ったわね、ダーリン」ルースが言った。「乗り遅れるんじゃないかと心配になりはじめていたのよ」

「きみがイギリスへ帰るのは一週間後だと思っていたけどな」ジョージはへどもどしながら隣りに腰を下ろした。

「そのつもりだったんだけど」ルースが応えた。「でも、だれかさんがおっしゃったでしょ？　より直線的なルートがそこにあれば、常にそれを考慮すべきだって。もちろん、高いところで風が吹いていなければの話だけどって」

ジョージは声を上げて笑った。彼女と二人でいられる楽しさと、面白さに身を委ねたかった。しかし、イタリア警察に勝るとも劣らない、恐ろしい障害を思い出した。「父上はあなたがここにいるのを知っておられるんですか？」

「何とか説得しました。だって、新学期が始まる直前に教員がイタリアの刑務所の世話になったなんてことが世間に知れたら、学校の面目は丸潰れでしょ？」

「アンドリューのことはどうするんです？　あなたにとって彼は――」

ルースがジョージに両腕を回した。

コンパートメントのドアが引き開けられる音が聞こえたが、ジョージは振り返る勇気がなかった。

「もちろん、否《いな》やなんてあるわけがないじゃありませんか、ダーリン」ルースが言い、キスをした。

「失礼しました《スクージ》」イタリア人警察官が敬礼し、ジョージに言った。「心からお祝い申し上《ミッレ・コングラトゥラッツ》げます《イオーネ》、シニョーレ！」

22

一九一四年　五月一日　金曜

「ほら、きみの番だぞ」ターナーが言った。

ジョージはキューの先端を白球に向けて狙いを定めたが、突く瞬間に両足が震えた。案の定、突き損じた白球は激しくテーブルを行き来し、ついにはサイド・クッションに跳ねて、赤球から数インチも離れたところで止まってしまった。

「ファウルだな」ターナーが宣言した。「私にさらに四ポイント入ったわけだ」

「そういうことです」ジョージは認めた。ターナーがテーブルへ戻り、一言も発せずに球を突いて、さらに十六ポイントを稼いだ。

生まれてから最高に幸せなひと月だった。事実、こんな幸せが存在し得るとは夢にも知らなかった。一日が過ぎるごとに、ルースへの愛は強くなっていった。とても聡明《そうめい》で、とても活発で、一緒にいてとても楽しかった。

イングランドへ戻る旅はとても長閑《のどか》で、二人は寸暇を惜しんでお互いを知ろうといそしんだ。それでも、列車がイタリア国境で止まり、税関職員がパスポートをしげしげとあらためたときには、束の間ではあったが恐怖心に捕らわれた。ようやく国境を越えてフランスに入ると、ジョージは初めて芯《しん》から気を許し、ツェルマットで山を登っているヤングとフィンチのことを思う余裕さえできた。が、それもほんの一瞬に過ぎなかった。

夕食のときには、なぜメニューにある五つのコースすべてを注文したかを明らかにし、三日も食べていないのだと説明した。そして、列車で一晩一緒に過ごすはめになった、起きているときには強烈にニンニク臭いげっぷを連発し、寝ているときには凄まじい鼾を掻く男の話をしてやると、ルースは実に面白そうに声を上げて笑った。

「だったら、あなたは三晩も寝ていないわけね」彼女が言った。

「それに、今夜もまた眠れそうにないよ、愛しい人《マイ・ダーリン》」ジョージは応じた。

「愛する男性との最初の夜をどう過ごすか、前もって予想していたわけじゃないんだけど」ルースが言った。「こういうのも悪くないんじゃないかしら……」そして、テーブルの向こうから身を乗り出し、ジョージの耳元でささやいた。その提案をちらりと考えただけで、ジョージは一も二もなく同意した。

数分後、ルースはテーブルを離れた。コンパートメントへ戻ってみると、すでに座席がシングル・ベッドに作り変えてあった。彼女は洋服を脱いで壁にかけると、手洗い用の小さな流しで顔を洗い、ベッドに入って明かりを消した。ジョージはブラック・コーヒーを飲みながら食堂車にとどまり、最後まで残っていた客が席を立ってから、ようやくコンパートメントへ引き返した。

静かにドアを引き開けてそうっとなかに入り、ちょっとのあいだそこに立ったまま、暗闇に目が慣れるのを待った。間もなくすると、シーツの下に浮き上がっている、ほっそりした身体の曲線が見えるようになり、手を触れたくてたまらなくなった。ジャケット、ネクタイ、ズボン、シャツ、そして、ソックスを脱ぎ捨てると、それらを床に散らかしたままベッドに潜り込んだ。ルースはまだ起きているだろうか?

「今晩は、ミスター・マロリー」彼女が言った。

「今晩は、ミセス・マロリー」ジョージは応え、この三日で初めて熟睡した。

ジョージが腰を屈めて次のショットの構えに入ったとき、ターナーが言った。「マロリー、このあいだ、私と重要な話し合いをしたいというきみからの手紙が届いたんだがね」

「はい、送らせてもらいました」ジョージは応えたが、突いた白球は一番近くのポケットに転がり落ちてしまった。

「またもやファウルだ」そう言ってテーブルに戻ったターナーが、長々と時間をかけてさらにポイントを積み上げていき、自分にはこのゲームの才能がないのではないかとますますジョージに思わせた。

「はい」ジョージはかろうじて返事をすると、一呼吸置いてから付け加えた。「すでに気づいておられるに違いないと思いますが、私はあなたのお嬢さんと多くの時間を一緒に過ごしているんです」

「どの娘だね？」ターナーが訊き、ジョージはまたショットをしくじった。「またもやファウルだ。きみは今夜、一ポイントでも獲得する気があるのかね、若いの？」

「それは単に、その……単に……」

「要するに、私の許可を得てから、ルースに結婚を申し込みたいということなんだな」

「実は、お嬢さんにはすでにプロポーズしました」ジョージは認めた。

「それはそうだろう、マロリー。だって、もう夜をともにしたんだろうからな」

　その夜、目を覚ますと、あたりは真っ暗だった。身を乗り出してブラインドを片側に寄せると、曙光が地平線を染めはじめていた。登山家ならだれでも喜ぶ眺めだった。

ジョージはそうっとベッドを滑り出ると、手探りで床を探し、パンツを見つけて穿いた。ほかの衣服も、一つ残らず突き止めることができた。ろうそく一本しか明かりがない小さなテントで寝ることに慣れていれば、さして難しい作業ではなかった。コンパートメントのドアを静かに開け、部屋の外に出て、通路を見渡す。ありがたいことに、人気《ひとけ》はまったくない。急いでシャツを着、ズボンとソックスを穿き、ネクタイを締め、ジャケットを羽織る。ゆったりとした足取りで食堂車に入っていくと、朝食のためのテーブルを用意していたウェイターが、一等車の客がこんな朝早くにやってきたのを見て驚いた。

「おはようございます」と挨拶したウェイターが、かすかな当惑を顔に浮かべてジョージのズボンを見た。

「おはよう」ジョージは挨拶を返し、二歩歩いたところで、ズボンの前のボタンを留め忘れていることに気づいた。恥ずかしさを笑ってごまかしながらボタンを留めると、急いで食堂車をあとにして、朝刊を探しに向かった。

車両Kまで行って、ようやく新聞の売店があった。イタリア語で〈準備中〉と書かれた札が窓にぶらさがっていたが、一人の若者がカウンターの奥で新聞を束ねた紐を外しているのが見えた。その一面を見て、ジョージは目を疑った。写りの悪い写真はかろうじて自分だとわかる程度だったが、彼の貧しいイタリア語でさえ、見出しの意味は読み取ることができた――〝警察、サン・マルコ鐘楼の謎の登攀者を捜索中〟。

ジョージが新聞の束を指さすと、その若者が渋々鍵を外してドアを開けた。

「その新聞は全部で何部あるんだ？」

「二十部です」若者が答えた。

「あるだけもらおう」ジョージは言った。

若者は聞き間違えたのではないかと自信なさげだったが、ジョージが現金を渡すと肩をすくめてそれを受け取り、レジスターにしまった。

若者が釣銭を返そうとしたとき、ジョージは陳列ケースに飾ってある宝石に目を奪われた。「それはいくらだ？」彼はヴェルヴェットの台の一つを指して訊いた。

「通貨は何でしょう？」

「ポンドだ」ジョージは応え、小切手帳を取り出した。

若者が背後の壁に貼られたカードに記してある金額一覧を指でたどった。「三十二ポンドです」

ジョージは来月分の給料に匹敵する金額を小切手帳に書き入れ、そのあいだに、若者が小さな贈り物を包装した。

ジョージは新聞の束を小脇に食堂車へと引き返した。贈り物はジャケットのポケットにしまってあった。隣りの車両に入ると、もう一度、素速く通路を確認した。依然として人の姿はなかった。一番近くのトイレに滑り込むと、一部を除いて残りの新聞の一面をすべて破り取って引き裂き、トイレに流した。新聞を引き裂くのに数分、それを流すのにかなりの時間がかかった。最後の見出しが消えていったのを確認するや、すぐにドアを開けて通路に戻った。そして、食堂車へ向かって歩きながら、すべての個室の入り口に、新聞を一部ずつ落としていった。

「でも、どうしてそうなったかは説明しないと——」ジョージは抵抗した。的球《まとだま》がテーブルに激突して飛び出し、床を転がっていった。

「またもファウルだ」ターナーが球を取り上げて羅紗《らしゃ》の上に戻した。「その説明はこれっぽっちも必要ないよ、マロリー。しかし、結婚してからの暮らしはどうなんだね」

「ご承知の通り、私はチャーターハウスの教員で、給料は年額で三百七十五ポンドです」

「その金額では、わが娘たちが子供のころから慣れてきた暮らしを維持するには、とうてい十分とは言えないな」ターナーが結論した。「不動産とか、親からの相続とか、そういう収入はないのか?」

「当然と言えば当然ですが、そういうものはありません。父は教会区司祭で、四人の子供を育てなくてはなりませんでしたから」

「では、ルースには毎年七百五十ポンド入るようにし、結婚祝いとして家を一軒贈るとしよう。それから、孫の教育も、私が全員の分を持たせてもらおうじゃないか」

「親の金を当てにする娘を妻にはできません」ジョージは沽券《こけん》に関わるといわんばかりに応じた。

「私の条件を飲めないというなら、きみはルースと結婚できないな」ターナーが言い、見事に赤球に命中させた。

ジョージは一人でコーヒーをすすりながら、ルースがやってくるのを待った。本当に車両B十一番で美女が眠っているのだろうか？　まさか、目が覚めたら実はイタリアの刑務所で、ミスター・アーヴィングの助けも当てにできないまま閉じ込められているのではあるまいな？

数人の客がやってきてそれぞれに朝食を楽しんでいたが、朝刊の一面がなくなっている理由を説明できるウェイターはいなかった。ルースが食堂車に入ってきたとき、ジョージはたった一つの思いしか浮かばなかった――おれはこれから死ぬまで、この女性と一日も欠かさず朝食をとることになるんだ。

「おはようございます、ミセス・マロリー」ジョージはテーブルの脇から立ち上がり、両腕を彼女に回した。「私がどんなにあなたを愛しているか、そろそろわかってもらえるようになりましたか？」そして、彼女にキスをした。

年配の客数人から不謹慎だという目で見咎《みとが》められ、ルースが赤くなった。

「公共の場でキスはしないほうがいいかもしれないわよ、ジョージ」

「きみだって昨日は幸せのあまり、警官の前でキスしたじゃないか」ジョージは言い返し、ふたたび腰を下ろした。

「あれはあなたが逮捕されるのを防ごうとしただけよ」

やってきたウエイターはいやに愛想のいい笑みを浮かべていたが、考えてみれば、彼らはオリエント急行のハネムーン・カップルを飽きるほど見ていて、人前でのキスなどいまさら何とも思っていないのだった。

それぞれに朝食の注文をすませると、ジョージは一面が見えるようにして朝刊をテーブルに載せ、ルースのほうへ押しやった。

「すてきな写真じゃありませんか、ミスター・マロリー」ルースが見出しを目にしたとたんに言った。「それに、最初のデートで女性が妥協を余儀なくされるのがそんなに悪いことではないとしても、いまのわたしは逃亡者をかくまっているみたいなの。だから、父が何を措《お》いてもまず知りたいのは、あなたが本当にわたしと結婚する気があるのかどうかだと思うの。それとも、わたしは犯罪者の情婦にしかなれないのかしら？」

「驚いたな。いまさらそんなことを訊く必要はないだろう、ミセス・マロリー」

「だって、あなたにはとても高いところに住む愛人がすでにいるって、父がそう言っていたわ」

「それについては、確かに父上の言うとおりだ。成年に達してから彼女と婚約したこと、そして、それを証言してくれる者も一人ならずいることは、父上にも話してある。チベットで言うところの〝親の取り決めによる結婚〟だよ。結婚式当日まで、新郎も新婦も互いを見ることはないんだ」

「それなら、あなたはできるだけ早くその小娘のところへ行かなくちゃだめよ」ルースが言った。「そして、絶対に誤解される恐れのない言葉で、はっきりと、あなたがわたしと婚約していることを宣言してちょうだい」

「残念ながら、彼女は小娘というほど小さくないんだ」ジョージはにやりと笑みを浮かべて応じた。「だけど、外交上の細かい問題が決着したら、新年早々にも彼女を訪ねたいと思っている。そのときに、会うのはこれが最後になると告げて、その理由を彼女に説明するよ」

「そんなことを告げられたい女はいないわよ」ルースが初めてまじめな口調になった。「わたし、妥協してもいいわ。だから、彼女にそう言ってちょうだい」

ジョージはまたにやりと笑みを浮かべた。「妥協って？」

「その話を持ち出したとしても」ルースがつづけた。「その女神がすぐにうんとは言わないかもしれないわ。だって、どんな女でもそうだけど、彼女もあなたが心変わりしないで、また自分に会いにきてくれるようにしたいはずだもの。わたしがあなたに頼んでいるのは、ジョージ、その女神をうまく言いくるめたら、すぐにわたしのところへ戻ってきて、二度と彼女には近寄らないでもらいたいということだけなの」

「ずいぶん真剣だけど、いったいどうしたんだ、マイ・ダーリン？」ジョージはルースの手を取った。

「サン・マルコ広場の鐘楼をよじ登るのを見てあなたの愛を確信したけど、同時に、情熱を注ぐに値すると思ったものに対しては、たとえ前途にどんな危険が横たわっていようとも、喜んでその危険を引き受ける人だということもわかったからよ。だから、約束してほしいの。その忌々《いまいま》しい山の頂上に立ったら、それを最初で最後にするってね」

「わかった、そうしよう。いま、それを証明するよ」ジョージはルースの手を離すと、ポケットから小さな包みを取り出し、包装をほどいて、革張りの小箱を彼女の前に置いた。ルースが蓋を開けると、一粒のダイヤモンドを嵌《は》めた金の指輪が現われた。

「結婚してもらえますか、マイ・ダーリン？」

ルースが微笑した。「昨日、もう同意したはずでしょ？」そして、そっと指輪をはめると、テーブル越しに身を乗り出し、フィアンセにキスをした。

「でも、同意したのはそれだけじゃなかったんじゃないかしら……」

ミスター・ターナーの申し出をちょっと考えたあとで、ジョージは言った。「ありがとうございます」そして、その晩初めての三ポイントを何とか獲得したあとで付け加えた。

「それにしても、ずいぶん気前がいいんですね」

「きみがルースに会いにヴェネチアへきたときに決めたんだ。それ以上でも、それ以下でもない」ジョージは笑った。その夜の最初の笑いだった。「実に取るに足りない罪で刑務所に放り込まれるのを危うく逃れたという事実があるにもかかわらず、だ」ターナーが付け加えた。

「取るに足りない罪、ですか？」

「そうだ」ターナーがまたもや赤球をポケットに入れたあとで応えた。「あの日の午後遅く、イタリア警察がやってきて、マロリーという男に遭遇しなかったかと訊いてきた。その男はエッフェル塔のてっぺんに登ったかどで、パリで逮捕された前科があるとのことだった」

「その男は私ではありません」ジョージは否定した。

「その無頼漢の人相書きも見せてもらったが、きみに瓜二つ《うりふた》だったぞ、マロリー」

「事実は少し違います。逮捕されたとき、私はてっぺんまで少なくとも百フィートは残していました」

ターナーが笑いを爆発させた。「とにかく、私に言えるのはたった一つだ、マロリー。結婚して最初の夜を刑務所の房で過ごしたいというなら話は別だが、そうでない限り、新婚旅行の候補地からイタリアとフランスを外したほうがいい。いいかね、ヴェネチアでのきみの容疑も教えてもらったが、どうやら些細な条例違反に過ぎなかったようだぞ」

「条例違反ですか?」

「公共の記念物に入るときに入場料を払わなかったという容疑だよ」ターナーが一拍おいてからつづけた。「最高でも一千リラの科料ですむんだ」そして、未来の義理の息子を見て笑みを浮かべた。「それよりも心配すべきことがあるんじゃないのかな? このゲームの負け分をどうするかという心配がな」

23

一九一四年　六月二日　火曜

「ぼくたちは戦争に行くべきでしょうね、先生」新学期の初日、ウェインライトが訊いた。

「そうならないことを願おうじゃないか、ウェインライト」ジョージは応えた。

「どうしてですか？　その戦いに十分な根拠があれば、行くべきじゃないんですか？　だって、自分たちの信じるところのものは守るべきだし、イギリスは昔からそうしてきたじゃありませんか」

「交渉によってドイツと名誉ある合意に達する可能性があるのなら」ジョージは言った。「そのほうが解決策としてはいいんじゃないか？」

「交渉によって名誉ある合意に達するなんて無理ですよ。だって、相手はフンなんですよ。あいつらが取り決めを守るはずがないじゃないですか」

「これについては、きみが間違っていることを歴史が証明するかもしれないぞ」

「将来において何が起こるかを正しく予測したければ、しっかりと歴史を勉強することだって、先生はいつも言ってるじゃありませんか。そして、フンが――」

「ドイツだ、ウェインライト」

「はい、ドイツが戦争好きの国であることは歴史が証明しています」

「イギリスだって同じように言われているかもしれないぞ。自分たちの利害が関係するときには必ず首を突っ込んできてるってな」

「それは違います」ウェインライトが反論した。「イギリスが戦争に行くのは、正当な理由があるときだけです」

「イギリスから見た正当な理由だろう」ジョージが言うと、ウェインライトは一瞬口をつぐんだ。

「でも、もし戦争に行かなくちゃならなくなったら」カーター・マイナーがその隙をついて質問した。「先生は志願するんですか？」

ジョージが答える前に、ウェインライトが割って入った。「アスキス首相の発言によれば、教員は戦争になった場合でも兵役を免除されるようですね」

「この問題については恐ろしく詳しいようだな、ウェインライト」ジョージは言った。

「父が将軍なんです」

「生まれたときに新生児室で聞いた考え方は教室で教えられた考え方よりも根強い、というわけだ」ジョージは応えた。

「だれの言葉ですか？」グレイヴズが質問した。

「バートランド・ラッセルだ」ジョージは答えた。

「知らない者のいないコンチーじゃないですか」ウェインライトが割り込んだ。

「コンチーって？」カーター・マイナーが訊いた。

「良心的兵役拒否者《コンシエンシアス・オブジエクター》に決まってるじゃないか。どんな口実を弄《ろう》してでも、祖国のために戦うのを拒否する連中のことだ」ウェインライトが言った。

「何人《なんぴと》も己の良心に従うことを許されるべきである」ジョージは言った。

「それもきっとバートランド・ラッセルですね」ウェインライトが決めつけた。

「いや、イエス・キリストだ」ジョージは応じた。

　ウェインライトは沈黙したが、今度はカーター・マイナーが口を開いた。「もしぼくたちが戦争に行くことになったら、先生、あなたがエヴェレストへ登るチャンスはほとんどなくなってしまうんじゃありませんか？」

　子供といっても侮れないな……朝食のときのルースの質問と同じだ。だが、彼女はもっと重要なこと、つまり、志願するのを義務と考えるか、それとも、彼女の父親があからさまに言ったように、教師という身分を盾にとってその後ろに隠れてしまうのか、ということを訊いてもいた。

「私の個人的な考えは――」ジョージが口を開いたそのとき、終業の鐘が鳴った。生徒たちは午前の休憩時間を無駄にしたくないという思いで一杯で、ジョージの個人的な考えにはまるで興味がないようだった。

ジョージは教官談話室へ向かいながら、とりあえず戦争について考えるのをやめた。アンドリューと平和裡《り》に和解できないだろうかという思いが勝っていた。ヴェネチアから帰ったあと、まだ彼に会っていなかった。談話室のドアを開けると、アンドリューがいつもの場所に腰を下ろしてタイムズを読んでいるのが見えた。顔を上げる様子がないので、ジョージは紅茶のカップを手に、ゆっくりとアンドリューに歩み寄った。心理的な殴り合いをする準備は整っていた。

「おはよう、ジョージ」アンドリューが挨拶したが、顔は依然として上げようとしなかった。

「おはよう、アンドリュー」ジョージは挨拶を返し、アンドリューの隣りの席に坐った。

「いい休暇だったか?」アンドリューが新聞を脇へ置いて付け加えた。

「ああ、まずまずだったな」ジョージは用心深く答えた。

「そう言えるおまえさんが羨ましいよ、オールド・ボーイ」

ジョージはもう一度坐り直して、攻撃を待った。

「ルースとおれのことは聞いてるよな？」アンドリューが言った。

「もちろんだ」ジョージは答えた。

「それなら、教えてくれないか。おれはどうすればいいと思う、オールド・ボーイ？」

「寛容でいてやるとか」ジョージは希望的な提案をしてみた。

「言うのは簡単だが、オールド・ボーイ、ルースのほうはどうなんだ？　彼女は寛容ではいられないいんじゃないかな」

「どうして？」ジョージは訊いた。

「おれが最後の瞬間におまえさんを失望させたら、おまえさんは寛容でいられるか？」

ジョージは適切な返事を思いつかなかった。

「知らないかもしれないが、おれは本気でヴェネチアへ行くつもりだったんだ」アンドリューがつづけた。「だけど、それはおれたちがトーントン・カップの準決勝に勝ち上がる前のことだ」

「おめでとう」ジョージは言った。ようやく事情が呑み込めてきた。

「それで、みんなに引き留められた。みすみす不利になるようなことはしないでくれ、まして、代わりのゴールキーパーがいないんだからってな」

「それで、結局ヴェネチアには行かなかったのか？」

「それがおれの言おうとしていたことだよ、オールド・ボーイ。そのうえ、さらに悪いことに、カップも獲得できなかった。おれはどっちも失ったんだ」

「運が悪かったんだよ、オールド・ボーイ」ジョージは口元がゆるみそうになるのをこらえながら慰めた。

「彼女はまたおれと口をきいてくれるかな？」アンドリューが訊いた。

「その答えなら、近いうちにわかるんじゃないかな」ジョージは言った。

アンドリューが訝しげに眉を上げた。「どうやって？」

「実は、おれたちの結婚式の招待状を送ったばかりなんだ」

24

一九一四年　七月二十九日　水曜

「この貞女の鑑《かがみ》に会ったことがあるか?」オデールがマンチェスター・ガーディアンを畳んで脇へ置きながら訊いた。

「いや、ないな」フィンチが答えた。「だが、マロリーがおれたちを出し抜いてヴェネチアへ消えた時点で、何かあると思うべきだったな」

「女流作家が〝旋風のようなロマンス〟と形容するやつじゃないのかな」ヤングが言った。

「出会ってから、たかだか数カ月だろう」

「私ならそれで十分な長さだったはずですよ」イギリスへ戻っているガイ・ブーロックが割って入った。「彼女は本当に魅惑的で、過去にジョージを羨んだかもしれない人間ならだれでも、彼女を見た瞬間に嫉妬のかたまりと化すこと請け合いです」

「ジョージがそこまで惚《ほ》れ込んだんだ、どんな娘なのか、会うのが待ちきれないよ」ソマーヴェルがにやりと笑みを浮かべた。

「そろそろこの会議の開会を宣言する頃合いだな」ヤングが言ったとき、車掌が怒鳴った。「間もなくガダルミングに到着します」

「とにかく」ヤングがつづけた。「ピッケルを持ってくるのを忘れた者はいないだろうな……」

「汝《なんじ》はこの女を妻とし、妻ある身分と神が定められたあと、ともに暮らすことを誓うか？ 汝はこの女を愛し、労《いたわ》り、敬い、健やかなるときも病めるときもともにあって、ほかのすべてを捨ててこの女だけに自分を捧げ、死が分かつまでともに生きつづけることを誓うか？」

父親が彼に問いかける間《かん》、ジョージは一瞬たりとルースから目を離さなかった。「誓います」彼はきっぱりと答えた。

マロリー牧師が笑顔で花嫁に向き直った。「汝はこの男を夫とし、夫ある身分と神が定められたあと、ともに暮らすことを誓うか？ 汝はこの男に従い、仕え、敬い、健やかなるときも病めるときもともにあって、ほかのすべてを捨ててこの男だけに自分を捧げ、死が分かつまでともに生きつづけることを誓うか？」

「誓います」ルースは答えたが、その声は最前列にいる者以外にはほとんど聞こえなかった。

「この女を妻としてこの男に引き渡すのはだれか？」マロリー牧師が言った。

ミスター・サッカレー・ターナーが前に進み出た。

新郎付添い役のジェフリー・ヤングがマロリー牧師にシンプルな金の指輪を渡した。ジョージがその指輪をルースの左手の薬指にはめ、そして、宣言した。「この指輪をもって、私はあなたを妻とした。私は生ある限りあなたを敬い、すべてをあなたに捧げる」

ミスター・ターナーが独り微笑した。

マロリー牧師がもう一度二人の右手を取り、喜ばしげに会衆に向かって言った。「二人が夫と妻になったことをここに宣言します。父と子と聖霊の御名において。アーメン」

メンデルスゾーンの「結婚行進曲」の最初の旋律が奏《かな》でられるなか、ジョージは妻に初めてのキスをした。

夫婦になったジョージとルースは、二人並んでゆっくりと側廊を歩いていった。ジョージにとってうれしいことに、とても多くの友人が交通の便が悪いのも厭わずにガダルミングへきてくれていた。ルパート・ブルック、リットン・ストレイチー、メイナード・ケインズとジェフリー・ケインズ、さらに、カー・コックス、その隣りでは、コティ・サンダースが悲しげな笑みを浮かべていた。しかし、何にもまして驚いたのは、教会から暖かい陽差しの下へ出たときだった。ヤング、ブーロック、ハーフォード、ソマーヴェル、オデール、そして、もちろんジョージ・フィンチからなる儀仗兵《ぎじよう》が、陽にきらめくピッケルでアーチを造っていたのである。紙吹雪が雪のように舞い落ちるなか、新郎新婦はそのアーチをくぐっていった。

祝福にきてくれた客の一人一人とレセプションのときに何とか言葉を交わすと、新郎新婦はミスター・ターナー所有の鼻の丸い新型モーリスに乗り込み、十日間のハイキング休暇を楽しむためにクウォントック丘陵へと出発した。

「それで、どう思った？　ぼくがきみをおいて別の女性に敬意を表しに出かけるときの付添いたちのことだけど？」ジョージは行き交う車とてない曲がりくねった道を走りながら訊いた。

「あなたがジェフリー・ヤングに嬉々として従う理由がわかったわ」膝の上に広げた地図を見ながら、ルースが答えた。「新郎付添いの代表としての思慮深いスピーチを聞いたら、なおのことよく理解できた。オデールとソマーヴェルはホラティウスみたいだった。きっと橋の上であなたのそばから離れないんじゃないかしら。ハーフォードはもし自分が最終アタック隊員に選ばれたら、最初の一歩から最後の一歩まで、完璧にあなたの足取りに合わせてくれるんじゃないの？」

「フィンチはどうなんだ？」ジョージは花嫁を一瞥した。

ルースがためらい、話しはじめたときには口調が変わっていた。「彼は何でもするんじゃないかしら、ジョージ。あなたより先にあの山の頂上にたどり着くためなら、ということだけど」

「ずいぶん自信ありげだけど、根拠はあるのかい、マイ・ダーリン？」ジョージは驚きをそのまま口にした。

「あなたと腕を組んで教会を出たとき、彼はわたしを、まだ独身の女を見るような目で見ていたわ」

「あそこにきていた独身男の大半がそうだったかもしれないぞ」ジョージは言った。「アンドリュー・オサリヴァンもそこに含まれてるんじゃないのかな」

「いいえ、それは違うわ。アンドリューはわたしを、わたしがいまも独身ならどんなにいいだろうという目で見ていたの。そこには天と地ほどの違いがあるわ」

「フィンチについては、きみの見立ては正しいかもしれないな」ジョージは認めた。「だけど、どんな山だろうとぼくが最後の千フィートをアタックすることになったら、あいつほど隣りにいてほしい登山家はいないね」

「それがエヴェレストでも？」

「チョモランマならなおさらだよ」

その日の午後七時をわずかに過ぎたころ、ジョージとルースはクルーカーンのこぢんまりしたホテルの前に車を停《と》めた。支配人が到着を迎えようと玄関で待っていて、夫婦が宿帳に記入を終えると——〝ミスター・アンド・ミセス・マロリー〟とサインするのは二度目だった——ブライダル・スイートへ案内してくれた。

二人はスーツケースを開けて荷物の整理を始めたが、お互いに口にこそ出さなかったものの、頭には一つのことしかなかった。荷物の整理はすぐに終わり、ジョージは妻の手を取って食堂へ降りていった。ウェイターから大判のメニューを渡され、二人は黙ってそれを見てから注文を終えた。

「ねえ、ジョージ」ルースが口を開いた。「あなた——」

「何だい、マイ・ダーリン？」

ルースが質問をつづけようとしたとき、湯気の立つトマト・スープが運ばれて二人の前に置かれた。そのせいで、彼女はウェイターが声の届かないところまで遠ざかるのを待たなくてはならなかった。

「あなた、わたしがどんなに神経質になっているかわかる？」

「ぼくのほうが二倍も神経質になってるよ」ジョージはスプーンを手に取ろうともせずに認めた。

ルースが俯いた。「知っておいてもらうほうがいいと思うんだけど、ジョージ――」

「何だい、マイ・ダーリン？」ジョージは妻の手を取った。

「わたし、裸の男性を見たことがないの。まして――」

「ムーラン・ルージュへ行ったときの話はもうしたっけ？」ジョージは緊張をほぐそうとして訊いた。

「耳にたこができるほど聞いたわ」ルースが笑みを浮かべた。「そのときにあなたの関心を引いた女性はマダム・エッフェルだけで、彼女にも鼻であしらわれたんでしょ？」

ジョージは笑い、それ以上何も言わずに席を立つと、ルースの手を取った。ルースも笑顔で席を立ち、二人はスープに口もつけなかった理由を尋ねられないことを祈りながら、食堂をあとにした。

階段を足早に、やはり一言もしゃべらずに三階分上がり、ベッドルームの前にたどり着くと、ジョージは気が急《せ》くあまり鍵を取り落としそうになりながら、それでも何とかドアを開けた。そして、部屋に入るやいなやルースを抱きしめた。ようやく抱擁を解くと、一歩下がって笑みを浮かべ、ジャケットを脱いでネクタイをほどいた。その間《かん》も、目はルースに釘付けのままだった。ルースも笑みを返し、ドレスのボタンを外して、それが床に滑り落ちるに任せた。膝のすぐ下までを覆っている長いシルクのペチコートが露わになると、彼女はそれを頭からゆっくり脱いで、すでに床に落ちているドレスに仲間入りさせた。ジョージは妻を抱いてキスをし、彼女が夫のズボンを脱がせようとしているあいだに、ブラジャーを外そうとストラップをいじくった。ともに一糸まとわぬ姿になるや、二人は一瞬互いを見つめ合い、すぐにベッドに倒れ込んだ。ジョージは妻の鳶色の髪を撫《な》で、ルースは優しく夫にキスをした。たがいに身体《からだ》の探索を始めて間もなく、神経質になることなど何もないのだとわかるようになった。

愛を交わし終えると、ルースが枕に頭を戻して言った。「教えてくださるかしら、ミスター・マロリー。一夜をともに過ごすなら、わたしかチョモランマか、あなたはどちらを選ぶんでしょうね？」

ジョージは思わず笑ったが、その声があまりに大きくて、隣りの部屋まで聞こえるのではないかと心配したルースに口をふさがれてしまった。妻がついに深い眠りに落ちるまで、ジョージは彼女を抱いていた。

翌朝、先に目を覚ましたジョージは、ルースの胸にキスをしはじめた。やがて彼女が目を覚まして瞬《まばた》きし、ジョージを見上げて微笑した。ジョージは妻を抱き、両手を自在に動かしてその身体をまさぐっていった。ゆうべはスプーン一杯のスープさえ口にできないほど神経質になっていた奥手の娘にいったい何が起こったのか、ジョージは訝るしかなかった。二度目の交歓のあと、二人はこそこそと廊下をバスルームへ急いだ。そして、見たこともないほど大きな浴槽に一緒に浸《つ》かった。そのあと、ジョージは腰にタオルを巻いただけの姿でベッドの端に腰掛け、美しい妻が身繕いをするのを眺めた。

ルースが朱《あか》くなった。「あなたも急いだほうがいいわよ、ジョージ、さもないと、朝食にも遅れるわ」

「かまわないさ」ジョージは言った。

ルースが微笑し、ゆっくりとドレスのボタンを外しはじめた。

それから十日間、ジョージとルースはクウォントック丘陵を渉猟し、日がとっぷりと暮れてからホテルへ戻ることもしばしばだった。ルースは自分のライヴァルについて毎日ジョージを質問攻めにし、チョモランマがそこまで夫を捕らえて放さない理由を理解しようとした。新年早々のチベット行きをジョージはまだ諦めておらず、それはつまり、少なくとも半年は夫婦が別れ別れになることを意味していた。

「その頂上へたどり着くには幾日と幾晩かかるのかしら」リデアード・ヒルのてっぺんで、ルースが訊いた。

「それは知りようがないんだ」ジョージは認めた。「だけど、高度が上がるにつれて小さくなっていくテントで寝なくちゃならないだろうとフィンチは確信しているよ。ひょっとすると、最終アタックの前夜は二万七千フィートで過ごすことになるかもしれないんだ」

「でも、そんな大変なことの準備なんてどうやったらできるの？　そもそも始められるの？」二千七百フィートの高さから下を見ながら、ルースが訊いた。

「それもわからない」ジョージは答え、ルースの手を取って丘を下りはじめた。「高度二万二千フィート以上で人間の身体がどう反応するかもわかっていないんだから、二万九千フィートなんてお手上げだよ。何しろ、気温が華氏零下四十度にもなる可能性があるし、向かい風を食らったら、わずか数フィートを進むのに十歩も歩かなくちゃならないんだ。フィンチとぼくは三日間、一万五千フィートでテント暮らしをしたことがあるが、ついにはあまりの寒さに耐えかねて一つの寝袋に一緒に潜り込み、一晩じゅうお互いにしがみついていたぐらいだからね」

「わたしも一晩じゅう、あなたにしがみついていたいわ」ルースがにやりと笑みを浮かべた。「あなたがしようとしていることを、出発するときにわたしがもっと理解できるようにね」

「きみに二万九千フィートの準備ができるとはとうてい思えないな、マイ・ダーリン。海辺の小さなテントで二晩過ごしてみようか。それだけでも、多少はどんなものかわかるだろう」

「本気で言ってらっしゃるのかしら、ミスター・マロリー？」

「この前あなたに同じ質問をされたときには、ミセス・マロリー、私は危うく刑務所行きになるところでしたよね」

ジョージは一番近い町でキャンプ用品を売っている店を見つけ、小さなカンヴァスのテントと寝袋を一つ買った。ホテルへ戻って心のこもった夕食をとったあと、二人は夜の闇のなかを、最も近い海辺へと車を走らせた。ジョージは強い風をほとんど防ぐことのできない、海に面して孤立した場所を選び、自分たちの最初の住まいが吹き飛ばされないよう、ペグを深く、しっかりと砂に打ち込みはじめた。

テントを張り、打ち込んだペグの上に石を置いて補強すると、ルースが四つん這いで新居に入っていった。ジョージは浜にとどまっていたが、やがて着ているものをすべて脱ぎ捨ててテントに戻ると寝袋に潜り込み、震えている妻を抱きしめた。愛を交わしたあとも、ルースは夫を離そうとしなかった。

「わざわざ故郷を離れて、毎晩好き好んでこんなふうに眠るの？」信じられないという口ぶりだった。

「そのうえ、華氏零下四十度で、ほとんど呼吸ができないくらい空気が薄い」

「しかも、抱き合うのは男性でしょ、ミスター・マロリー。思い直すんだったら、まだ何カ月も時間はあるのよ」ルースが切なげに付け加えた。

いつ眠りに落ちたかは二人とも記憶になかったが、いつ起きたかは忘れられないだろう。ジョージは懐中電灯の明かりをまぶたに感じて瞬きし、上半身を起こしてルースを見た。彼女は至るところを虫に刺され、それでも彼にしがみついていた。

「申し訳ないが、ちょっと出てきてもらえませんか」明らかに警官とおぼしき口調だった。

男らしく自分だけ出ていくか、妻も一緒に連れて出て裸のまま凍えさせるか。結局前者であるべきだと決めて、ルースを起こさないよう、そうっとテントを出た。二人組の地元の警察官が、ジョージの裸体にまともに懐中電灯を向けた。

「ここで何をしているんです？」一人目の警官が訊いた。

エヴェレストで一晩過ごすのがどんなものかを妻が知りたがったのだと説明しようかとも思ったが、結局こういうにとどめた。「ハネムーンの最中なんだが、一晩浜辺で過ごしたくなったというだけです」

「署まで同行願いましょうか」もう一つの懐中電灯の向こうで声がした。「だが、その前に服を着てもらうほうがいいでしょうね」

ジョージがテントに這い戻ると、ルースが笑っていた。

「何がそんなにおかしいんだい」ジョージはズボンを穿きながら、さすがに憮然《ぶぜん》として訊いた。

「だって、逮捕されるわよって注意したじゃないの」

夜の夜中に二人を起こし、署へ連れていって事情聴取しようとした警部は、間もなく、自分が謝罪するはめになった。

「どうして私たちをスパイだと思ったんです？」ジョージは警部に訊いた。

「このテントから百ヤード足らずのところに、海軍の極秘物資集積所があるんです」警部が説明した。「もちろんご承知と思いますが、戦争に備えているあいだは二十四時間態勢で警戒を怠るなと、首相から要請がなされているんですよ」

25

一九一四年　十月

クリスマスには戦争も全面的に終わっているだろうというのが、世間の大方の見方だった。

ジョージとルースはハネムーンを終えてガダルミングへ戻り、ミスター・ターナーが結婚の記念に娘に贈った住まいに落ち着いた。ザ・ホルトはジョージが予想していたよりもはるかに、また、ルースにしても望みうる以上に豪奢《ごうしゃ》だった。十エーカーの広さの土地に壮大な家が建ち、ルースの見たところでは、何時間も散策を楽しめるほどの庭がついていた。

ジョージがどれほど妻を愛しているか、自分が大切にされているのを実感してルースがどれほどの歓びを感じているか、疑いを挟む余地はだれが見てもなかった。二人が一緒にいるところを目にした者はだれでも、何一つ不自由のない、長閑な生活をしている特権的なカップルだと思ったに違いない。しかし、それは上辺《うわべ》に過ぎなかった。なぜなら、ジョージに良心があったからである。

それからの数カ月、多くの友人やケンブリッジの同期生が、そしてまた、チャーターハウスの若い教え子たちが西部戦線へ送られるのを、ジョージは手をつかねて見ているしかなく、なかには二度と帰ってこない者もいた。それに引き替え、ジョージが払った犠牲は、予定されていたチベット行きが、戦争行為が完全に止《や》むまで延期になったことぐらいだった。ザ・ホルトを訪ねてくる友人たちがいつも軍服姿のように思われて仕方がなかった。ブルック、ヤング、ソマーヴェル、オデール、ハーフォード、そしてフィンチまでもが、フランスへ向かう前に一夜を過ごすべく立ち寄っていた。おれが策を弄して兵役を逃れているのではないかと、彼らのうちのだれかが疑っていないだろうか。そんな心配が頭をもたげ、しかも彼らが一度もそれを口にせず、ジョージのやっていることがいかに大事かを実際に強調してくれたにもかかわらず、本当にそうなのかどうか自信を持てなかった。校長のミスター・フレッチャーが祖国に奉仕している最中に命を落としたオールド・カルシユージアン（チャーターハウス・スクールの生徒や校友）の名前を読み上げるたびに、後ろめたさが募るばかりだった。

ジョージはその疑念を、一番古い友人のガイ・ブーロックに打ち明けて相談することにした。ロンドンへ戻って陸軍省に勤務しているガイは、次の世代の子供たちを教育するに勝る偉大な仕事はないと断言してくれた。倒れた者のあとを彼らに引き受けてもらわなくてはならないのだから、と。

次に、ジェフリー・ヤングに助言を求めた。もし軍に入ると決めれば、だれかほかの者がその穴を埋めなくてはならないことを、彼は思い出させてくれた。また、アンドリュー・オサリヴァンと果てしない議論をしたあとで、じっくりと考えてもみた。それぞれが持ち場を守ることによって、自分たちは正しいことをしているのだ、とアンドリューは断言した。ジョージほどの経験を持った教員を失う余裕はないと、ミスター・フレッチャーはだれにも増してきっぱりと言い切った。

その話をルースとすると、彼女はいつでも変わることなく自分の本心をはっきりと明らかにし、ついにはそれが原因で、結婚してから初めての夫婦喧嘩《げんか》まで引き起こした。気がついてみると、良心と格闘するあまり、次第に夜も眠れなくなっていた。ルースも横になったまま目覚めていることがたびたびあって、夫がジレンマに苦しんでいることに気づいていた。

「まだ起きてるの、マイ・ダーリン？」ある晩、彼女がささやいた。

ジョージは身を乗り出して妻の唇にキスをし、腕枕をしてやった。

「ぼくたちの将来について考えていたんだ」ジョージは言った。

「もうわたしに飽きてしまったの、ミスター・マロリー？」ルースがからかった。「だって、わたしたち、夫婦になってまだ数カ月にしかならないんですよ？」

「そうじゃなくて、きみを失う恐怖を思っているというのが事実に近いかな」ジョージは小声で言った。妻の身体《からだ》が強《こわ》ばるのがわかった。「きみ以上にわかってくれる人はいないと思うんだけど、マイ・ダーリン、ぼくはフランスで友人と一緒に戦わないことについて、本当にひどい罪悪感に苛《さいな》まれているんだ」

「そのお友だちのだれかが、あなたに罪悪感を持たせるようなことを何か言ったの？」ルースが訊いた。

「いや、そんなやつは一人もいない」ジョージは認めた。「だけど、黙っているからこそ、余計にわかるんだ」

「でも、あなたが別の形で祖国に尽くしていることは、彼らだって知っているんでしょ？」

「だめだよ、マイ・ダーリン、自分が感じている罪悪感を無視できる人間なんていないんだ」

「万一あなたが殺されたとして、それで何が成し遂げられるの？」

「何も成し遂げられないだろうな、ぼくが名誉あることをなしたときみに知ってもらう以外はね」

「そして、わたしは未亡人になるのね」

「そういう名誉ある男と結婚した女性は大勢いるよ、その仲間入りだ」

「チャーターハウスの教職員で、軍隊に行った人はいるの？」

「同僚がどう考えているかはわからないが」ジョージは応えた。「ブルック、ヤング、ブーロック、ハーフォード、ソマーヴェル、そして、フィンチの代弁ならできる。彼らはぼくの世代で最も優秀で、祖国に尽くすのをためらわなかった男たちだ」

「その人たちだって、あなたの立場を明らかに理解してくれているんでしょ？」

「そうかもしれないが、彼らは少なくとも策を弄して兵役を逃れたりはしなかった」

「あなたはサン・マルコの鐘楼をよじ登った人でしょう。そういう人が策を弄して兵役を逃れるなんて恥ずかしいことをするはずがないわ」ルースが抵抗した。

「しかし、祖国が戦争をしているときに、その男が前線にいる同志のところへ駆けつけなかったらどうなんだ？」ジョージは妻を両腕で抱いた。「きみの気持ちはよくわかるよ、マイ・ダーリン、でも、もしかしたら――」

「もしかしたら、気持ちが変わるかもしれないわよ、ジョージ」ルースがさえぎった。

「妊娠したとわたしが言ったらね」

そのうれしい知らせがジョージに決断を先延ばしさせたが、娘のクレアが生まれると、ふたたび罪悪感が頭をもたげた。人の親になったことで、次の世代への責任をさらに強く感じるようになったのだ。

戦争がずるずると長引くなか、ジョージは生徒たちを教えつづけた。しかし、学校への行き来の途中に貼ってある兵士募集ポスターの前を通るのは避けようがなく、そのポスターでは、少女が父親の膝に坐ってこう訊いていた。「パパ、パパは大戦《グレート・ウオー》で何をしたの?」おれはクレアに何を語ってやれるだろう?

戦争で死んだ友人の一人一人が、悪夢のなかでふたたびジョージを訪れていた。どんなに勇敢な男でも、初めて塹壕《ざんごう》を飛び出し、敵の銃火に向かい合ったときには正気でいられなくなる恐れがあると何かで読んだことがあったが、ジョージが正気でいられなくなったのは、学校の礼拝堂のいつもの信徒席に平和に坐っているときだった。

校長が立ち上がり、朝の勤めを導いた。「では、より偉大な大義のために自らの命を差し出すという究極の犠牲を払った、オールド・カルシュージアンのために祈りましょう」そして、つづけた。「悲しいことに、そこに新たに二人の名前が加わることになりました。一人はフュージリア連隊所属のピーター・ウェインライト陸軍中尉《ちゆうい》、彼はルーで敵の守備隊への攻撃を指揮しているときに戦死しました。彼の名前を記憶にとどめましょう」

「彼の名を記憶にとどめましょう」会衆が復唱した。

ジョージが顔を覆って声を殺して泣き出したとき、校長が二人目の名前を読み上げた。

「もう一人は、私たちがカーター・マイナーとして好ましく憶えている、サイモン・カーター陸軍少尉です。彼はメソポタミアで祖国に尽くしているときに殺されました。彼の名前を記憶にとどめましょう」

会衆が頭《こうべ》を垂れて復唱した。「彼の名を記憶にとどめましょう」ジョージはその最中に席を立ち、祭壇に一礼して礼拝堂を飛び出した。そして、ガダルミング・ハイ・ストリートまで脇目もふらず歩きつづけ、現地の募集事務所の前に列をなしている若者の最後尾についた。

「名前は?」列の一番前になったとき、募集担当の軍曹が訊いた。

「マロリーです」

軍曹がジョージを見て、頭のてっぺんから爪先まであらためた。「ご存じですか、先生? 徴兵法の下では、教師は兵役を免除されているんですよ?」

ジョージは長い黒のガウンと角帽を脱ぎ、それを手近の紙屑籠《かみくずかご》に投げ込んだ。

第三部

ノー・マンズ・ランド

一九一六年

26

一九一六年　七月九日
愛《いと》しいルース
寒くて惨《みじ》めなガダルミングの鉄道駅できみと別れたとき、ぼくは人生で一番辛《つら》かった。基礎訓練を了《お》えても会えるのは週末だけというのはとても残酷だけど、必ず毎日手紙を書くと約束するよ。

あなたのやろうとしていることは正しいと信じていると言って送り出してくれたことには、本当に感謝している。もっとも、きみの目には本心が表われていたけれどね。

ドーヴァーで自分の連隊に配属されたとき、数人の旧友と出くわした。ジークフリート・ハーフォードを憶えているかな？　ドイツ人を父親に、イギリス人を母親に持つ彼にとって、この戦争に参加するという決断はとても難しかったに違いない。

翌日、われわれは[redacted]へ船で出発したんだけれど、その船ときたらまるで穴だらけのバケツのように浸水が激しく、しかも玩具《おもちゃ》のアヒルのように波に弄《もてあそ》ばれる有様だった。仲間の一人なんか、その船はドイツ皇帝が手ずから贈ってくれたものなんじゃないかと言っていたよ。船に乗っているあいだは、ビリカン（野外で調理に使ったり食べ物を入れたりするブリキや琺瑯の容器）で何ガロンもの水を海へ戻すのにほとんどの時間を費やさなくてはならなかった。この前、二人でイギリス海峡を渡ったときのことを思い出してくれればいいよ。あのときと同じで、ぼくは大した船乗りではなかったけれども、人前で吐くのだけは何とか我慢したからね。

曙光が射すころに[redacted]に入港したんだが、どういう形であれフランス人がこの戦争に参加している様子はほとんど見られなかった。仲間の将校と三人でカフェへ行くと、焼きたてのクロワッサンとコーヒーにありつくことができた。そこで、前線から戻ってきた何人かの将校と出会ったんだが、彼らは異口同音に、最後の食事を十分楽しむようにと助言してくれた。これから数カ月はテーブル・クロスのかかったテーブルでの食事など、いわんや洒落た磁器の皿によそわれた食事など望むべくもないし、二十四時間後には、まるで別世界の食堂に坐ることになるのだからとね。

例によって例のごとく、ぼくはまたもや忘れ物をしてしまった。今度はきみの写真だ。何としてもきみの顔を見ていられるようにしたいんだ。たとえ白黒写真でもかまわない。ぼくたちが逮捕される前日にダーデン・ハイツで撮ったスナップを、お願いだから送ってくれないか。それを肌身離さず持っていたいんだ。

きみがいなくてどんなに寂しいか、それはだれにもわからないだろう。人がこれだけ多くの人間、これほど激越な活動、これほどの耳を聾《ろう》する轟音、そして、これほどまでの孤独感に囲まれてどうして正気でいられるのか、ぼくはまだ見当もつかないでいる。きみを愛しているという別の表現を見つけようとしているんだが、ぼくの人生で唯一の女性だなんて言ったら、きみは例によって冷やかすんだろうな。だけど、チョモランマはもう過去の恋人になったみたいだ。

きみの愛する夫

ジョージ

ジョージはその手紙を連隊の郵便担当員に渡し、あたりをうろうろして待っていると、やがて、輸送部隊のトラックが前線への片道の旅へ出発しはじめた。

数マイルも走ると、緑や明るい黄色が斑模様をなし、牧場で羊や牛が草を喰《は》んでいる、いかにもミレーやモネが描きそうな美しいフランスの田園風景が、焼け焦《こ》げたりへし折られたりした木々、むごたらしく殺された馬、屋根のない家、戦争というチェスボードの上でポーンになってしまった惨めな市民という、はるかに醜いカンヴァス画に取って代わられた。

トラックの隊列は容赦なく前進しつづけた。いずれは騒音で耳が聞こえなくなるだろうと思われたが、それより早く、見上げるジョージの目の向こうで、硫黄《いおう》の煙からなる灰色と黒の不気味な雲が、太陽を完全に隠してしまった。車両は前線まで三マイルの地点でようやく停止したが、その野営地には標識もなく、昼は永遠の夜に変わってしまっていた。ジョージはそこで軍服の一団に遭遇したが、彼らはみな、二十四時間後に自分は果たして生きているだろうかという顔をしていた。

ビリカンに入れたコンビーフ、原形をとどめないほどに煮崩れた豆、虫に食われ穴だらけのジャガイモという食事をとったあと、ジョージは三人の同僚将校と一つのテントに宿舎を割り当てられた。三人ともジョージより年下で、軍に参加してからの期間も、一カ月、九週、七カ月とまちまちだった。軍歴七カ月のエヴァンズ中尉は、自らを古参《ヴエテラン》とみなしていた。

翌朝、ブリキの皿に盛った朝食を掻き込むと、前線まで四百ヤードほどに陣を構える砲兵隊へ急行させられた。エヴァンズははるか昔に消化するべき二週間の休暇をまだ取れずにいたから、その彼と交代することになったのである。

「そんなに心配するには及ばんよ」エヴァンズが親しげに請け合った。「前線に較べたら全然危険じゃない。考えてもみろ、わずか四百ヤード前方にいる憐れな連中は、何カ月も死神につきまとわれながら、それでも塹壕を飛び出そうと突撃命令を待っているんだ。それに較べれば、おれたちの仕事は簡単だよ。きみが指揮するのは三十七人の兵士と、十二門の榴弾砲《りゆうだんほう》だ。十二門とも、壊れない限りはほとんど火を噴きつづけている。先任下士官はデイヴィス軍曹だ。彼は一年以上もそこにいて、その前の軍歴も十五年に及んでいる。ボーア戦争のときに二等兵として従軍したのが最初だ。だから、何であれ彼に相談せずにやろうなどとは夢にも考えないことだ。それから、パーキンズ伍長《ごちよう》がいる。あいつはいつでも不満ばっかり口にしているが、その上品とはいえないユーモアのセンスにも、少なくともほかの連中の気を紛らせ、とりあえずフンのことを忘れさせる効果はある。ほかの連中のことはすぐにわかるようになるだろう。みんな優秀で、いざというときにきみをがっかりさせることはない」ジョージはうなずいただけで、口を挟まなかった。「最も厳しい判断をしなくてはならないとしたら」エヴァンズがつづけた。「それは毎週日曜の午後、三人の兵士を前方監視哨へ送らなくてはならないときだ。彼らはそこで一週間頑張らなくてはならないんだが、三人が一人も欠けずに生還した例をおれは知らない。敵の動きや位置をわれわれに知らせつづけるのが彼らの役目で、そのおかげで、おれたちは間違っても同士討ちをせず、正確に敵に銃口を向けていられるんだ」

「幸運を祈る、マロリー」午前も遅くなって、その若い中尉はジョージと握手をした。

「とりあえず別れの挨拶をしておこう。万に一つだとしても、二度と会えないかもしれないからな」

一九一六年　九月五日
最愛のルース
いまいるのは前線からずいぶん後方に下がったところだから、ぼくの身を案じる必要はまったくない。三十七人の部下を預かっているが、全員が優秀なようだし、実はその一人はロジャーズなんだ。ほら、憶えてないかな。ぼくたちの区域を担当していた郵便配達だよ。彼は元気で生きていて、ここでも本当によくやっていると、できたら家の人たちに知らせてあげてくれないか。彼はこの戦争が終わっても軍にとどまるつもりだと言っている。ぼくが経験のない新米将校だと知っているにもかかわらず、みんな、とてもとても歓迎して、優しくしてくれている。[redacted]で基礎訓練を受けていたときに、三カ月の訓練よりも戦場での一週間のほうがはるかに役に立つと担当教官が言ったけど、今朝、その意味が初めてわかったよ。

いつもきみとクレアのことを思ってるし、マイ・ダーリン、ぼくたちがあの子を連れていくことになる世界についても考えずにはいられない。政治家たちはこれが最後の戦争だと言っているが、その言葉が正しいことを祈ろうじゃないか。だって、自分の子供たちにこんな狂気を味わわせたくないからね。

前線にとどまるのは一度に三カ月というのが原則だから、クレアの弟か妹が生まれるときには、うまくいけばきみのそばにいられるかもしれない。

ジョージはそこまで書いて筆を止め、いま書いたばかりの最後の部分について思案した。こと休暇に関しては国王の規則も往々にして無視されたが、本当のことを知らせてルースを悲観させるわけにはいかなかった。それにソンムでの日々の実態も、実際に会って話せるようになるまでは明らかにしたくなかった。ただでさえルースは不安に苛まれているに違いないのだ。陸軍大臣は痛切な哀悼の念とともに、以下の事実をお知らせしなくてはなりません……で始まる電報がいつ届いても不思議はないのだから。

マイ・ダーリン、きみと結婚してからの二年間は、ぼくの人生で最も幸福なときでありつづけている。いつものように、あの言葉を記して筆をおくことにする。ぼくは心からきみが恋しい。だって、ぼくの頭からきみがいなくなることは一分たりとないんだから。この一カ月の間に何通も手紙をくれ、クレアとザ・ホルトでのことを知らせてくれたことにお礼を言うよ——だけど、写真がまだ届いていないんだ。もしかすると次の郵便で届くのかもしれないけどね。きみの写真もさりながら、この目できみを見て抱きしめる日が待ち遠しいよ。だってそのときに、ぼくがどんなにきみに恋焦がれていたか、きみに本当にわかるはずだからね。

きみの愛する夫

ジョージ

「何か問題でもあるのか、パーキンズ？」

「いえ、そんなことはありません、軍曹」

「それなら、どうしておまえの班だけ砲の再装塡《そうてん》に一分半もかかるんだ？　ほかの班はみな一分足らずでやってるぞ」

「われわれは最善を尽くしています、軍曹」

「おまえたちの最善は不十分だ、パーキンズ。わかったか？」

「はい、軍曹」

「『はい、軍曹』じゃないだろう、パーキンズ。口先だけの返事じゃなくて行動で示せ」

「はい、軍曹」

「それから、マシューズ」

「はい、軍曹」

「一二〇〇時におまえの班の砲を検査する。おれの尻《けつ》から出てきたばかりの太陽みたいに輝いていなかったら、そのときにはおまえを砲弾代わりに装塡して、フンに向かってぶっ放してやるからな。どうだ、骨身にしみてわかったか?」

「骨身にしみてわかりました、軍曹」

　そのとき野戦電話が鳴り、ジョージは受話器を上げた。

「十一時の方向、距離は約一マイルから、つづけざまに砲弾が飛来しています」前方監視哨を守っている兵士が報告した。「敵が攻撃を企てている可能性があります」そして、回線が切れた。

「デイヴィス軍曹」ジョージは砲声の轟きに負けまいと必死で声を張り上げた。

「はい!」

「十一時の方向、距離一マイル、ドイツ軍が前進しつつある」

「了解!　さあ、野郎ども、もたもたするな!　何が何でもフンのやつらを大歓迎してやろうじゃないか。ドイツ兵《ジェリー》のブリキのヘルメットに、最初に直撃弾を食らわしてやるのはだれだ？」

ジョージは砲列のあいだを往き来して砲の一門一門を点検しながら、デイヴィス軍曹がジークフリート線の向こう側でなく、ウェールズのスウォンジーで生まれてくれたことに感謝の笑みを浮かべた。

「よくやった、ロジャーズ」デイヴィス軍曹が言った。「もう一度真っ先に行動し、さらにそれをつづけていれば、おまえはすぐにも上等兵だ」

それは次の昇進をだれにするかを考えるに際しての、さすがのジョージも見落としようのない、ほとんどあからさまと言ってもいいようなヒントだった。

「よくやった、パーキンズ、その調子だ」やや間を置いて、ふたたびデイヴィスの声が聞こえた。「いまのところは降等の必要はなさそうだな」

「ありがとうございます、軍曹」

「礼なんかやめとけ、伍長。そんなことをして、おれがおまえに優しくなると思うか？」

「いいえ、軍曹」

「マシューズ、おまえ、もう一度尻《けつ》っぺたになろうなんてつもりじゃないだろうな」

「装塡用のバネの調子が悪いんですよ、軍曹」

「そんな言い訳を聞かされて、おれは実に残念だ。それなら、どうして弾薬集積所へ走っていって、大急ぎでぴかぴかの新品を探さなかった？　この間抜け野郎」

「ですが、集積所は三マイルも後方にあるんですよ、軍曹。午前中の物資補給トラックを待ってちゃいけないんですか？」

「ああ、いけないな、マシューズ。なぜかというとだな、おまえがもたもたして遅れて動き出したりしたら、そのときにはもう糞《ファッキング》ドイツ兵ども――下品な言葉遣いで悪いな――は、おれたちと一緒に朝飯を食ってるだろうからだ。わかったか？」

「はい、軍曹」

「わかったんなら、もうもたもたするな」

「はい、軍曹」

一九一六年　十月十四日
ぼくの愛しいルース
今日もまた、双方が互いに砲弾を打ち込んでいるけれども、果たしてどっちが優勢なのかわからないという、いつ終わるともしれない、いつもの日々の繰り返しだった。ときどきやってくる佐官が、ぼくたちは第一級の仕事をしていて、ドイツ軍は後退していると断言するんだけど、そこで疑問が生じるんだ。敵が後退しているのなら、どうしてぼくたちは前進していないのかという疑問がね。ドイツ軍の佐官もたぶん、自軍の兵士にまったく同じことを言っているんじゃないのかな。確かなことが一つだけあるとすれば、それは両方とも言ってることが正しくないということだ。

ところで、さらなる富を得たいのなら喇叭《らっぱ》形補聴器を造る工場を開けばいいと、きみの父上に伝えてくれないか。何しろ、この戦争が終わったとたんに、途方もない需要が生じるのは間違いないからね。

毎度同じ事ばかり書いているとしたら申し訳ない、マイ・ダーリン。だけど、一つだけ常に変わらないことがある。それは、きみへの愛と、きみをこの腕に抱きたいという思いだ。

きみの愛する夫
ジョージ

顔を上げると、伍長の一人も何かを走り書きしていた。
「奥さんへの手紙か、パーキンズ？」ジョージは訊いた。
「いや、遺書です」

「それは少し悲観が過ぎるんじゃないか?」

「そうでもないと思いますよ」パーキンズが応えた。「軍服を着ていないときのおれは賭け屋《ブックメーカー》なんです。だから、賭け率を考えることには慣れているんですよ。前線にいる兵士の平均生存日数は十六日ですが、おれはここで、もう三カ月以上生き延びてます。だとすれば、もっと長く生きていられるほうへ賭けるなんてことはできません」

「しかし、前線にいる気の毒な連中に較べれば、ここにいるおまえの危険はずいぶん少ないだろう、パーキンズ」ジョージは伍長を勇気づけようとした。

「あなたの前にも二人の将校が同じことを言いましたよ、中尉。でも、二人とも木の箱に入って故郷《くに》へ帰りました」

何でもないことのように死を口にされるのがジョージはいまだに恐ろしく、いったいいつになったら平気になれるのだろうと考えざるを得なかった。

「おれの見方では、中尉」パーキンズがつづけた。「戦争なんてグランド・ナショナル(リヴァプール近郊のエイントリーで毎年開催される、距離四マイル八百五十六ヤードの大障害競馬)みたいなもんですよ。スタートのときには大勢の走り役と乗り役がいるけれども、そのうちのどれが完走するかは知りようがない。でも、最終的には一人だけの勝者がいるんです。正直なところ、中尉、イギリスの駄馬が勝者になるというのは、競馬で言えば確率は低いですね」

マシューズがパーキンズの考えに同意してうなずく一方で、ロジャーズは俯いたまま、油を染ませたぼろ布で黙々と自分のライフルを掃除していた。

「ともかく、マシューズ、少なくともおまえはもうすぐ休暇を取ることになってるんだよな」ジョージは決して自分たちの頭から遠ざかろうとしない話題を転じようとした。

「その日が待ちきれませんよ、中尉」マシューズが応え、煙草を巻きはじめた。

「故郷《くに》へ帰ったら、まず最初に何をするんだ？」ジョージは訊いた。

「女房とやりまくるに決まってるでしょう、中尉」マシューズが言った。

パーキンズとロジャーズが弾かれたように笑い出した。「なるほどな」ジョージはつづけて訊いた。「二番目には何をするんだ？」

「この兵隊靴を脱ぐんです」

一九一六年　十二月七日

最愛のルース

きみの写真が今朝の郵便で届いた。この手紙は[redacted]のすぐそばの塹壕で書いているんだが、写真のきみはいまもぼくの膝の上にいてくれているよ。「すごい美人じゃないですか」と部下のだれかが言ったので、まったくその通りだと答えておいた。

もうすぐ二人目の子供が生まれることもあって、三カ月後には特別休暇を約束されている。たとえぼくが出産に間に合わなかったとしても、きみのことを放念したんじゃないかなどとは、一瞬たりと、絶対に、想像だにしないでくれ。

この前線にきてもう四カ月になる。ブライティ（軍人の俗語で、イギリス本国のこと）からやってくる新任の少尉たちは日ごとに若くなっていくみたいで、なかにはぼくを老いぼれ兵士のように扱う者もいる。この戦争が終わったら、ぼくはすぐさまザ・ホルトに飛んで帰って、生涯きみと一緒に暮らすつもりだ。

ところで、生まれてくる赤ん坊が男の子なら、名前はジョン……

「お邪魔して申し訳ありません」デイヴィス軍曹が言った。「しかし、ちょっと問題が生じたものですから」

ジョージはそれを聞いたとたん、弾かれたように立ち上がった。デイヴィスの口から問題という言葉が発せられたのは初めてだった。「どんな問題だ?」

「前方監視哨との通信が途絶しました」

通信の途絶というのは、デイヴィスの言葉の使い方では、そこにいた三人全員が殺されたという意味だった。「それで、おまえならどう対処する?」ジョージはエヴァンズの助言を思い出して訊いた。

「だれかをすぐさまそこへ派遣します。そうすれば、フンに完璧に蹂躙《じゅうりん》される前に通信を復旧できるはずです。おれの考えを言ってもいいでしょうか、中尉……」

「もちろんだ。聞かせてもらおう、軍曹」

「とりあえず、おれ、マシューズ、パーキンズの三人で現場へ行き、どうすればいいかを確かめてから、戻ってきて中尉に報告するというのはどうでしょう」

「いや、軍曹」ジョージは言った。「マシューズはだめだ。あいつは明日、休暇で故郷《くに》へ帰ることになっている」パーキンズを見ると、真っ青になってぶるぶる震えていた。彼らのうちの一人でも生きて報告に帰ってくるかどうか、確率は尋ねるまでもなく明らかなようだった。「その任務におれを加えてくれないか、軍曹」

ウィンチェスターの体育祭では、四分の一マイルを一分かからずに楽々と走りきることができた。デイヴィスとパーキンズとともに前線にたどり着くのにどのくらい時間がかかったかはわからなかったが、塹壕に飛び込んだときには、疲労困憊し、恐怖も極限に達していた。前線にいる兵士たちが夜昼なしに、しかも一分の中断もなく耐えろと言われているものの正体が、ジョージは初めて身に染みてわかった。

「頭を下げていてくださいよ、中尉」デイヴィスが野戦双眼鏡で戦場を見渡しながら注意した。「監視哨は一時の方向、距離はほぼ百ヤードです」そして、ジョージに双眼鏡を差し出した。

焦点を合わせ直して監視哨を確認したとたんに、通信が途絶した理由がすっかり明らかになった。「よし、続行だ」何を続行するのか考えもしないうちに、その言葉が口をついた。ジョージは塹壕を飛び出すと、砲弾に抉《えぐ》られて水の溜《た》まった穴やどろどろになった黒い土をジグザグに避けながら、前方監視哨へと、過去に記憶がないぐらい死にものぐるいで突進しつづけた。デイヴィスとパーキンズが絶対にすぐ後ろにつづいていると確信していたから、後ろを振り返ることは一度もしなかった。しかし、その確信は間違っていた。パーキンズは十歩あまり走ったところで銃弾に倒れ、瀕死《ひんし》の状態で泥に横たわっていた。デイヴィスは何とか六十ヤードほど前進したものの、結局死ぬはめになった。

前方監視哨までは二十ヤード足らずだった。何とか十五ヤード進んだとき、ジョージの足元で迫撃砲弾が破裂した。彼が〝くそったれ《ファック》〟と口にしたのは、それが最初で最後だった。両膝から崩れ落ち、ルースのことを思い、顔から泥に倒れ込んだ。また一つ、数字が加えられることになるだけだ。

27

定期的に届いていた手紙が突然途切れた。それは昔から、そのあとに往々にして歓迎されざる電報がつづくことがあるから覚悟をしておいたほうがいいという、最初の兆候だった。

ルースは毎朝、老ミスター・ロジャーズの自転車が車道《ドライヴウエイ》に姿を現わす三十分前に応接間の窓のそばのアルコーヴに坐り、日に日に膨らんでいくお腹《なか》の上で両手を握り合わせるのが習慣になっていた。彼の姿が見えた瞬間から、配達しにきたのが手紙なのか、それとも電報なのか、表情から読み取る努力をするつもりでいた。彼女の考えでは、そうすれば、ミスター・ロジャーズが玄関に着くはるか前に真実がわかるはずだった。

ミスター・ロジャーズが門を通り抜けるのが見えた瞬間、クレアが泣き出した。この子にはまだ父親がいるのだろうか？　それとも、彼は二人目の子供が生まれる前に死んでしまったのだろうか？

ミスター・ロジャーズがペダルを踏むのをやめてブレーキをかけ、階段の下で自転車を止めたとき、ルースはすでに玄関の脇に立っていた。この郵便配達の手順は常に変わることがなかった――自転車を降り、郵便配達鞄《かばん》のなかを引っ掻き回し、手渡すべき郵便を取り出し、ようやく階段を上がって、それをミセス・マロリーに手渡す。今日も同じだ。いや、果たしてそうだろうか？　ミスター・ロジャーズが階段を上りながら、ルースを見上げて笑顔になった。電報の日ではなかったのだ。

「今日は手紙が二通です、ミセス・マロリー。それから、私が見間違えていなければ、一通はご主人からですよ」そう付け加えて、ミスター・ロジャーズが一通の封筒を差し出した。

「ありがとう」ルースは礼を言った。安堵を押し隠すのが難しかったが、毎日こんなふうに不安に心を痛めているのは自分だけではないのだと思い出して尋ねた。「息子さんから連絡はあるんですか、ミスター・ロジャーズ」

「残念ながら、ないんですよ」郵便配達が応えた。「まあ、ドナルドは昔から決して筆まめとは言えませんでしたからね。だから、私どもも楽観することにしているんです」そして、自転車にまたがって帰っていった。

ルースは応接間へ戻るのを待ちきれず、早々にジョージからの手紙の封を切った。そして、窓のそばに腰を下ろし、深く坐り直してから、夫の言葉を読みはじめた——一度目はあっという間に、二度目はとてもゆっくりと。

一九一七年　一月十二日

ぼくの最愛の人

ぼくは元気とは言えないかもしれないけど、まだ生きているよ。だから、心配は無用だ。もっと大変な目にあっていても不思議ではなかったのに、足首が折れただけですんだんだからね。医者によれば、そう長くかからずに本復するし、また山に登ることもできるようになるそうだ。でも、その養生をするために、故郷へ送り返してもらえることになった。

ルースは窓の向こう、遠くに連なるサリーの丘陵地帯を見つめた。泣くべきか、それとも笑うべきか、よくわからなかった。しばらくして、ようやく夫の手紙へ戻った。

悲しいことに、デイヴィス軍曹とパーキンズ伍長が、ぼくと一緒に作戦任務を遂行中に戦死してしまった。ほかの大勢の同志と同じく、二人も優秀な兵士だった。許してくれるとうれしいんだが、マイ・ダーリン、きみへの手紙を後回しにしても、二人の奥さんに一報すべきだと考えたんだ。

すべての始まりは、デイヴィス軍曹が問題が起こったと告げてきたときで……

「あと何日かは任務につかずにここで休養し、マロリー、そのあと本国《ブライティ》へ帰って完全に治るのを待つんだな」

「ありがとう、ドク」ジョージは喜んで応えた。

「礼には及ばんよ。ありていに言えば、ベッド不足を解消したいんだ。ところで、おまえさんがこっちへ戻れるまでに回復したころには、運がよければ、このろくでもない戦争も終わってるんじゃないかな」

「そうであることを祈ろう」ジョージは野戦病院になっているテントのなかを見回した。そこは二度と以前と同じようには暮らせなくなった勇士で一杯だった。

「そういえば」軍医が付け加えた。「今朝、ロジャーズがやってきて、おまえさんのじゃないかと言ってこれを置いていったぞ」

「おれのものに間違いない」ジョージは二度と見られないだろうと諦めていた写真を手に取った。

「すごい美人じゃないか」軍医がつくづくと見入って感嘆の声を上げた。

「あんたもそう思うか」ジョージはにやりと笑って見せた。

「ああ、そうだった、おまえさんに面会がきてるぞ。どうする、会えそうか？」

「もちろん、ロジャーズなら喜んで会うよ」

「いや、ロジャーズじゃなくて、ジェフリー・ヤングという大尉《たいい》だ」

「ああ、彼か。そういうことなら、会いたいかどうかはよくわからないな」ジョージは大きな笑みを浮かべて言った。

看護師に枕を膨らませて背中にあてがってもらいながら、ジョージは登攀隊長を待った。彼にとってのジェフリー・ヤングは、それ以外の何ものでもなかった。しかし、口元に浮かんでいた歓迎の笑みは、彼が足を引きずりながらテントへ入ってくるのを見たとたんに不審に変わった。

「やあ、親愛なるジョージ」ヤングが言った。「情報が入ったとたんにすっ飛んできたんだぞ。野戦病院補助部隊にいて有利なことの一つは、だれがどこにいて、どんな状態かを、全員について知ることができるところなんだ」ヤングが以前はフランスの教室で使われていたに違いない小さな木の椅子を引き寄せ、ジョージのベッドの横に腰を下ろした。「話がありすぎて、どれから始めるべきかわからんよ」

「それなら、ルースのことから話してくださいよ。この前の休暇のとき、彼女に会う機会はなかったんですか?」

「もちろん会ったに決まってるだろう。ドーヴァーへ帰る途中でザ・ホルトへ寄らせてもらった」

「それで、ルースはどうでした?」焦れったさを押し隠さなくてはならなかった。

「相変わらず美しかったし、完全に回復したみたいだったな」

「完全に回復した?」ジョージは不安に駆られた。

「二人目の子供の出産に決まってるだろう」

「生まれたんですか?」ジョージは訊き返した。

「まだだれからも教えてもらっていないのか? きみはもう誇るべき父親なんだぞ……」

そして、一瞬考えた。「たぶん娘のな」

ジョージは普段信じてもいない神に、胸のうちで祈りを捧げた。「それで、娘は元気でしたか?」彼は勢い込んで訊いた。

「元気そうだったな」ヤングが応えた。「だが、正直に言うと、おれには赤ん坊の区別なんかつかないんだ」

「目の色は?」

「わからない」

「金髪ですか、それとも、黒髪でしたか？」

「その中間だと思うが、もしかしたら間違っているかもしれん」

「役に立たない人だな。ルースはもう名前を決めていましたか？」

「その質問がくるんじゃないかと嫌な予感がしていたんだ」

「エリザベスとか？」

「いや、そうじゃないと思う。もっと変わった名前だったな。もうちょっとで思い出せるかもしれない」

ジョージは笑いを爆発させた。「さすがは独り者だ」

「だけど、いずれにしても、もうすぐわかるんじゃないのかい」ヤングが言った。「ドクに聞いたが、間もなく故郷《くに》へ帰ることになっているそうじゃないか。だけど、二度とここへ戻ってくるなよ。自分の良心を慰めるどころか、それ以上のことを十分にやっているんだし、これ以上賭け率を不利にする必要は絶対にないんだからな」

パーキンズが生きていたら、いまのヤングの意見に賛成するだろうな、とジョージは思った。

「ほかにはどんな話があるんですか？」ジョージは訊いた。

「いい話も悪い話もあるが、残念ながら悪い話のほうが多い」ヤングが気持ちを強く持ち直そうとしているのを見て、ジョージは何も言わずにいた。「ルパート・ブルックがガリポリ（ヨーロッパ・トルコのダーダネルス海峡とサロス湾に挟まれた半島）へ向かう途中でレムノス（エーゲ海のギリシャ領の島）で死んだ——戦場に着きもしないうちにな」

ジョージは歯を食いしばった。ブルックの詩集は常にナップザックに入っていたし、この戦争が終わったら、彼はすぐにも人々の記憶に残る詩をものしたに違いなかった。避けがたく増えていく死者のリスト——ジョージが最も恐れているもの——に、さらにいくつもの名前が加えられるのを、彼はじっと待ちかまえた。

「ジークフリート・ハーフォードはイープル（フランス国境に近いベルギーの市。第一次大戦の激戦地）で戦死した。かわいそうに、三日も苦しんでだ」ヤングがため息をついた。「ああいう男が天寿を全うせずに早死にしなくてはならないのだとしても、それは敵と味方の中間地帯《ノー・マンズ・ランド》の地べたではなく、征服したばかりの山の頂上であるべきだ」

「ソマーヴェルはどうしました？」ジョージは思い切って訊いた。

「かわいそうに、あいつはこの戦争が人に投げつけ得る、最悪な残虐《ざんぎゃく》行為のいくつかを目の当たりにしているよ。前線の外科医でいるのは決して愉快なものではない。だが、あいつは不平一つこぼしていない」

「オデールは？」

「三度負傷した。いまはケンブリッジ大学へ戻っているが、それはあいつの出身カレッジが特別研究員にすると申し出、陸軍省がその意味をようやく理解したからに過ぎない。この騒動の片がついたらすぐにも最優秀の頭脳が必要になると、政府の偉いさんたちもやっとわかったらしい」

「フィンチはどうしてます？　あいつのことだから、看護師の世話とか楽な仕事を見つけてるに決まってるでしょうがね」

「とんでもない」ヤングが否定した。「あいつは志願して爆弾処理班を率いている。だから、生き残る確率は前線にいる連中より低いとも言える。ホワイトホールの楽な仕事もいくつか申し出があったんだが、すべて断わってしまった――まるで死にたがっているみたいだ」

「いや」ジョージは言った。「あいつは死にたがってなんかいませんよ。何しろ、だれであれ、あるいは何であれ、自分を殺すことは絶対にできないと信じている稀有な人間の一人ですからね。あいつがモン・ブランで『ワルツィング・マティルダ』を歌っていたのを憶えているでしょう」

ヤングが苦笑した。「挙げ句の果てに、大英帝国五等勲爵士《くんしやくし》まで手に入れたぞ」

「いやはや」ジョージは笑った。「いまや向かうところ敵なしってわけだ」

「あいつに対抗できるのはきみだけだと思うが」ヤングが小声で言った。「その足首が完治したら大丈夫だろう。世界の頂点に真っ先に立つのはきみたち二人だと、私はいまでも疑っていない」

「でも、その前にあなたが道をつけるんでしょう」

「残念ながら、それはもはや不可能になってしまったよ、オールド・ボーイ」

「なぜですか？　まだ老《ふ》け込む年齢《とし》じゃないでしょう」

「それはそうだが」ヤングが応じた。「これを見れば、そんなに簡単ではないとわかってもらえるんじゃないかな」左のズボンの裾《すそ》を引っ張り上げると、義足が露わになった。

「本当にすみません」ジョージはぎょっとして謝った。「知りませんでした」

「かまわんさ」ヤングが言った。「生きているだけでもめっけものだと感謝しているんだ。だがな、この戦争が終わったらすぐに、私の後任の登攀隊長として、きみをエヴェレスト委員会に推薦するつもりだ」

　カーキ色の車が正面の門を入ってきたとき、ルースは応接間の窓辺に坐っていた。ハンドルを握っているのがだれかも、それが男か女かもわからなかったが、軍服を着ていることだけは確かだった。

ルースが外に出て待っていると、若い女の運転手が車を降りて後部ドアを開けた。まず二本の松葉杖《まつばづえ》が、つづいて二本の脚が、そして、最後に夫が現われた。ルースは階段を駆け下り、飛びつくようにしてジョージを抱きしめた。初めてだとでもいうように彼にキスをすると、ヴェネチアからの寝台列車のコンパートメントがよみがえった。運転手はかすかな当惑を顔に浮かべて、それでも直立不動を保っていた。「ありがとう、伍長」ジョージがにやりと笑って言った。彼女は敬礼すると、車に戻って帰っていった。

ルースはようやくジョージを離したが、それは彼女に助けられて階段を上がり、家に入るのを、夫が拒否したからに過ぎなかった。横に付き添って応接間に入ろうとしたとき、ジョージが待ちきれないといった様子で訊いた。「ぼくの可愛《かわい》い下の娘はどこにいるんだ？」

「クレアと子守と一緒に子供部屋にいるわ。すぐに呼んでくるわね」

「名前は何ていうんだい」ジョージは妻の背中に向かって訊いたが、彼女はすでに階段を半ばまで上っていた。

ジョージは松葉杖を操って応接間に入り、窓のそばの椅子に倒れ込んだ。以前はこんなところに椅子はなかったはずだが？　それに、なぜ外を向いているのか？　大好きなイングランドの田園風景を目にしたとたんに、自分が生きているのがどんなに運のいいことかを、もう一度思い出した。ブルック、ハーフォード、ウェインライト、カーター・マイナー、デイヴィス、パーキンズ……。

思いは聞こえてきた泣き声に破られた。ややあって、ジョージの目は二人の娘に釘付けになった。何とか立ち上がったところへ、ルースと子守が二人の娘を連れて入ってきた。ジョージはしばらくのあいだクレアを抱擁し、そのあとで小さな赤ん坊を抱いた。

「金髪に青い目だ」彼は言った。

「あら、てっきり知ってると思ってたのに」ルースが怪訝そうに訊いた。「わたしの手紙、届かなかった？」

「残念ながら、届いていないんだ。きみのメッセンジャーのジェフリー・ヤングから聞くには聞いたけど、彼ときたら娘だってことしか憶えてなくて、名前も全然思い出せなかった」

「おかしいわね」ルースがまたもや訝った。「だって、名付け親になってもらったのよ」

「だったら、まだこの子の名前を知らないの、ダディ？」クレアがぴょんぴょん跳びはねながら訊いた。

「そうなんだよ」ジョージは答えた。「エリザベスかな？」

「違うわよ、ダディ。馬鹿言わないで。ベリッジよ」クレアが笑いながら教えてくれた。

もっと変わった名前か、なるほどな──ジョージはジェフリー・ヤングの言葉を思い出し、内心で独りごちた。

ほんのちょっとのあいだジョージの腕のなかにいただけでベリッジが泣き叫びはじめ、急いで子守と交代しなくてはならなかった。どうやら、見知らぬ男に抱かれているのがいたく不愉快らしかった。

「あと六人はほしいな」子守がクレアとベリッジを子供部屋へ連れ戻すや、ジョージはルースを両腕で抱いた。

「行儀よくなさい、ジョージ」ルースが笑いながら、たしなめる振りをした。「ここは前線じゃないの。あなたが一緒にいるのは部隊の人たちじゃありませんからね」

「そのうちの何人かは、これまで出会ったなかでも最も優秀な連中だよ」ジョージが悲しそうに言った。

ルースが微笑した。「その人たちが懐《なつ》かしい？」

「きみに会えなかったことと較べれば、半分も懐かしくなんかないさ」

「さて、ようやく帰ってきたわけだけど、マイ・ダーリン、とりあえず何がしたい？」

同じ質問をされたときのマシューズの返事を思い出し、将校だろうと兵卒だろうと大した違いはないことに気づいて、ジョージは内心苦笑しないわけにはいかなかった。

そして、腰を屈めて靴の紐をほどきはじめた。

第四部

隊の選抜

一九二一年

28

一九二一年　六月二十二日　水曜

その日の朝は、ジョージが朝食に降りていっても、だれも口を開かなかった。

「どうしたんだ?」と訊きながら、彼は二人の娘に挟まれてテーブルの上座についた。

「わたし、知ってるんだけど」クレアが言った。「教えちゃだめってマミーに言われてるの」

「ベリッジはどうなんだい」ジョージは水を向けた。

「馬鹿言わないでよ、ダディ。ベリッジがまだ字を読めないのは知ってるでしょ?」

「読む?」ジョージはじっとクレアの顔をうかがった。「シャーロック・ホームズなら、その〝読む〟という言葉が最初の手掛かりだと言うだろうな」

「シャーロック・ホームズってだれ?」クレアが迫った。

「名探偵さ」ジョージは答えた。「彼ならこの部屋を見回して、まずは読むものを探したはずだ。この場合、秘密は新聞のなかにあるんじゃないのかな?」

「当たりよ」クレアが拍手した。「そこにダディがずっと欲しがってたものがあるってマミーが言ってたわ」

「それがもう一つの手掛かりだな」ジョージは今朝のタイムズを手に取った。十一面が開かれていて、彼は見出しを見た瞬間に顔をほころばせた。「まさしくお母さんの言うとおりだ」

「何て書いてあるの、ダディ、読んでちょうだいよ」

「下院において、ナンシー・アスター下院議員が女性の権利に関する演説を行なった」ジョージは顔を上げ、ルースを見て言った。「今朝、きみの父上と朝食を食べられないのが残念だよ」

「そうかもしれないわね」ルースが応えた。「でも、シャーロック・ホームズなら、あなたは時間を無駄にすることになると忠告するでしょうね。ミセス・アスターの演説は目くらましに過ぎないってね」

ジョージがページをめくりはじめ、ルースはその手が震え出すのを見て笑みを浮かべた。夫がこんな表情になったのはいつ以来だろう……。

「読んでちょうだいよ、ダディ」

ジョージはおとなしく娘の要求に従った。「〝サー・フランシス・ヤングハズバンドは昨夜、王立地理学会はアルパイン・クラブと合同でエヴェレスト委員会を組織し、自らが委員長に就任して、ミスター・ジェフリー・ヤングを副委員長にすると発表した〟」顔を上げると、ルースが微笑んでいた。

「つづけて、ダディ、まだ途中でしょ」

「〝委員会の最初の仕事は、エヴェレストに最初のアタックを敢行する遠征隊を編成することにある〟」

ジョージがふたたび顔を上げると、ルースはいまも微笑んでいた。三度《みたび》クレアに催促される前に、彼は記事に戻った。「〝本紙が理解しているところによれば、登攀隊長の候補として、チャーターハウス教師のミスター・ジョージ・マロリーと、現在はロンドン大学インペリアル・カレッジで教鞭《きょうべん》を執っているオーストラリア人科学者、ミスター・ジョージ・フィンチの名前が挙がっている〟。だけど、ぼくにはまだ何の連絡もないぞ」

ルースが笑みを浮かべたまま、今朝届いた封筒を差し出した。裏返してみると、王立地理学会の紋章があった。「わかったかね、親愛なるワトソン君」彼女が言った。

「ワトソンってだれ？」クレアがすかさず食いついた。

29

テーブルを囲んでいる五人は取り立てて仲がいいというわけではなかったが、彼らが集《つど》った目的は親睦《しんぼく》を図ることではなかった。全員がそれぞれに異なる理由で選抜されたエヴェレスト委員会のメンバーだった。

委員長のサー・フランシス・ヤングハズバンドは、ここにいるだれよりもエヴェレストに近づいたことがあった。その距離は四十マイル、遠征隊が無事に国境を越えてチベットへ入れるよう、ダライ・ラマとの条件交渉を委任されたときのことである。その交渉の詳細は、その年の初めに外相のカーゾン卿が署名した協定のなかで正確に説明されていた。サー・フランシスはテーブルの上座にぴんと背筋を伸ばして坐っていたが、両足はまるで床に届いていなかった。かろうじて五フィート一インチという背丈だったのである。豊かに波打つ髪には白いものが目立ちはじめ、額には皺《しわ》が刻まれていたが、そのおかげで、ほとんどだれもが本物と思って疑わない権威が醸し出されていた。

彼の左にはアーサー・ヒンクス、委員会の事務局長が席を占めていた。彼の主たる目的は、自分が代表し、しかも毎年年金を支給してくれている、王立地理学会の評判を貶めないことにあった。額に皺はまだなかったし、禿《は》げているといってもいい頭にわずかに残った髪にも、白いものは現われていなかった。彼の前には数冊のファイルと、真新しい議事録が置かれていた。彼については、明日の会議の議事録を前日に作ってしまうからすべてを予定通りに運ぶことができるのだという噂まであるほどだったが、面と向かってそれを当てこする者はいないだろうと思われた。

ヒンクスの左にはミスター・レイバーンが坐っていた。彼はかつては凄腕《すごうで》のアルピニストと見なされていたが、片時も指のあいだから離れることがない葉巻と、テーブルの縁に食い込むほどの太鼓腹のせいで、過去を知る者にしか往時の勇姿は想像できなかった。

その向かいにいるのがアッシュクロフト退役海軍中佐で、彼は会議の直前にヒンクスと一杯やるのを常としていたから、どう投票すればいいかを教えてもらえるはずだった。

中佐の階級にまで上れたのは一度も命令に逆らわなかったからであり、日焼けした顔と白い髯《ひげ》を見れば、どんなに上の空の人間でも、彼が人生の盛りの大半をどこで過ごしたかは間違いようがなかった。彼の左、委員長の右には、ドイツ軍に望みを断たれるまでは、自分が世界のてっぺんに立つ最初の人類になることを望んでいた男が坐っていた。

部屋の片隅でグランドファーザー・クロックが六時を告げた。わざわざ静粛を求めて開会を宣言しなくてもすむことがサー・フランシスにはありがたかったが、考えてみれば、テーブルを囲んでいる男たちはいずれも命令したりされたりすることに慣れているのだった。「諸君」彼は口を開いた。「名誉なことに、ここに第一回目のエヴェレスト委員会を開くことになった。周辺地域探索を目的とした昨年のヒマラヤ遠征の成功につづいて、われわれは地球上で最も高い山の頂点にイギリス国旗を翻《ひるがえ》す力を持った登山隊メンバーを選抜することになったというわけだ。私は最近国王陛下に拝謁《はいえつ》を賜り――」サー・フランシスは壁に掛かっている自分たちのパトロンの肖像画を一瞥した。「国王陛下の民の一人がエヴェレストの頂上に立つ最初の人類になることを保証した」

「異議なし《ヒア・ヒア》」レイバーンとアッシュクロフトがほぼ同時につぶやいた。

サー・フランシスは一呼吸置き、ヒンクスが用意してくれたメモに目を落とした。「今夜のわれわれの最初の仕事は、遠征隊の隊長を選ぶことにある。その隊長は、これからメンバーを選抜する登攀隊を連れてヒマラヤの麓のできる限り奥まで行き、おそらく一万七千フィート内外になると思うけれども、そこにベース・キャンプを設営しなくてはならない。次のわれわれの仕事は、登攀隊長を選ぶことだ。私はこの何年か、それがミスター・ジェフリー・ウィンスロップ・ヤングだと考えていたが、彼はこの戦争で負傷してしまい、残念ながら、その任に耐えられなくなった。しかし、彼には依然として登山に関する膨大な経験と専門性があり、われわれはそれを頼ることができる。というわけで、彼を副委員長として、この委員会に温かく迎え入れることにした」ヤングが会釈した。「では、ミスター・ヒンクス、今日の会議の協議事項の説明をお願いしようか」

「承知しました、委員長」ヒンクスが応え、口髭を触った。「われわれの最初の仕事は、いま委員長が言われたとおりです。遠征隊の隊長というのは、意志堅固で、リーダーとしての能力が証明されており、できればいくらかヒマラヤを経験した人物でなくてはなりません。それに、現地住民と何らかのトラブルが生じた場合には、外交的な手腕も必要になります」

「異議なし」すかさずメンバーの一人が声を上げたが、ヤングにはいかにもタイミングがよすぎるように思われた。

「さて」ヒンクスがつづけた。「それらの条件をすべて備えている人物を、きっとみなさんはすでに特定されているはずです。すなわち、最近まで王立グルカ射撃連隊第五大隊に所属していたチャールズ・グランヴィル・ブルース将軍です。ちなみに将軍はアバデア卿の末の子息で、ハロー校とサンドハースト士官学校で教育を受けています」

レイバーンとアッシュクロフトが、またもや即座に反応した。「異議なし」

「では、私はブルース将軍を遠征隊長に指名し、本委員会のメンバーとして招請することを躊躇なく提案します」

「実にいい話のようだが」サー・フランシスが言った。「本委員会はミスター・ヒンクスの提案に同意し、ブルース将軍が遠征隊長としての役目にふさわしいと見なしたと、そう考えてよろしいか？」そして、テーブルを見渡した。一人を除いて、全員がうなずいた。

「委員長」ヤングは言った。「この遠征隊の隊長をだれにすべきかについてのこの決定は、王立地理学会がその責任を負うことになったわけで、それはそれでいいと思います。しかし、ここまでの選出手続きに関与していなかった私としては、だれかほかの人物が候補として考慮されたのかどうかを知りたいのですが」

「いまの質問に答えてもらえるかな、ミスター・ヒンクス？」サー・フランシスが促した。

「もちろんです、委員長」ヒンクスが応え、半月形の眼鏡を鼻の頭に載せた。「候補として数人の名前が挙がり、われわれはそれを検討した。しかし正直に言うけれども、ヤング、ブルース将軍が最適の人物だとすぐに明らかになったんだよ」

「きみの質問の答えになっているといいんだがね、ヤング」サー・フランシスが言った。

「そうですね」ヤングは委員長に応えた。

「では、そろそろ将軍にここへきてもらうとしようか」サー・フランシスが言った。

ヒンクスが咳《せき》をした。

「どうしたのかね、ミスター・ヒンクス」サー・フランシスが訊いた。「私が何か忘れているのかな?」

「いえ、委員長」ヒンクスが眼鏡の縁の上からサー・フランシスを見てつづけた。「そうではなくて、ブルース将軍を委員会のメンバーとして選出する前に、この問題を投票に付すべきではないでしょうか」

「ああ、もちろんだ」サー・フランシスが言った。「私はここに、ブルース将軍を遠征隊長に指名し、本委員会のメンバーに選出することを提案する。だれか、これを提案として認めてもらいたい」

すかさずヒンクスが手を挙げた。

「賛成の者は?」サー・フランシスが問うた。

勢いよく四本の手が挙がった。

「反対の者は?」

一本の手も挙がらなかった。

「では、棄権するものは?」

ヤングが手を挙げた。

「議事録に記入するのをちょっと待ってもらいたい、ミスター・ヒンクス」サー・フランシスが言った。「ヤング、満場一致でブルース将軍を認めるほうが、われわれにとってはるかに有益だとは思わないかね？」

「通常の場合であれば、私も賛成の挙手をしたでしょう、委員長」ヤングが答えると、サー・フランシスが笑みを浮かべた。「ですが、彼がどれほど十分な資格があるように見えようとも、一度も会ったことのない人物に賛成票を投じるのは、私には無責任に思われるんです」

「なるほどな」サー・フランシスが言った。「では、投票結果を発表する。賛成四、反対なし、棄権一、以上」

「ブルース将軍を呼びに行ってもよろしいですか？」ヒンクスが訊いた。

「もちろんだ、お願いしよう」サー・フランシスがうなずいた。

ヒンクスが腰を上げると、ボーイが弾かれたように席を立ち、突き当たりのドアを開けて脇に控えた。ヒンクスがそのドアをくぐって向かう控えの間では、三人の男が委員会に呼ばれるのを待っていた。

「ブルース将軍、恐縮ですが、ご足労を願えるでしょうか？」ほかの二人には、ヒンクスはほとんど目もくれなかった。

「もちろんだ、ヒンクス」将軍が重たそうに椅子から腰を上げ、事務局長のあとについて、のろのろと委員会室へ入っていった。

「ようこそ、将軍」サー・フランシスが声をかけ、空いている椅子を勧めた。「どうぞ、こちらへ」

そして、ブルースがその椅子に落ち着くのを待って、改めて挨拶をした。「喜ばしいことに、本委員会は投票によって、あなたにこの偉大な冒険の監督をしてもらうこと、そして、あなたを本実行委員会のメンバーとして迎えることを決定しました」

「委員長、あなたとこの委員会が私を信頼してくれたことに感謝する」将軍が片眼鏡を弄びながら応え、たっぷりとウィスキーを注いだ。「必ずや最善を尽くして、その信頼に応えてみせるつもりだ」

「委員は全員ご存じだと思いますが、将軍、副委員長のミスター・ヤングだけは初対面ですね？」

ヤングはそれとなく将軍を観察して、六十歳は下らないのではないかと思った。だとすれば、ヒマラヤの麓までの困難な旅では、彼の輸送手段として非常に屈強な動物が必要になるだろう。

「では、次の仕事に移ろうか」サー・フランシスが促した。「つまり、登攀隊長の選出だ。

ブルース将軍が遠征隊を率いて無事に国境を越え、チベットへ入ってベース・キャンプを設営したら、そこからは彼が将軍の役目を肩代わりすることになる。われわれが選出する人物は、おそらくは彼自身をも含めた最終アタック・パーティがエヴェレストの頂上への最初の攻撃を敢行するに際しての、最後のルートを決定する責任を負わなくてはならない」そして、一拍置いた。「われわれがだれを選ぶにせよ、その人物がこの壮大な企てに成功することを祈ろうではないか」

ヤングは俯き、考えた。いまテーブルを囲んでいる男たちのなかに、そういう勇敢な青年たちにいったい何を頼もうとしているのか、多少でもわかっている者が果たしているだろうか。

サー・フランシスがもう一度一拍置き、それから付け加えた。「アルパイン・クラブが二人を推薦しているから、それをまず検討したい。ところで、その話し合いを始める端緒として、そろそろ副委員長に発言してもらってもいいのではないかと思うが、どうだね、ミスター・ヤング」

「ありがとうございます、委員長」ヤングは応じた。「その二人がイギリス諸島で最優秀の登山家であることに疑いの余地はない、というのがアルパイン・クラブの意見です。二人に比肩《ひけん》する登山家が一人だけいたのですが、そのジークフリート・ハーフォードは、残念ながらイープルで戦死しました」

「ありがとう」委員長が言った。「もう一度指摘しておくべきだと思うが、ヤング大尉が西部戦線で負傷していなければ、ここで面接をする必要はなかったはずなんだ」

「そう言ってもらうのはありがたいのですが、委員長、候補に挙がっている二人の若者は、今度の任務を遂行する能力が十分にあります。それはここで断言します」

「では、どちらの紳士に先に会うべきかな?」サー・フランシスが訊いた。

「ミスター・リー・マロリーです」だれにも意見を述べる暇《いとま》を与えず、ヒンクスが言った。

「普段はジョージ・マロリーで通っています」ヤングは補足した。

「よろしい。では、ミスター・マロリーにここへきてもらおう」委員長が言った。

ふたたびヒンクスが立ち上がり、ボーイが控えの間へつづくドアを開けた。ヒンクスはメアリー女王の肖像画の下に坐っている二人をうかがい、どっちがどっちかまるでわからないまま声をかけた。「ミスター・マロリー、同行を願いたい」ジョージは立ち上がった。

「頑張れよ、マロリー」フィンチが言った。「向こうには味方は一人しかいないぞ。それを忘れるな」

ヒンクスがそれを聞いて足を止め、振り向いて言い返してやろうかという表情を一瞬浮かべたが、どうやら思い直したらしく、黙って委員会室へ戻っていった。

「ミスター・マロリー」ジョージが入っていくと、サー・フランシスが呼びかけた。「時間を割《さ》いてくれてありがとう」そして立ち上がり、候補者と握手をした。「待たせて申し訳ない」ジョージは微笑した。「きみが今夜ここへ呼ばれた理由はミスター・ヤングから聞いているはずだな。だとしたら、テーブルの上座に坐ってもらえるとありがたい。一、二、質問をさせてもらいたいのでね」

「もちろんです、サー・フランシス」ジョージはやや神経質になっていた。

「最初に」ジョージが腰を下ろすと、すぐにサー・フランシスが言った。「この途方もない努力、つまりエヴェレスト征服の企てをわれわれが成し遂げられるかどうかについて、何であれ疑いを持っているかどうかを教えてもらいたい」

「根拠があってその質問に答えられる者は、たぶん一人もいないでしょう、サー・フランシス」ジョージは言った。「なぜなら、二万フィートを超える山の頂に立った登山家だって、ほんの一握りしかいないからです。弟のトラフォードはイギリス空軍のパイロットですが、その彼が飛行機でさえ二万九千フィート――エヴェレストの高さです――までは上がれないと言っているんです」

「しかし、それでもやってみようと考えてるんだろう？」レイバーンが葉巻を吹かしながら訊いた。どうやら彼にとっては、難しい登山とは会員制クラブへたどり着くステップでしかないようだった。

「もちろん、そのつもりです」ジョージは意気込んで見せた。「しかし、エヴェレストを極めようと企てた者が一人もいないんですから、どんな困難が現われるかは知りようがありません。たとえば――」

「結婚しているのか、ミスター・マロリー？」アッシュクロフト海軍中佐が自分の前に置かれたメモを見て訊いた。

「はい」

「家族は？」

「娘が二人です」なぜそんなことを訊くのだろうといくらか怪訝に思いながら、ジョージは答えた。クレアとベリッジが二万九千フィートの山に登る役に立つとは、どうあっても考えられなかった。

「まだミスター・マロリーに訊くことがあるかな？」サー・フランシスが半分が透き通っ《ハーフ・ハン》た窓になっている懐中時計《ター・ポケット・ウォッチ》で時間を確かめた。

これで終わりか、とジョージは驚いた。この老いぼれどもは登山と何の関係もないこんな質問に基づいて、おれとフィンチの優劣を決めるつもりなのか？ どうやら、ヒンクスとその同類についてのフィンチの見方は正しかったようだな。

「一つ、訊かせてもらいたい」ヒンクスが言った。

ジョージは微笑した。もしかしたら、おれはこの男を見損なっていたのかもしれないぞ。

「確認したいのだが」ヒンクスが言った。「きみはウィンチェスターで教育を受けた」

「はい」登山と何の関係があるのかとふたたび訝りながら、それでもジョージは答えた。

「そのあと、ケンブリッジのモードリン・カレッジで歴史を専攻した」

「はい」ジョージは繰り返し、こう付け加えてやりたくなった。「入学を認めてもらうために、壁をよじ登らなくてはなりませんでした」だが、動こうとする舌を何とか押しとどめた。

「そして立派な成績で卒業し、チャーターハウスで教員の職を得た」

「間違いありません」ジョージは答えたが、どういう方向へ向かおうとする質問なのか、いまだにわからないままだった。

「教員は兵役を免除されることになっているにもかかわらず、軍に志願入隊し、王立砲兵部隊将校として西部戦線で実戦に従軍した」

「はい」ジョージはどういうことなのかと助けを求めてヤングを一瞥したが、彼も同じぐらい困惑しているようだった。

「戦争が終わるとチャーターハウスに復帰し、歴史の上級教員になった」

ジョージはうなずいただけで、何も言わなかった。

「私が知りたかったのは以上です。ありがとうございました、委員長」

ジョージはもう一度ヤングを見たが、彼は肩をすくめただけだった。

「ほかに質問がなければ」サー・フランシスが訊いた。「ミスター・マロリーを解放しようと思うんだが」

葉巻の男が手を挙げた。「ミスター・レイバーン」サー・フランシス・ヤングハズバンドが発言を促した。

「この遠征の登攀隊長に選ばれたら、マロリー、装備は自前で調達するのかね」

「そのぐらいは何とかなると思います」ジョージは一瞬ためらったあとで答えた。

「インドへの旅費も出せるのかな？」アッシュクロフトが訊いた。

すぐには答えられなかった。義父がどのぐらいの援助をしてくれるか、正確なところがわからなかったのだ。それでも、返事をしないわけにはいかなかった。「おそらくは」

「上出来だったよ、マロリー」サー・フランシスが言った。「さて、あとは私がここにいるメンバーを代表してきみに礼をいうだけ……」ヒンクスが猛然とメモを走り書きし、ヤングハズバンドの鼻先に突きつけた。「ああ、そうだった」サー・フランシスが付け加えた。「もし選ばれたら、健康診断と体力テストを受けてもらえるかな」

「もちろんです、サー・フランシス」ジョージは答えた。

「素晴らしい」委員長が言った。「近々に結果を通知するから、本委員会からの連絡を待っていてもらいたい」

ジョージは立ち上がったが、困惑が完全に消えたわけではなく、何も言わないまま部屋をあとにした。控えの間に戻ってボーイがドアを閉めると、ジョージは言った。「おまえの予想以上だったと言ってもいいな」

「だから、用心しろと言っただろう」フィンチが応えた。

「とにかく、後悔するようなことは絶対に口にするんじゃないぞ、ジョージ」

真剣なときのマロリーには必ず人をクリスチャン・ネームで呼ぶ癖があることを、フィンチは昔から知っていた。

「そりゃどういう意味かな、オールド・チャップ」彼は訊いた。

「うまく調子を合わせて、癇癪なんか起こすなってことだ。二万七千フィートの地点で最終アタックの準備をするのはおれとおまえで、そのとき、あいつらは暖炉の前にのうのうと坐ってブランディを楽しんでいるんだってことを忘れるな」

「非の打ち所がないと思うが」ヒンクスが言った。

いませんか、将軍」

「同感だ」レイバーンが言った。「あれこそまさしくわれわれが探していた男だ。そう思

「確かに、人品骨柄に文句はないな」ブルースが評した。「だが、もう一人の候補を見て

から決めるべきではないのかな?」

ジェフリー・ヤングが初めて笑みを浮かべた。

「この書類を見る限りでは、もう一人のほうはマロリーの同類ではないようだな」アッシ

ユクロフトが言った。

「あなただって、山を知るときに書類だけを頼りにするわけではないでしょう、中佐」ヤ

ングは苛立ちを悟られないようにして婉曲《えんきょく》に反論した。

「確かにそうかもしれない」ヒンクスが言った。「しかし、本委員会に指摘しておくべき

だと思いますが、ミスター・フィンチはオーストラリア人です」

「私はてっきりイギリス諸島人だけが候補だと思っていたぞ」と、レイバーン。

「わかってもらえると思いますが、委員長」ヤングがふたたび口を開いた。「オーストラ

リアはいまも女王陛下の広大な帝国の一部です」

「確かにその通りだ」サー・フランシスが同調した。「結論に飛びつく前に、その候補者

と会うべきだな」

今回、ヒンクスは当たり前のように、腰を下ろして腕組みをしたままボーイにうなずいた。ボーイは恭《うやうや》しく会釈をしてドアを開け、次の候補者の名前を呼んだ。「ミスター・フィンチ」

「ミスター・フィンチ」ボーイがもっとはっきりと繰り返した。

「じゃあな、あとはおれにまかせろ、オールド・チャップ」フィンチがジョージに言い、にやりと笑って付け加えた。「頂上まで二百フィートのところで、おれはたぶんまったく同じことを言うんだろうな」

30

フィンチはゆっくりと委員会室へ入ると、サー・フランシスが歓迎の辞を述べるのも待たずにテーブルの端の椅子に腰を下ろした。その服装を見て、ヤングは苦笑するしかなかった。カジュアルなコーデュロイのジャケット、だぶだぶのフランネルのズボン、開襟シャツにノー・ネクタイという格好は、面接にふさわしいどころか、ほとんど委員会を挑発するつもりだとしか思えなかった。

この面接についてあらかじめ説明したのはヤングだったが、そのときには、服装規定に関する注意を与えるなどということはまるで思い浮かばなかった。しかし、この委員会にとって、候補者の服装は登山の実績に勝るとも劣らないほど大事な要素だった。いま、全員が信じられないという顔でフィンチを見つめていた。アッシュクロフトなど、呆気にとられて口まで開いていた。ヤングは椅子に背中を預け、集中砲火の火蓋が切られるのを待った。

「さて、ミスター・フィンチ」サー・フランシスが気を取り直して口を開いた。「委員会を代表してきみに歓迎の意を表する。いくつか質問に答えてもらいたいのだが、その準備はできているかね？」

「当然です」フィンチは答えた。「そのためにここへきたんですから」

「素晴らしい」サー・フランシスが応じた。「では最初の質問だが、きみはこの大事業が成し遂げられるかどうかに露ほどの疑問も抱いていないかね？　それはつまり、きみ自身に隊をエヴェレストの頂上へ導く能力があると信じているかという質問でもあるわけだが？」

「その能力はあると思います」フィンチは答えた。「しかし、あの高さに登ったときに人体がどういう反応をするかはまだわかっていません。ある科学者などは、身体《からだ》が破裂するかもしれないとまで示唆しています。私自身はそれは馬鹿げていると思いますが、一方では、自分たちが直面するであろう状況について、まったく手掛かりがないことも示しているわけです」

「きみが何を言おうとしているか、私にはよくわからないんだがね」レイバーンが言った。

「では、説明させてください、ミスター・レイバーン」フィンチが自分の名前を知っていることに、年配の紳士は驚いたようだった。「もちろん、高く登れば登るほど空気が薄くなることはわかっています。それはつまり、高くなるにつれて、登る者の一挙一動が困難の度を増しつづけることを意味します。その結果、途中で諦めなくてはならなくなるかもしれません」

「きみでもその可能性があるのかね?」ヒンクスがまっすぐにフィンチを見ないようにして訊いた。

「まあそうですね、ミスター・ヒンクス」フィンチはまっすぐに事務局長を見て答えた。

「しかし、そういう難しい部分がいろいろあるにもかかわらず」レイバーンが言った。

「それでもやってみるつもりでいるわけだ?」

「はい、そのつもりでいます」フィンチは答えた。「ですが、この場で言っておかなくてはならないと考えるのは、この企てが成功するか失敗するかは、最後の二千フィートで酸素を使えるかどうかにかかっているということです」

「きみの言おうとするところが私にはよくわからないんだがな」サー・フランシスが言っ

た。

「私の計算では」フィンチは応えた。「二万四千フィートを越えると、人間は自力ではほとんど呼吸できなくなるはずです。一万五千フィートの高さで何度か試してみたんですが、その結果、携帯酸素の助けがあれば、もっと高度の低いところとほとんど同じ速度で登りつづけられるとわかりました」

「しかし、それではいかさまをすることにならないか、オールド・チャップ？」アッシュクロフトが言った。「われわれの目的は昔から変わることなく、自然の力に対する人間の能力を、機械の助けに頼らずに試すことにあるんだぞ」

「同じような意見が最後に公にされたのが、まさにこの建物でしたね。いまは亡《な》きスコット大佐の講演会ですよ。しかし、あの探検がどんな悲しい結果に終わったかは、みなさん、あらためて言うまでもないでしょう」

いまや委員全員がまるでベイトマン（オーストラリアの漫画家、イギリスの「パンチ」誌で活躍）の漫画の登場人物を見るような目でフィンチを見つめていた。しかし、当人はおかまいなしに話をつづけた。

「スコットは南極点に最初に到達できなかっただけでなく、みなさんもよくご存じのとおり、隊員を一人残らず死なせてしまいました。アムンゼンはスコットより先に南極点に到達しただけでなく、いまも世界じゅうの未踏の地の探検の先頭に立ちつづけています。地球上で最も高い場所に最初に立つ人間になりたいと私はもちろん願っていますが、同時に、無事にロンドンへ戻り、その遠征をテーマに王立地理学会で講演をしたいとも思っているんです」

次の質問が発せられるまでにしばらく時間がかかった。

「教えてもらいたいんだが、ミスター・フィンチ」ヒンクスが慎重に言葉を選んだ。「酸素を使うことにミスター・マロリーは賛成しているのかね？」

「いいえ」フィンチは認めた。「酸素なしでもエヴェレスト登頂はできるというのが彼の考えです。しかし、彼は歴史には精通しているかもしれませんが、科学に詳しいとは言えません」

「この候補者に対してさらなる質問は？」サー・フランシスが訊いた。委員会がこの遠征の登攀隊長にだれを選ぶべきか、すでに決めているような顔だった。

「委員長」ヒンクスが声を上げた。「最後に一、二点、はっきりさせておきたいことがあります。わかってもらえると思いますが、一応記録として残しておきたいのです」サー・フランシスがうなずいた。「ミスター・フィンチ、どこで生まれてどこで教育を受けたかを教えてもらいたい」

「それとこの面接の目的とどういう関係があるんですか？」フィンチは言った。「私はミスター・オルコックやミスター・ブラウンがどこで教育を受けたか知らないけれども、二人が大西洋を船に頼らずに横断した最初の人類であり、それを成し遂げることができたのは飛行機と呼ばれる機械の助けがあったからにほかならないということはよく知っていますよ、ミスター・ヒンクス」

ヤングは何とか笑いを噛み殺したが、登攀隊長として委員会がだれを選ぶかは、もはや疑いの余地がないように思われた。

「それはともかく」ヒンクスが言った。「われわれ王立地理学会は——」

「話の腰を折って申し訳ないんですが、ミスター・ヒンクス、私はエヴェレスト委員会の面接を受けているんだとばかり思っていましたが？」フィンチがさえぎった。「そうだという趣旨の覚え書きに、あなたは王立地理学会の事務局長としてサインされましたよね」

「それはともかく」ヒンクスが繰り返し、態勢を立て直そうとした。「質問に答えてもらえるとありがたいのだがね」

ヤングは二人の会話に割って入ろうかと考え、しかし、思いとどまった。フィンチのことだ、山だけでなく、この委員会を相手にしてもうまくやってのけるに違いない。

「オーストラリアで生まれ、チューリヒで教育を受け」フィンチは言った。「ジュネーヴ大学を卒業しました」

アッシュクロフトがテーブルに身を乗り出し、レイバーンにささやいた。「ジュネーヴに大学があったとは知らなかったな。銀行ばかりかと思っていた」

「鳩時計《はと》とな」レイバーンが言った。

「職業は？」ヒンクスが訊いた。

「化学者です」フィンチは答えた。「だから、高々度での酸素の重要性を知っているんです」

「化学が職業になるとは初耳だな」アッシュクロフトが今度は聞こえよがしに言った。

「てっきり趣味だと思っていた」

「化学を趣味にできるのは子供だけです」フィンチは相手を正面から見据えて言った。

「きみは結婚しているのか、フィンチ？」レイバーンが葉巻の灰を落としながら訊いた。

「寡《やもめ》です」フィンチが応え、ヤングはそれを聞いてびっくりした。

ヒンクスが〈婚姻関係〉の欄に疑問符を記した。

「子供は？」アッシュクロフトが訊いた。

「一人、ピーターという息子がいます」

「教えてもらいたいんだが、フィンチ」レイバーンが新しい葉巻の先端を切り落としながら訊いた。「きみがこの重要な役割を任されることになったとして、装備を自前で買う用意はあるのか？」

「どうしてもやむを得ないとなれば仕方がないでしょう」フィンチは言った。「しかし、この委員会は今度の遠征の資金調達を開始していますね？　だとしたら、その資金は遠征隊メンバーの装備を整えるためにも使われるんじゃありませんか？」

「旅費についてはどうだね？」アッシュクロフトが重ねて訊いた。

「それは論外です」フィンチははねつけた。「今度の遠征に参加するとなれば、どんなに短くとも半年は失業することになり、その間《かん》の経済的損失を埋め合わせてくれとまでは言いませんが、旅費まで自腹を切るつもりはありません」

「では、きみは自分をアマチュアだとは見なしていないということか、オールド・チャップ？」アッシュクロフトが訊いた。

「もちろんです。私は何をするにおいてもプロフェッショナルです」

「本当にそうなのか？」アッシュクロフトが疑った。

「これ以上ミスター・フィンチを引き留めるには及ばないと思うが、諸君、どうだろう？」サー・フランシスがテーブルを見渡して提案した。

「いや、まだいくつか質問したいことがあります」ヤングはこれ以上沈黙を守っていられなかった。

「しかし、きみはミスター・フィンチについて、知るべきことはすべて知っているんじゃないのか？」ヒンクスが言った。「長い付き合いなんだろう」

「私は確かにそうですが、委員会のみなさんはそうではない。私の質問にミスター・フィンチが答えることによって、その人たちにもっと彼のことをわかってもらえるかもしれません。では、ミスター・フィンチ」ヤングは登攀隊長の二人目の候補者を見た。「ヨーロッパの最高峰であるモン・ブランに登ったことは？」

「七回登りました」フィンチが答えた。

「では、マッターホルンは？」

「三回です」

「アルプスの主要な山々は？」

「一つ残らず征服しました。アルプスへは毎年行っているんでね」

「では、イギリス諸島で最も高い山々については？」

「半ズボンを脱ぐ年齢《とし》になる前にやっつけましたよ」

「みな記録に載っています、委員長」ヒンクスが言った。

「その記録を読む機会を持ち得なかった人々もいるでしょう」ヤングは冷静に言い返した。

「確認させてほしいんだが、ミスター・フィンチ、きみはジュネーヴでの教育を了《お》えたのち、ロンドン大学のインペリアル・カレッジに学部学生として籍を置いた。それで間違いないだろうか」

「間違いありません」フィンチが確認した。

「専攻は？」

「化学です」フィンチはヤングのささやかな策略に付き合ってやることにした。

「卒業時にはどんな成績だったのかな？」

「第一級優等学位です」フィンチが初めて笑みを浮かべた。

「そして、そこを出たあともロンドンにとどまった？」ヤングが訊いた。

「そうです」フィンチは答えた。「ロンドン大学に化学の教員として職を得ました」

「戦争が始まってからもその職にとどまったのかな？　それとも、ミスター・マロリーと同じく、軍に志願したのかな？」

「一九一四年八月、宣戦布告の数日後に、陸軍に志願しました」

「配属された部隊は？」ヤングが訊いた。

「化学者ですから」フィンチはアッシュクロフトを見据えて応えた。「専門知識を生かして爆弾処理班《ボム・ディスポーザル・スクオッド》に志願するのが一番役に立てるだろうと判断しました」

「爆弾処理班か」ヤングはその三つの単語を強調した。「詳しく説明してくれないか」

「もちろんです、ミスター・ヤング。陸軍省は不発弾の信管を外せる男を探していたんです。実際、とてもおもしろかったですよ」

「では、前線で実際の戦闘を見たことはないわけだな?」ヒンクスが訊いた。

「ええ、ありません、ミスター・ヒンクス。ドイツの爆弾は前線の彼らの側でなく、われわれの側に落ちてくる傾向がありましたからね」

「勲章をもらったことは?」ヒンクスがメモをめくりながら訊いた。

ヤングが微笑した。ヒンクスの犯した最初の過ちだった。

「大英帝国五等勲爵士を授けられました」フィンチが淡々と応えた。

「よほどのことをしたんだな」ブルースが感嘆した。「あれは通り一遍の手柄ではもらえない」

「大英帝国五等勲爵士を授けられたということなど、きみの履歴書にはどこにも書いてないぞ」ヒンクスが失地を回復しようと、問い詰めるような口調で言った。

「それはたぶん、どこで生まれたとか、どこで教育を受けたとか、婚姻関係とかが、地球上で最も高い山に登る企てと関係があると私が思っていないからかもしれません」

ヒンクスが初めて沈黙した。

「では、これ以上質問がないのであれば」サー・フランシスが言った。「ミスター・フィンチに礼を言わせてもらいたい。この会議に足を運んでもらってありがとう」そして、ややためらってから付け加えた。「そう遠くないうちに連絡をさせてもらうよ」

フィンチは立ち上がるとヤングに会釈して出ていこうとしたが、寸前にヒンクスが引き留めた。「最後に一つだけ確認したいのだが、きみもミスター・マロリーと同じく、健康診断と体力テストを受ける用意があるだろうか」

「もちろんです」フィンチはそれだけ言うと部屋をあとにした。

「なかなか変わった男だな」ボーイがドアを閉めるや、レイバーンが感想を口にした。

「しかし、登山家としての能力に疑う余地がないことは確かです」ヤングは言った。

ヒンクスが笑みを浮かべた。「確かにきみの言うとおりだが、ヤング、われわれ王立地理学会としてはいまも昔も、立身出世《ソシアル・クライマー》を狙う輩には常に気をつけなくてはならないんだ」

「戦時に彼が何をしていたかを考えれば、その心配は少し乱暴すぎるのではないかな、ヒンクス」サー・フランシスがたしなめ、ブルースを見て訊いた。「多くの部下を率いて戦われたあなたの目から見て、将軍、あの男はどうですか?」

「敵に回すよりは味方につけておいたほうがいいと思う。それは間違いない」ブルースが答えた。「きちんとした機会を与えてくれるのなら、私が彼を躾《しつ》けてやってもいいぞ」

「次は何をすることになっているのかな?」サー・フランシスがヒンクスに視線を戻して

訊いた。

「登攀隊長をどちらにするかの投票に入ることになっています、委員長。みなさんの手間を省くために、すでに私のほうで投票用紙は準備してあります。みなさんは自分の選びたい候補の名前の横にチェックマークを記入してもらうだけで結構です」ヒンクスが委員の一人一人に用紙を手渡した。「記入が終わったら、用紙を私に返してください」

投票用紙への記入はほとんどすぐに終わり、開票を始めたヒンクスの顔に薄い笑みが浮かんだかと思うと、票を開くたびに、その笑みがどんどん大きくなっていった。彼はようやく開票結果を委員長に渡し、正式な発表を促した。

「マロリーに五票、棄権が一票」サー・フランシス・ヤングハズバンドが驚きを隠せない声で選挙結果を明らかにした。

「棄権したのは今度も私です」ヤングが打ち明けた。

「しかし、きみはどちらの候補者もよく知っているんだろう」サー・フランシスが言った。

「何しろ、あの二人の名前をこの委員会に提出したのはきみなんだからな」

「もしかすると、私は二人をよく知りすぎているのかもしれません」ヤングは応えた。

「二人はありようは違うけれども、ともに優秀な若者です。しかし、私は何年も考えてきたにもかかわらず、どちらが人類で初めて世界の頂点に立つという偉業を成し遂げる可能性が高いかを、ここまできてもいまだに決められずにいるんです」

「どっちの候補者にこの国を代表してほしいか、私ははっきり決まっているがね」ヒンクスが言った。

「その通り」いくつかの同調のつぶやきが聞こえたが、全方位からではなかった。

「このあとはどうすればいいのかな」サー・フランシスが訊いた。

「登攀隊長はいま選任されたわけですから、あとはミスター・ヤングが推薦している登攀隊メンバーを満場一致で受け入れたことを確認して、それを公式の記録に残すことだけです」

「当然だ」サー・フランシスが言った。「考えてみれば、この委員会が設立されるに先立って、私がアルパイン・クラブと合意したのはそれだけなんだ」

「願わくば」アッシュクロフトが言った。「あのフィンチと同じような連中があまり多くならないでほしいものだな」

「その心配は無用です」ヒンクスがリストを見て応えた。「フィンチ以外は全員がオックスフォード大学かケンブリッジ大学の出身者です」

「では、その件はもう片づいたも同然だな」サー・フランシスが言った。

ヒンクスの口元に笑みが戻った。「委員長、まだ健康診断と体力テストという些細な問題が残っているのですよ。登攀隊の予定メンバーは全員がそれを受けることに同意していますが、おそらく委員長は、来月の委員会招集までそういうことに関わりたくないのではありませんか？」

「なるほど」サー・フランシスが言った。「要するに、細々《こまごま》したことはきみに任せていいということなんだな？」

「そういうことです、委員長」

31

ヒンクスは自分のクラブで独り腰を下ろし、グラスに入ったブランディをちびちびやりながら、客を待っていた。ランプトンが遅刻しないことはわかっていたが、腕利《うでき》きのその医者がやってくる前に、少し時間を取って考えをまとめる必要があった。

ランプトンは過去にいくつかの微妙な頼まれ仕事を引き受けてくれていたが、今度のそれは慎重の上にも慎重を期して、ヒンクス自らが関わっていることをだれにも疑われないようにしなくてはならなかった。ヒンクスはマキャヴェッリの言葉を思い出して笑みを浮かべた――人の野心を知ってそれを助けてやれば、その人物はあなたに恩義を感じるようになる。ヒンクスはランプトンの野心の一つをよく知っていた。

ボーイがドクター・ランプトンを案内して図書室にやってくると、ヒンクスは立ち上がって医師を迎えた。人目につかない部屋の隅に腰を下ろすと、時候の挨拶や互いの消息を聞き合うのは無用とばかりに、ヒンクスは十分に練り上げた冒頭部分を切り出した。

「きみはこのクラブに入会を申し込んでいるそうだな、ランプトン」ヒンクスは言った。そのとき、ウェイターが二人を隔てるテーブルにブランディのグラスを二つ置いた。

「実はそうなんですよ、ミスター・ヒンクス」ランプトンがグラスを手にとり、神経質にいじりはじめた。「しかし、ブードルズの会員になりたくない者なんかいないでしょう」

「もちろん、きみは会員になるべきだ」ヒンクスは言った。「実はもう、きみの推薦人リストに私の名前を加えてある」

「ありがとうございます、ミスター・ヒンクス」

「もう〝ミスター〟はいらないだろう。だってもうすぐ会員になるんだからな。ヒンクスと呼んでくれてかまわんよ」

「感謝します、ヒンクス」

ヒンクスは素速く室内を見回し、声が届くところにだれもいないことを確かめた。「きみも知ってのとおり、オールド・ボーイ、このクラブにはディナーのあいだは仕事の話は御法度《ごはっと》という規則がある」

「いい規則ですね」ランプトンが言った。「そういう規則がセント・トマス病院にもあればいいんですが。昼食のときに病院のことを話題にしてくれるなと、私だってしばしば同僚に注意したくなるんだから」

「まったくだ」ヒンクスは相槌を打った。「ただし、その規則もこの図書室には適用されない。だから、これは絶対に他言無用という条件で教えるんだが、王立地理学会は科学研究の最重要な一部分をきみに委任したいと考えている。くれぐれも念を押しておくが、この話は絶対に他言しないでくれよ」

「それは信用してもらって大丈夫ですよ、ヒンクス」

「素晴らしい。だが、まずは少しばかり背景を説明させてもらおう。タイムズに載っていたからきみも知っているかもしれないが、王立地理学会は選抜登山隊をチベットへ送り込み、エヴェレスト登頂を企てようと計画している」

「途方もない企てだ」

「まさしく」ヒンクスが応じ、二人は笑い声を上げた。「だからこそ、われわれは一連の検査をきみに任せたいと考えている。その検査に基づいて、いま十二人いる登山隊のメンバー候補者を九人に絞ることになると思う。もちろんわかりきったことだが、その場合に考慮される最も重要な要素は、彼らが高度二万九千フィートで生存するにどれだけ十分な身体《からだ》を持っているか、それについてのきみの意見だ」

「それがエヴェレストの高さなんですか？」

「正確には二万九千と二フィートだ」ヒンクスが言った。「さて、もちろん言うまでもないことだが、王立地理学会としては、ある高度に達したとたんに倒れてしまう恐れのある人物をはるばる送り込む危険を冒すわけにはいかない。王立地理学会にとって、それは時間と金の無駄だからな」

「確かに」ランプトンが同意した。「その検査を行なうに当たってはどのぐらいの時間をもらえるのですか？」

「三週間後に委員会へ結果を報告することになっている」ヒンクスは答え、内ポケットから一枚の紙を取り出した。「アルパイン・クラブが出してきた十二人の候補の名前がこれに書いてある。登攀隊のメンバーとして壮途につけるのは九人だけだ。だから、点数が足りないのなら、どの三人を落としても気兼ねする必要はない」そして、十二人の名前をゆっくりあらためられるよう、その紙を医師に渡した。

ランプトンがリストを一瞥した。「二週間後に検査報告書をあなたの机に置けない理由は見当たりませんね。もっとも、十二人全員がきちんと検査を受けてくれるという条件がつきますが」

「それは大丈夫だと思う」ヒンクスは言い、いったん口を閉ざして、もう一度室内をうかがった。「極秘事項を聞いてもらえるかな、ランプトン」

「どうぞ話してください、気兼ねする必要はありませんよ、オールド・フェロウ」

「知っておいてもらうほうがいいと思うんだが、これほど要求の厳しい遠征に必要な肉体的特性を、ある特定の候補者が持っていないことをきみが発見したとしても、委員会は不快に思わないだろう」

「なるほど、そういうことですか」ランプトンが応えた。

ヒンクスは身を乗り出し、リスト上の二番目の名前の横に指を置いた。

32

「……百十二……百十三……百十四」ついにフィンチが崩れ落ちた。ジョージはなおも頑張っていたが、さらに七回を何とかこなしただけで、やはり諦めなくてはならなかった。百二十一回、それでも腕立て伏せの自己新記録だった。彼は大の字にひっくり返ったまま顔を上げ、フィンチににやりと笑って見せた。この男はいつもおれの最高を引き出してくれる。それとも、いまの回数では最低だったのだろうか？

ドクター・ランプトンは十二人それぞれの結果をクリップボードに留めた評価用紙に書き込んでいき、マロリーとフィンチがすべての検査で上位五人に入っていて、しかも二人のあいだにはほとんど差がないも同然だと気がついた。そして、フィンチを篩《ふる》い落とす現実味のある理由なんか果たして思いつけるだろうかと、早くも疑いはじめていた。この鍛え上げた十二人のなかで、彼のライヴァルと見なせるのは一人しかいなかった。

ランプトンは体育館の真ん中に立ち、十二人の男を自分の周りに集合させた。「まずはおめでとう」彼は言った。「全員が検査の最初の部分を無事に通過した。それはつまり、諸君が私の拷問《ごうもん》部屋に入る資格を得たということだ」みなが笑うのを見て、ランプトンは意地悪く思った——一時間後に果たして何人が笑っていられるかな？「では、私についてきてくれ」彼はそう言うと、長い煉瓦の通路を先頭に立って下っていき、何も書いてないドアの前で足を止めた。そして、鍵を開けて、正方形の広い部屋に入った。ジョージがこれまでに見たことのないような部屋だった。

「諸君」ランプトンが言った。「きみたちがいま立っているのは減圧室だ。そもそもは戦時中に海軍省が造らせたもので、潜水艦乗組員が海面下でどのぐらい長期間我慢できるかを調べるのが目的だった。いまは、諸君がエヴェレストを登るときに遭遇すると思われる状況を作り出せるよう調整してある。

きみたちの前にある道具について説明しておこう。部屋の中央にあるエスカレーターは、きみたちがロンドンの地下鉄に乗るときに使っているものと似ていなくもない」十二人のうちの一人か二人が、ロンドンの地下鉄に乗ったことがないのを認めたくなくて黙っていた。「しかし、一つだけ大きな違いがある」ランプトンはつづけた。「このエスカレーターはきみたちに楽をさせるためにあるのではなく、それどころか、きみたちを苦しめるためにあるんだ。つまり、きみたちには下りのエスカレーターを上ってもらうことになる。まあ、しばらくすれば慣れるだろう。何よりもこれが戦争ではなくて耐久訓練だということを忘れないでもらいたい。エスカレーターは時速五マイルで動くから、きみたちには六十分間、その上で歩きつづけてもらいたい。

表情を見るとわかるが、これはいったい何事かと不審に思いはじめている者が一人二人いるようだ」ランプトンはさらにつづけた。「何しろ、きみたちのような経験と能力を持った男たちなら、一回も休憩せずに何時間も登りつづけるのもそう珍しいことではないわけだからな。だが、これからの六十分は、もう一つ、あるいは二つのことに我慢してもらわなければならない。いまの気温は室温と同じ、気圧は海面とほぼ同じに設定してある。六十分たっても依然として同じペースで歩きつづけられる者には、今度は二万九千フィートの高さで遭遇するはずの条件を経験してもらう。そのときの室内の気温は華氏零下四十度に設定される。登山のときとまったく同じ服装できてくれるよう頼んだ理由はそこにある。

それからもう一つ、ささやかな挑戦をしてもらおうと考えている。奥の壁のところに、工場にあるような大型の扇風機が二台置いてあるだろう。あれが私の送風機だ。断言しておくが、諸君、あそこから吹いてくるのは追い風ではないからな」十二人の一人か二人が面白くもなさそうに笑った。「私がスイッチを入れたとたんに、あの二台が全力を振り絞って回転し、きみたちをエスカレーターから吹き飛ばしてしまおうとしはじめる。

最後に、部屋の周囲に何枚かのゴム・マット、毛布、そして、バケツが置いてあるだろう。エスカレーターから吹き飛ばされたとたんに、きみたちは休息し、身体を温めることができる。エスカレーターの足下にバケツが置いてある理由については、いまさら説明する必要はあるまい」今度はだれも笑わなかった。「左側の壁に掛かっているのは、時計、室内の気温を示す温度計、気圧を示す高度計だ。これからしばらくは、このエスカレーターの動きに慣れてもらう。それぞれ二段ずつ間隔を置いて階段に立ってくれ。歩き出してからエスカレーターのペースについて行けなくなったら、右に寄って、後ろの者に追い越させてやること。何か質問はあるか？」

「あの窓の向こう側は何なんですか？」ノートンが訊いた。彼は唯一ジョージが初対面の候補者で、ブルース将軍が推薦した兵士だった。

「コントロール・ルームだよ。あそこから、私の部下がきみたちの様子を観察する。われわれにはきみたちが見えるが、きみたちにはわれわれが見えない。一時間たったらエスカレーターが停止し、送風機のスイッチが切られ、気温も通常に戻る。その時点で、数人の医師と看護師がやってきて、きみたちの回復度合いを評価するための検査を行なう。では、諸君、よかったらエスカレーターに乗って位置についてもらおうか」

フィンチがすぐさま階段の一番上に駆け上がり、ジョージはその二段下、ソマーヴェルがそのまた二段下に位置を占めた。

「ブザーが鳴ったらエスカレーターが動き出す」ランプトンが言った。「十分後にもう一度ブザーが鳴るが、そのころには室内の気圧は五千フィートのそれとほぼ同じ、気温は華氏零度に下がっている。六十分のあいだ、ブザーは十分間隔で鳴りつづける。送風機のスイッチが入るのは四十分後だ。一時間後にまだエスカレーターの上で立っている者がいれば、繰り返して言うが、華氏零下四十度の気温と、二万九千フィートの気圧を体験してもらう。では、諸君、頑張ってくれたまえ」ランプトンが部屋を出てドアを閉めた。鍵のかかる音が全員の耳に届いた。

十二人の男は神経質にエスカレーターの上に立ち、ブザーが鳴るのを待った。ジョージは鼻から深く息を吸い、肺に空気を満たした。二段上にいるフィンチも、二段下にいるソマーヴェルも見ないようにした。

「準備はいいか、諸君」ドクター・ランプトンの声がスピーカーから響いた。ブザーが鳴り、エスカレーターが動き出したが、ジョージにはかなりゆっくりの速度に感じられた。十分のあいだ、十二人の登山家は一人残らず自分の位置を守りつづけ、二度目のブザーが鳴ったときも、ジョージはさしたる変化があるようには感じなかった。エスカレーターは同じ速度で動きつづけていたが、壁の温度計と高度計はそれぞれ、気温が華氏零度に下がり、五千フィートとほぼ同じ気圧になったことを示していた。

二十分たっても落伍《らくご》者は一人も出ず、そのとき三度目のブザーが鳴った。三十分がたったころには、彼らは一万五千フィートに到達し、気温は華氏零下十度になっていた。それでも、誰一人として脱落する素振りも見せなかった。ケンライトが最初に右へ寄り、徐々に後ろの者に追い越されて、ついにはエスカレーターの一番下まで下がってしまった。彼はもがきながらなんとか手近のマットまでたどり着くと、まるで酔っぱらってでもいるかのようにそこに崩れ落ち、自分の身体に毛布を掛ける体力を取り戻すのにすら何分もかかるありさまだった。ランプトンは彼の名前を線で消した。チベットへ向かう登山隊の一員ではなかった。

フィンチもマロリーもエスカレーターの上の部分にとどまって同じペースを維持し、ソマーヴェル、ブーロック、そして、オデールも、すぐ後ろにつづいていた。ジョージは送風機のことを忘れかけていたが、ついに五度目のブザーが鳴り、寒風が激しく彼の顔を打った。目を擦りたかったが、高さ二万九千フィートの本物の山でゴーグルを外せば、雪にやられて一時的に目が見えなくなる恐れがあるんだぞ、と自分を戒めた。前にいるフィンチが一瞬ぐらついたように思えたが、すぐに体勢を立て直した。

ジョージには見えなかったが、すでにゴーグルを外して何段か後ろを歩いていた男が、気の毒にも寒風の一撃をまともに顔に食らって後ろへよろめき、間もなくエスカレーターの下で四つん這いになって、目を覆いながら嘔吐《おうと》しはじめた。ランプトンはその名前も線で消した。彼がインド行きの船に乗ることはなくなった。

五十分がたってブザーが鳴ったとき、彼らは二万四千フィートに達し、気温は華氏零下二十五度まで下がっていた。いまもエスカレーターの上に立っているのは、マロリー、フィンチ、オデール、ソマーヴェル、ブーロック、そして、ノートンだけだった。二万五千フィートにたどり着くころには、ブーロックとオデールがマットに倒れている連中の仲間入りをし、あまりに体力を消耗したせいで、残る四人の様子を見守ることもできなくなっていた。ドクター・ランプトンは時計を見て時間を確認し、オデールとブーロックの名前の横にチェックマークを入れた。

ソマーヴェルは何とか五十三分を過ぎるまで頑張ったが、ついにエスカレーターから転落し、四つん這いになって倒れ込んだ。勇敢にもエスカレーターに戻ろうとしたが、すぐにまた振り落とされるはめになった。その直後には、彼の横でノートンが膝をついていた。ランプトンは二人の名前の横にそれぞれ五十三分、五十四分と記入し、脱落する気配のない二人に視線を戻した。

彼は気温を華氏零下四十度まで落とし、気圧を二万九千フィートの高さのそれに設定したが、最後の二人は、依然として膝を屈するのを拒否しつづけた。送風機の風力が時速四十マイルまで上げられた。フィンチはよろめき、先頭を譲らなかったことを後悔した。そうしていれば、いまごろはジョージを盾にして、あの凄まじい風をまともに食らわずにすんだものを。しかし、どれほど打ちのめされているように見えようとも、フィンチは何とか持ちこたえ、残る体力をかき集めて、容赦なく動きつづけるエスカレーターに合わせて足を動かしつづけた。

時計を見ると、二人が歩かなくてはならない残り時間はわずか三分だった。そのとき、ここで諦めるしかないとジョージは判断した。両足はゼリーのようにぐにゃぐにゃで力が入らず、凍りつくほど寒く、息もほとんどできなかった。それに、徐々に後ろに下がりはじめていた。勝ちはフィンチに譲ってもいい。そのとき何の前触れもなく、フィンチが一段下がり、また一段、もう一段と後退してきた。最後のブザーが鳴るまでの九十秒を死にものぐるいで頑張るのだとジョージがふたたび自分を叱咤《しった》することができたのは、もっぱらそのおかげだった。ついにエスカレーターが停止すると、ジョージとフィンチはまるで脚のもつれた酔っ払いのように、互いの腕のなかに倒れ込んだ。

オデールがもがくようにしてマットから立ち上がると、おぼつかない足取りでやってきて二人を祝福した。直後に、ソマーヴェルとノートンがその仲間入りをした。ブーロックもそうしたかっただろうが、依然として大の字にマットにひっくり返り、まだ息が苦しくて喘いでいるありさまだった。

送風機のスイッチが切られ、気圧が海面と同じになって気温が通常に戻るや、減圧室のドアの鍵が開けられ、十人あまりの医師と看護師が入ってきて、十二人の男たちの回復の度合いを調べる検査を開始した。五分足らずのうちにジョージの心拍数は四十八に戻り、フィンチも部屋を歩き回って、まだ立っているだけの者たちとおしゃべりを始めていた。ドクター・ランプトンはコントロール・ルームにとどまっていた。マロリーとフィンチが飛び抜けて有望な候補者であり、正直に言って二人のあいだには差はないと、ヒンクスに告げなくてはならなかった。二万九千フィートを登り切って世界のてっぺんに立つ者がいるとすれば、それはあの二人のどちらかだと断言して間違いないだろう。

33

受話器を取ったルースは、電話の向こうから聞こえてくる声をすぐに聞き分けた。「おはようございます、校長先生」彼女は挨拶した。「――はい、夫はちょっと前に家を出ました。いえ、車ではありません。学校へはいつも歩いていくんです――ほんの五マイル足らずですもの。何事もなければ五十分かそこらで着くはずです。では、失礼します」

数滴の雨粒が額に落ちてきて、ジョージは昔から使っている傘を広げた。下級五年生の今朝の授業をどうするか――エリザベス朝の人々についてもう教えることがないというわけではなかったが――考えようとし、十年ものあいだ苦しめられている問題をフランシス・ドレイクならどう処理したのだろうと思案した。

先週の健康診断と体力テストのあと、委員会からはまだ何の連絡もなかった。それでも、夕刻に自宅へ戻ったときに手紙が待っていないとも限らない。登攀隊の選抜に関する記事がタイムズに載っている可能性だってある――もしそうなら、朝の十時の休憩のときに、アンドリュー・オサリヴァンが知らせてくれないはずがない。しかし、健康診断と体力テストのときにフィンチがどれほど強固な信念を持って頑張ったかを目の当たりにしたいまとなっては、委員会が彼を登攀隊長に選んだとわかったとしても、まったく不満は抱かないだろう。委員会の面接でのフィンチとヒンクスのやりとりをヤングが文字通りに教えてくれたときには声を上げて笑い、自分がその場にいなかったことがとても残念に思われたぐらいだった。

　高々度での酸素の使用についてはフィンチと意見を異にしているものの、自分たちの遠征を安全に成功させるためには、終始一貫してかつてないほどにプロフェッショナルなやり方をし、スコットの南極探検の悲惨な過ちから学ぶ必要があることは認めていた。

　思いはルースへ戻った。彼女は本当によくおれを支えてくれている。去年は長閑だった。二人のかわいらしい娘に恵まれて、これ以上はだれも羨めないような日を送ることができた。おまえは本当にはるか地球の反対側へ遠い旅をしたいのか？　娘たちの成長を手紙と写真で知るだけでいいのか？　心の奥深く隠していたはずのそのジレンマを、容赦なく暴いて要約してみせたのがルースだった。下級五年生の授業を終えて教官談話室に戻ったとたんにアンドリューがタイムズに掲載された写真を指さしてみせ、それが世界のてっぺんに立つフィンチの勇姿だったら、あなたはどんな気持ちになるんでしょうねと、彼女はさりげなく言ったのだった。

学校まで三マイルとわかる標識を通り過ぎながら、ジョージは時計を見て笑みを浮かべた。予定している時間より、珍しいことに二分早い。朝礼に遅れるのは嫌だった。そういう夫のために、毎朝必ず十分な余裕を持って送り出せるよう、ルースは常に最善を尽くしてくれていた。校長は一回の例外もなく、時計が九時を知らせると同時にグレート・ホールに入っていた。だから、たかだか三十秒遅れただけでも、全員が頭《こうべ》を垂れて祈っているときに、後ろからそっと忍び込まなくてはならなかった。問題は校長が決して頭を垂れず、それについては下級五年生も同様だということだった。

スクール・レーンへ入って驚いたことに、そこを歩いている生徒も教師も恐ろしく数が少なかった。それ以上に不思議なのは、学校の正門へたどり着いても人影がまるでないことだった。学期中の中間休暇か？　それとも、もしかして今日は日曜なのか？　いや、そうだとしたら、ルースが忘れるはずがないし、教会へ行くために日曜の晴れ着を用意してくれたはずだ。

人気のない中庭をメイン・ホールへ歩いていく途中も、建物のなかからは物音一つしなかった。校長の声もせず、音楽も演奏されていず、咳払い一つ聞こえなかった。もしかして、みんなが頭を垂れて祈っている最中だろうか？

大きな鍛鉄の把手をそろそろと回し、音がしないように願いながら、ドアを押し開けてなかを覗いた。ホールは満員で、全生徒がそこに集まっていた。ステージには校長が立ち、その後ろに教職員全員が席について控えていた。これはいったいどういうことなのか――ジョージはまるっきり見当がつかなかった。それに、時計もまだ九時を告げていなかった。

そのとき、生徒の一人がジョージに気づいて叫んだ。「ほら、あそこ！」ホールにいた全員が一斉に立ち上がり、拍手をしながら歓声を上げはじめた。

「すごいじゃないですか、先生！」

「大勝利ですよ」

「人類で最初に世界のてっぺんに立つことになるんですね！」中央通路をステージのほうへ向かうジョージに向かって叫ぶ声があった。

校長が温かい握手をしてからジョージに言った。「私たちはみな、きみを大変に誇りに思っているよ、マロリー」そして、生徒がふたたび席につくのを待って促した。「では、デイヴィッド・エルキントンに言葉を述べてもらおう」

指名された生徒代表が最前列で立ち上がり、ステージに上がると、巻物をほどいてラテン語の文言を読み上げていった。

「私たちチャーターハウスの教職員及び生徒は、ジョージ・リー・マロリーに敬意を表します。あなたはイギリス隊を率いてエヴェレストを征服すべく選抜されたことによって、すべてのカルシュージアンに名誉をもたらしてくださいました。私たちは、先生、あなたがあなたの学校、あなたの大学、あなたの国に、さらなる名誉と栄光をもたらしてくださることを毫も疑うものではありません」

生徒代表がお辞儀をし、巻物を恭しくジョージに差し出した。ふたたび生徒も教職員も全員が立ち上がり、自分たちの気持ちを正確に歴史の上級教員に知らしめた。

ジョージは俯いた。下級五年生に涙を見られたくなかった。

34

「きみが本委員会のメンバーになってくれたことをうれしく思うよ、マロリー」サー・フランシスが温かく歓迎した。「それから、きみが登攀隊長を引き受けてもいいと思ってくれたことも喜んでいる」

「その通り《ヒア》！　異議なし《ヒア》！」

「ありがとうございます、サー・フランシス」ジョージは言った。「あれほどの精鋭を率いるよう招請されるのはこの上ない名誉です」彼はジェフリー・ヤングとブルース将軍のあいだの席に腰を下ろしながら付け加えた。

「ブルース将軍の報告書は読んでもらったと思う」サー・フランシス・ヤングハズバンドが言った。「どのようにしてリヴァプールからエヴェレストの麓へ向かうかはそこに書いてあったが、ベース・キャンプを設営して以降のことどもをどう処理しようと考えているのか、それをこの委員会に助言してもらえるとありがたい」

「ブルース将軍の報告書は大いなる興味を持って読ませてもらいました、委員長」ジョージは応えた。「この遠征全体の成否が綿密かつ徹底的な準備にかかっているという将軍の評価はその通りだと考えます。エヴェレストの四十マイル以内に足を踏み入れたイギリス人もいないし、いわんやもっと低い斜面にすらベース・キャンプを設営したイギリス人はまるでいないという事実を肝に銘じる必要があります」

「いい指摘だ」ブルースが認め、片眼鏡を外した。「だが、あの報告書を書いたあとに外務省のカーゾン卿と会ったんだが、彼はそのとき、安全かつ遅滞なく国境を越えてチベットへ入れるよう最善を尽くすと確約してくれたよ」

「実に素晴らしい」レイバーンが葉巻の先から灰を落としながら声を上げた。

「しかし、たとえ何事もなく国境を越えられるとしても」ジョージは言った。「二万五千フィートを超えたところに登った人類はいまだにいないことを、本委員会は理解しなくてはなりません。そんな高いところで人間が生存できるかどうかすらわかっていないんです」

「どうしても訊かずにはいられないんだが、委員長」アッシュクロフトが口を挟んだ。「二万五千フィートも二万九千フィートもそんなに大きな差はないのではないかと私には思えるんだが、どうなんだろう」

「私の意見を言うなら、それもまたわかりません」ジョージは言った。「なぜなら、私自身、二万五千フィートの高さまで行ったことがないのです。まして二万九千フィートは未体験です。ですが、体験した暁には、もちろんお教えします」

「さて、マロリー」サー・フランシスが言った。「きみはここにいるだれよりも登攀隊のメンバーを知っているわけだから、最終アタックにだれを同伴しようと考えているかを聞かせてもらえないかな」

「その質問にはまだ答えられません、委員長。それを決めるのは、だれが環境に一番馴《じゅん》致《ち》しているかわかってからです。ですが、ある程度の計算の上に立って推測するなら、オデールとソマーヴェルは」――その名前を聞いて、ヒンクスは一瞬口元をゆるめた。「バックアップ・チームにおくことになるかもしれません。しかし、最終アタックの同伴者については、明確に一人しか考えていません。それはフィンチです」

テーブルを囲んでいる誰一人として口を開かなかった。レイバーンが新しい葉巻に火をつけ、アッシュクロフトは自分の議事予定表を睨みつけていた。妙な沈黙を破る役目はサー・フランシスに押しつけられた。彼はヒンクスを見て言った。「しかし、私の考えではてっきり――」

「そうなんです、委員長」ヒンクスがさえぎり、テーブルの向こうにいるジョージを見て言った。「残念ながら、それは不可能なんだ、マロリー」

「どうしてですか」ジョージは訊いた。

「なぜなら、フィンチは登攀隊のメンバーではないからだ。アルパイン・クラブが推薦してきた候補者の二人が健康診断と体力テストで不適格と見なされた。その一人はケンライトで、もう一人がフィンチだったというわけだ」

「いや、それは何かの間違いでしょう」ジョージは納得できなかった。「私も長く山に登っていますが、彼よりも優れた登山家には滅多にお目にかかったことがないんですよ？」

「保証するが、マロリー、これは何かの間違いではないんだ」ヒンクスが言い、ファイルから一枚の紙を抜き取った。「これはドクター・ランプトンの報告書だが、ここに書いてある彼の所見によれば、フィンチは鼓膜に孔《あな》があいていて、それが目眩《めまい》と嘔吐を引き起こす恐れがあり、したがって、非常な高々度に一定期間とどまって登山をつづけるには不適格だとのことだ」

「モン・ブランかマッターホルンの頂上で、フィンチのそばにドクター・ランプトンがいなかったのが残念ですね」ヤングが言った。「もしそばにいたら、彼が鼻血すら出さなかったことを記録できたのに」

「そうかもしれないが」ヒンクスが反論しようとした。「しかし――」

「忘れないでもらいたいんですが、ミスター・ヒンクス」ジョージがさえぎった。「今度の候補者のなかで、酸素を使うことについて十分な知識を持っているのはフィンチしかいないんです」

「しかし――私の記憶が間違っていたら修正してもらってかまわないが――まさにその酸素の使用について、きみは反対ではなかったかな」ヒンクスが指摘した。

「確かに反対でした。そして、それはいまも変わりません」ジョージは応えた。「ですが、二万七千フィートの高さで登攀パーティの一人が一歩も進めなくなったとわかったら、私は喜んでそれまでの考えを修正する用意があります」

「ノートンとオデールも、最終アタックで絶対に酸素が必要だとは思わないと言っているんだがね」

「ノートンもオデールも、一万五千フィートを超える高さまで登ったことは一度もないんです」ヤングが言った。「彼らだって、そのときには考えを変えざるを得なくなるかもしれません」

「このことは指摘しておくべきかもしれないが、マロリー」ヒンクスが言った。「王立地理学会の決定に影響を及ぼしたのは、フィンチの健康状態だけではないんだ」

「そもそも登攀隊のメンバーを決めるのは王立地理学会ではなかったはずです」ヤングが

腹立たしげに異議を申し立てた。「サー・フランシスも私も、アルパイン・クラブが登攀隊員の名前を提示し、本委員会はその推薦に疑義を呈さないという条件で同意したんですから」

「確かにそうだったかもしれないが」ヒンクスが言った。「しかし、登攀隊長を選定する面接のときに、フィンチが本委員会に嘘をついていたことがわかったんだ」

マロリーもヤングも一瞬言葉を失い、そのおかげで、ヒンクスはさえぎられることなく話をつづけられた。

「結婚しているかとミスター・レイバーンがフィンチに訊いたとき、彼は寡《やもめ》だと答えた」ヤングが俯いた。「しかし、それは事実でないと判明した。自分は元気で生きているという手紙がミセス・フィンチから届いたとき、私は愕然《がくぜん》としたよ」ヒンクスがファイルから一通の手紙を抜き取り、重々しく付け加えた。「彼女の手紙の最後の部分を本委員会に明らかにすべきかと考えます」

マロリーは口をすぼめたが、ヤングはさして驚いた様子でもなかった。

「ジョージと私は二年ほど前に離婚しました」ヒンクスが声に出して読みはじめた。「こういうことを申し上げなくてはならないのは恥ずかしいのですが、実は第三者が関係していたのです」

「ろくでなしだな」と、アッシュクロフト。

「信頼できる男ではないな」レイバーンがつづいた。

「率直に言いますが」ジョージは二人を無視して口を開いた。「われわれが二万七千フィートまで何とかたどり着けたら、私の登攀パートナーが離婚していようと、寡だろうと、あるいは、たとえ重婚者だろうと、それはさしたる問題にはならないでしょう。なぜなら、これは断言してかまわないと思いますが、ミスター・ヒンクス、彼が結婚指輪をしているかどうかなんてことにはだれも気づかないからです」

「いったい何を言おうとしているんだ、マロリー」ヒンクスが顔を赤らめながら咎めた。

「頂上へ着くことができさえすれば、エヴェレストの最後の二千フィートを登るパートナーはだれでもいいと、きみは本委員会にそう宣言しているのか?」

「ええ、だれでもかまいません」ジョージは躊躇なく認めた。

「ドイツ人でもいいのか?」ヒンクスが声をひそめた。

「悪魔でもかまいません」ジョージは応えた。

「おい、きみ」アッシュクロフトが言った。「それはいくら何でも言いすぎだろう」

「不適切な登攀パートナーを押しつけられたがゆえに、故郷から五千マイルも離れたところで不必要な死を強いられるほど無用なことはありませんよ」ジョージは反発した。

「きみのその強い思いは喜んで議事録にとどめさせてもらうよ、マロリー」ヒンクスが言った。「だが、フィンチに関するわれわれの決定は最終的なものだ」

ジョージは一瞬沈黙し、すぐさまこう告げた。「では、これも議事録にとどめてもらえますね、ミスター・ヒンクス。私は登攀隊長も本委員会の委員も辞退します」テーブルを囲んでいる数人が口々に何か言いはじめたが、ジョージはお構いなしに付け加えた。「最も優秀な登山家を参加させないというだけで失敗するとわかっている企てに、どんなに短くとも半年も妻や子供を置き去りにして参加する気にはとうていなれません」

その発言につづく大騒ぎに負けずに自分の発言が全員の耳に届くようにするために、サー・フランシスは声を張り上げなくてはならなかった。「諸君、静粛に願いたい」彼はブランディ・グラスの横を鉛筆で叩きながら言った。「どうやら、われわれは袋小路に入り込んだようだ。そして、そこから抜け出す道は一つしかない」

「何を考えておられるんですか、委員長」ヒンクスが疑わしげな声を出した。

「投票に付するしかないということだよ」

「しかし、必要な投票用紙がありませんよ。準備する時間がなかったんです」ヒンクスが憮然として言った。

「投票用紙は必要ない」サー・フランシスが応えた。「何しろ、そう難しいことを決めるわけではないんだからな。フィンチを登攀隊に加えるか否《いな》か、二つに一つを選べばいいだけのことだろう？」笑みを噛み殺すのに苦労しながら、ヒンクスは椅子に深く背中を預けた。

「では、よろしいか」サー・フランシスがつづけた。「フィンチを登攀隊の一員に加えることに賛成の者は挙手を願いたい」

マロリーとヤングは即座に手を挙げ、そして全員が驚いたことに、ブルース将軍がそこに加わった。

「反対の者は？」委員長が促した。

ヒンクス、レイバーン、アッシュクロフトがためらいなく挙手をした。

「ともに三票ずつだ」ヒンクスが票数を議事録に記入した。「この場合、決定票を投じるのはあなたですね、委員長」

テーブルの周りの全員がサー・フランシスに向き直った。委員長はどちらへ投じるべきかしばし考えていたが、やがて口を開いた。「私はフィンチを加えることに賛成のほうへ一票を投じる」

ヒンクスが議事録の上でペンをさまよわせ、すぐには委員長の投票結果を記録できないという様子で訊いた。「委員長、記録に残すためですが、その結論に達した理由を聞かせてもらえますか」

「もちろんだとも」サー・フランシスが応諾した。「マロリーが二万七千フィートに到達したとき、命を危険にさらすよう頼まれるのが私であっては困るからだ」

35

ドアの上の小さな真鍮《しんちゅう》の鈴が鳴った。

「おはよう、ミスター・ピンク」ジョージは〈イード&レイヴェンズクロフト〉へ入っていった。

「おはようございます、ミスター・マロリー。今回はどういうご用でしょう」

ジョージはカウンターに身を乗り出してささやいた。「ついさっき、エヴェレスト遠征隊の登攀隊のメンバーに選ばれたんだ」

「実に面白そうな企てですね、ミスター・マロリー」店長のミスター・ピンクが言った。「私どものお客さまのなかで、世界のその部分で休暇を過ごそうと計画をしている方はあなただけですよ。恐縮ですが、そこの気象条件はどういうものだと予想しておられるのですか？」

「残念ながら、それについては明確な答えが出せないんだ」ジョージは認めた。「だが、私が知りうる限りでは、二万七千フィートに到達した瞬間に、正面からの凄まじい強風と華氏零下四十度という気温の出迎えを受けるはずだ。それに、空気が薄くて、息がほとんどできなくなるだろうとも考えられる」

「では、ウールのスカーフ、しっかりした防寒手袋は絶対に必要ですね。それから言うまでもなく、その状況にふさわしい帽子が不可欠です」と言いながら、ミスター・ピンクがカウンターを出てきた。

そして、まずはバーバリーのカシミアのスカーフ、それからフリースの裏地がついた黒い革手袋を推薦した。ジョージはミスター・ピンクのあとにつづいて店内を巡り、厚手の灰色のウールの靴下を三足、ネイヴィ・ブルーのセーターを二着、シャックルトンのウィンドブレーカーを一着、シルクのシャツを何枚か、そして、内側に毛を貼った最新型のキャンピング・ブーツを一足選び出した。

「その遠征のあいだ、雪はどうなんでしょう」

「雪はほとんど常にあるはずだ」ジョージは予想した。

「では、傘が必要でしょうね」ミスター・ピンクが提案した。「それから、帽子はどうなさいますか」

「弟の革の飛行帽とゴーグルを使おうと考えているんだが」ジョージは答えた。

「それは流行に敏感な紳士が、今年山に登るときに身に着けるものではないと思いますが」と言って、ミスター・ピンクが最新の前後に庇のある鳥打ち帽《ディアストーカー》を差し出した。

「だから、エヴェレストの頂上に最初に立つ人物は流行に敏感な紳士ではないんだよ」

フィンチが両腕に商品を抱えてカウンターに近づいてくるのを見て、ジョージはにやりとした。

「私どもイード&レイヴェンズクロフトは」ミスター・ピンクは敢えてつづけた。「どの山であろうと頂上に到達した人物がいかに紳士らしく見えるか、それが大事だと信じているのです」

「その理由は何なんだ？　私には想像もつかないな」フィンチが抱えていたものをカウンターに置きながら言った。「だって、待っててくれる女の子なんか、山のてっぺんには一人もいないんだぞ」

「ほかに入り用のものはございませんか、ミスター・フィンチ？」ミスター・ピンクが反論したいという気持ちを悟られまいとしながら訊いた。

「この値段だからな、あるはずがないさ」フィンチが自分の買い物の請求額を検めて言った。

ミスター・ピンクが慇懃《いんぎん》にお辞儀をし、客の買ったものを包装しはじめた。

「ここで出くわすとは好都合だ、フィンチ」ジョージは言った。「ちょっと相談しなくちゃならないことがある」

「宗旨替えをして、ようやく酸素を使うことを考えるようになったなんて言うんじゃないだろうな」フィンチが応じた。

「そうかもしれないが」ジョージは言った。「まだ完全に納得しているわけではないんだ」

「そういうことなら完全に納得させてやってもいいが、そのためには少なくとも二時間は必要だな。それに、きちんとした道具も手元になくちゃならん。その二つがあれば、酸素を使えば大違いだという理由を、実際に見せたうえでわからせてやるよ」

「それはボンベイ行きの船の上で話し合おう。そのときなら時間はたっぷりある。おれを納得させてまだ余りあるほどにな」

「それはおれが船に乗ればの話だろう」

「しかし、おまえはもう登攀隊の一員に選ばれたんだぞ」

「おまえさんの調停がなければどうだったかな」フィンチがしかめっ面《つら》をした。「それに、ヒンクスが一番近くまで行った山はクリスマス・カードの山じゃないかと思うんだが、そのことにも感謝すべきだろうな」

「三十三ポンドと十一シリングになります、ミスター・フィンチ」ミスター・ピンクが言った。「今回はお支払いはどうなさいますか?」

「今回のお支払いはつけにしておいていただけますか?」フィンチがミスター・ピンクの顧客用の口ぶりを真似ようとした。

ミスター・ピンクは一瞬考えてから、かすかにうなずいた。

「では、船で会おう」そう言うと、フィンチは茶色の紙袋を抱えて店を出ていった。

「あなたさまのお支払いは四十一ポンド四シリングと六ペンスになります、ミスター・マロリー」ミスター・ピンクが言った。

ジョージは全額を支払うべく小切手を切った。

「ありがとうございます。イード&レイヴェンズクロフトの全員を代表して、あなたがエヴェレストの頂上に立つ最初の人になられることを願っております。くれぐれも……」

ミスター・ピンクは最後まで言わなかった。二人は窓の向こう、颯爽と通りを下っていくフィンチを見つめた。

(下巻へつづく)

＊本書は、二〇一一年一月に新潮社より刊行された
『遥かなる未踏峰』を再編集したものです。

訳者紹介　戸田裕之

1954年島根県生まれ。早稲田大学卒業後、編集者を経て翻訳家に。おもな訳書にアーチャー『ロスノフスキ家の娘』『運命の時計が回るとき ロンドン警視庁未解決殺人事件特別捜査班』(ハーパー BOOKS)、フォレット『大聖堂 夜と朝と』(扶桑社)、ネスボ『ファントム 亡霊の罠』(集英社)など。

ハーパーBOOKS

遥《はる》かなる未踏峰《みとうほう》 上

2024年4月20日発行　第1刷

著　者　ジェフリー・アーチャー

訳　者　戸田裕之《とだひろゆき》

発行人　鈴木幸辰

発行所　株式会社ハーパーコリンズ・ジャパン
東京都千代田区大手町1-5-1
04-2951-2000（注文）
0570-008091（読者サービス係）

印刷・製本　中央精版印刷株式会社

Printed in Japan
ISBN978-4-596-77596-2